SALVARE EMILY

Delta Force Heroes, Book 2

SUSAN STOKER

Alla vera Mrs. Ogliaruso, è stata la migliore insegnante che la scuola elementare Gilbert Linkous di Blacksburg, Virginia, abbia mai avuto. Ha avuto un enorme impatto sulla mia vita e gliene sarò sempre grata.

Per Shannel. Il più bel giorno nella vita di Oliver è stato quando hai firmato per diventare la sua mamma affidataria. Poi, sei passata dall'affidamento all'adozione; sei il mio eroe.

Danee, grazie per avermi raccontato la storia sul tuo rituale di lettura prima di dormire. È stato perfetto per questa storia.

PROLOGO

LASCIÒ SBATTERE la porta dell'appartamento alle sue spalle, facendo tremare il muro. Imprecando ad alta voce, lanciò il berretto attraverso la stanza, per niente soddisfatto quando cadde a terra a pochi metri di distanza. Si mise a camminare avanti e indietro, sapendo che non avrebbe mai dimenticato l'umiliazione che aveva provato mentre si trovava di fronte al colonnello, vedendo il disgusto negli occhi dell'ufficiale.

Gli uomini della sua squadra, erano stati così entusiasti di essere scelti per affrontare l'addestramento speciale, certi, che sarebbero riusciti ad attraversare la città improvvisata senza essere scoperti. Erano soldati di fanteria; si erano allenati per ore – no, anni – per essere furtivi nelle situazioni urbane. I trenta giorni che avevano trascorso al National Training Center a Fort Irwin, in California, erano serviti per imparare tutto ciò che dovevano sapere.

Ma per qualche motivo, tutto il loro piano era andato in pezzi entro cinque minuti dal suono del fischietto. Invece di riuscire a sgattaiolare attraverso la città e raggiungere il punto d'incontro illesi, ogni singolo membro della sua squadra era stato "ucciso", colpito dai laser delle armi non letali appositamente progettate, addirittura prima che riuscissero ad arrivare a metà dello scenario di allenamento.

Ricordare la nonchalance dimostrata dall'altra unità dopo aver "ucciso" tutti loro, era come versare sale su una ferita aperta. Si erano comportati come se non avessero appena rovinato la sua carriera, la sua reputazione. Certo, il colonnello aveva detto che era *solo* un'esercitazione e che la sua squadra si era comportata bene. Ma aveva *mentito*.

Non si erano comportati bene.

E, di sicuro, non era solo un'esercitazione.

Aveva visto il colonnello ridere con un altro ufficiale riguardo alla velocità con cui erano stati eliminati, e il team che li aveva battuti, si era comportato come se quello che era successo non fosse chissà quale problema. Si erano dati il cinque e pacche sulle spalle a vicenda. Per aggiungere la beffa al danno, il loro team non aveva avuto nemmeno una vittima. *Nemmeno una!* Avevano eliminato tutta la sua squadra come se fosse stato un gioco da ragazzi.

Andò nel piccolo bagno del suo appartamento e si fissò allo specchio per un lungo momento.

Per tutta la vita, non era mai stato all'altezza di niente.

Perché sei patetico.

Cercò di scacciare quella voce nella sua testa. Non lo era. Erano loro. *Loro* erano patetici. E sarebbe toccato a lui mostrare al colonnello, che era bravo quanto l'altra squadra.

Annuendo come se avesse preso una decisione importante, iniziò a pianificare nella sua mente. Lui e i suoi amici avevano molto lavoro da fare, ma una volta finito, l'altra unità si sarebbe pentita di aver liquidato con indifferenza la sua squadra sul campo di battaglia simulato, e si sarebbe riscattato con il generale responsabile del presidio.

Conoscere il tuo nemico era la prima regola in battaglia, e giurò a se stesso che avrebbe trovato un punto debole nell'altro gruppo di soldati, e l'avrebbe sfruttata a suo vantaggio.

Quegli stronzi, non li avrebbero nemmeno visti arrivare, e una volta finito con loro, si sarebbero pentiti dell'atteggiamento arrogante e del benservito dato alla sua squadra.

Oggi poteva anche essere stato sconfitto, ma la battaglia non era finita. Li *avrebbe* annientati. Non importa chi avrebbe dovuto usare per farlo.

CAPITOLO UNO

Cormac "Fletch" Fletcher, seduto al bancone della cucina, guardò sul monitor la donna davanti alla sua porta di casa. Le telecamere di sicurezza coprivano ogni centimetro della sua proprietà, a partire dall'esterno del garage, fino alla parte posteriore del cortile. Poteva vedere chi stava arrivando sul suo vialetto e chi era alla porta senza uscire di casa, e persino accedere all'app e controllare le registrazioni, anche quando era in missione a migliaia di chilometri di distanza. Tutto ciò che gli serviva era una connessione Wi-Fi.

La donna alla porta era alta probabilmente un metro e settantacinque, più di quelle da cui era attratto di solito. Era difficile indovinare la sua età perché aveva l'aria stanca, forse, era più o meno sui trent'anni. I capelli castani erano raccolti in una coda di cavallo. Fletch non riuscì a capire di che colore fossero gli occhi, dato che teneva lo sguardo abbassato, senza mai guardare la porta, dove sarebbe stata catturata dalla telecamera nascosta nell'elaborato batacchio.

Aveva ricevuto diversi messaggi riguardo all'appartamento in affitto sopra il suo garage, e Fletch aveva fatto alcuni colloqui con persone che avevano chiesto informazioni. L'appartamento non era davvero niente di speciale. Aveva un bagno singolo con una combinazione doccia/vasca, una camera da letto e una piccola cucina. C'erano pochi pezzi di arredamento: un letto matrimoniale, un frigorifero, un vecchio divano e un tavolino. Non era nemmeno lontanamente di lusso, ma era pulito, e più sicuro di quanto chiunque potesse immaginare, considerando chi era e cosa faceva per vivere.

Non aveva molti nemici, ma c'erano sempre persone gelose del fatto che fosse nella Delta Force. Non era una cosa nota, e infatti, non molti lo sapevano, ma c'era il sospetto che lui e la sua squadra fossero più che semplici soldati. Erano dannatamente bravi in ciò che facevano e non sembravano avere problemi ad attirare le donne. In passato, quella combinazione aveva creato problemi per alcuni degli altri Delta, anche senza che nessuno sapesse del loro coinvolgimento nelle forze speciali. Affittare l'appartamento, avrebbe implicato che nella sua proprietà ci sarebbe stato qualcuno da tenere d'occhio quando sarebbe stato in missione.

Fletch si asciugò le mani dopo aver sciacquato l'ultimo piatto nel lavandino, e spense il monitor di sicurezza. Non pubblicizzare il fatto di avere un sistema così efficace, era la chiave per catturare qualcuno di abbastanza stupido da provare a derubare o vandalizzare la sua proprietà. Si avvicinò alla porta e la aprì. La donna sollevò lo sguardo con un sussulto, e, dopo averlo visto, fece un passo indietro.

Fletch sapeva di poter essere spaventoso. Era alto circa un metro e novanta ed era muscoloso. Aveva trascorso gran parte della sua vita assicurandosi di rimanere in forma, e a far sì che nessuno lo scambiasse per qualcosa di diverso da ciò che era... pericoloso.

Aveva tatuaggi su avambracci e bicipiti, avevano colori brillanti ed erano un po' sgargianti. Sembrava lo stereotipo di un marinaio. Alcuni tatuaggi li aveva fatti quando era giovane e stupido, probabilmente ora non li sceglierebbe più, ma ciò che è fatto è fatto. Sapeva che quando la gente che non lo conosceva lo vedeva, era diffidente. Fletch era imponente, e sapeva come usarlo a suo vantaggio per intimidire le persone. Ma la donna alla sua porta non era una persona che voleva spaventare, e si incollò un sorriso sul viso quando la salutò.

«Ciao, sei Emily Grant? Sei qui perché vorresti affittare l'appartamento?» chiese Fletch, cercando di mettere a proprio agio la donna.

Emily guardò l'uomo sulla soglia. Se non fosse stata così disperata, si sarebbe voltata e sarebbe tornata alla sua Honda Civic del 1998, e se ne sarebbe andata via. Non era sicura di cosa si aspettasse dall'uomo che l'aveva invitata a dare un'occhiata all'appartamento, ma, di sicuro, non qualcuno che, seppur non la superasse di tantissimi centimetri, poteva facilmente sollevarla e usarla per fare pesi sulla panca.

Anche i suoi tatuaggi erano una sorpresa. Ne aveva visti molti sui soldati alla base, ma di solito erano più discreti; disegni tribali neri, in genere. Invece, quell'uomo molto virile, aveva sugli avambracci quelli che sembravano personaggi dei cartoni animati. Indossava una camicia a quadri, aperta sulla gola – abbastanza da farle capire che non aveva un "tappeto di pelliccia" sul petto – e con le maniche rimboccate fino ai gomiti. Non aveva guardato in modo approfondito i tatuaggi, sapendo che sarebbe stato scortese fissarlo, ma l'avevano comunque sorpresa. Tuttavia, stranamente, facevano un certo effetto su di lui.

Mettendo da parte i pensieri sui suoi tatuaggi – e se ne avesse altri di nascosti – Emily portò lo sguardo su quello dell'uomo. Aveva bisogno di quell'appartamento. Era uno dei pochi posti che era riuscita a trovare abbastanza vicino al lavoro e alla scuola, e rientrava nel suo budget limitato.

Fece un respiro profondo. «Sì, sono Emily. Apprezzo che tu abbia potuto ricevermi oggi.» Tese con coraggio la mano per salutarlo.

Fletch sorrise alla donna. Poteva vedere oltre la sua spavalderia, e sapeva che era spaventata a morte da lui, ma le fece guadagnare dei punti il fatto di non essere indietreggiata di più e di aver allungato la mano verso di lui. La prese tra le sue, facendo attenzione a non stringerla troppo forte. «Piacere di conoscerti. Entra, possiamo parlare dei particolari, poi ti mostrerò l'appartamento.»

Emily annuì, e si aggrappò alla borsa che le pendeva dalla spalla mentre lo seguiva in casa. Fletch la vide guardarsi intorno come se stesse cercando di capire di più su di lui. Sapeva quale immagine proiettava la casa: non una da scapolo. Era pulita e ordinata, senza un oggetto fuori posto... proprio come piaceva a lui.

Entrarono in una piccola sala da pranzo, accanto a una cucina che si poteva trovare tra le pagine di una qualsiasi rivista di arredamento. Fletch scostò una sedia dal tavolo di mogano scuro, e la aiutò a sistemarla una volta seduta.

«Vuoi qualcosa da bere? Acqua? Tè freddo?»

«No, grazie» gli disse Emily, sapendo che sarebbe stata stupida ad accettare qualcosa da bere da un uomo che non conosceva. Sarebbe stato facile drogare un bicchiere di tè o di acqua. Soprattutto mentre era in casa sua. Poteva renderla incosciente prima che si rendesse conto di ciò che stava accadendo. Di solito non era una persona paranoica, ma, ultimamente, quando non riusciva a dormire, guardava troppi programmi di medicina legale e crimini.

Fletch poteva praticamente vedere il cervello della donna turbinare mentre era seduta, a disagio, al suo tavolo. Teneva la borsa stretta sulle ginocchia, come se pensasse che avrebbe allungato la mano per strappargliela. Non si sentiva offeso, tutt'altro, era impressionato dal fatto che fosse tanto cauta. Si assicurò di sedersi di fronte a lei, tenendo il tavolo tra di loro per darle spazio.

«Ci conosciamo?» Fletch pensò che la donna avesse un aspetto familiare, ma non riuscì a individuare il motivo.

Lei scrollò le spalle. «Lavoro al PX. Potresti avermi visto lì.»

Fletch annuì. Ora che lo aveva menzionato, pensava di ricordarsi di averla vista lì, un paio di volte. «Dev'essere così. Mi chiamo Cormac Fletcher, ma tutti mi chiamano Fletch. Possiedo la casa e vivo qui da solo. Lavoro alla base e devo viaggiare piuttosto di frequente. Sono una persona discreta e non mi farò gli affari tuoi, e mi aspetto che chiunque affitti da me faccia lo stesso. Ho superato quel punto della mia vita in cui ho bisogno, o voglio fare, feste fino a tarda notte. Mi piace vivere tranquillo, e vorrei che chiunque risiedesse nella mia proprietà fosse simile a me.» Fece una pausa, osservando la reazione alle sue parole. Emily era seduta immobile, e gli dava la sua completa attenzione.

Quando non protestò subito o mostrò alcuna emozione che non fosse curiosità, lui continuò, sollevato. «L'appartamento non è lussuoso, sono venute due persone di recente a vederlo e hanno storto il naso, e deciso che non faceva per loro. L'affitto include tutte le utenze. È una seccatura per me fare la separazione della quantità di elettricità usata da te rispetto a me. Tutto quello che ti chiedo è che non ti venga la pazza idea di coltivare marijuana, o qualcosa che farebbe aumentare le bollette ogni mese.»

«Niente marijuana, ok» borbottò Emily sottovoce, mentre annuiva.

Fletch avrebbe voluto sorridere, ma si trattenne e proseguì con il suo discorso ben collaudato. «Puoi usare un lato del garage per la tua auto, ma tutti gli scatoloni di cose che vuoi conservare, dovranno stare nell'appartamento o dovrai affittare un magazzino, perché non c'è spazio per mettere altro. Di solito parcheggio sul lato della mia casa, quindi non farti problemi a prendere il posto vuoto all'interno del garage, per il tuo veicolo.

Quando sono via, ti sarei grato se potessi ricevere la mia posta e controllare la casa, ma se esula da quello che vuoi fare, non è un motivo che fa saltare l'accordo. L'affitto si paga la prima settimana del mese, a seconda di quale giorno va meglio per te. Qualche domanda?»

Emily cercò di non agitarsi sotto lo sguardo diretto di Fletch. Si sentì come stregata da quegli occhi azzurro ghiaccio. I suoi capelli erano più lunghi di quanto pensasse fosse permesso nell'esercito, e sembrava che non si rasasse da un paio di giorni. Era di bell'aspetto, ma anche se fosse stata attratta da lui, Emily non stava cercando alcun tipo di relazione, al momento. Ne aveva già abbastanza di problemi a cui pensare.

Però, c'era una cosa che lui doveva sapere, così poi avrebbe potuto accettare l'appartamento con la coscienza a posto. Si schiarì la gola. «Dovresti sapere che ho una bambina. Il padre non è presente. Ha sei anni e frequenta la prima elementare. Non sapevo se sarebbe stato un problema per te, nell'annuncio non ho visto nulla che dicesse se i bambini erano ammessi o meno.»

«Urla tutto il giorno?»

«Ah... no.»

«Ruba? Disegna sui muri? Distrugge la proprietà?»

«No!» Emily si raddrizzò, irritata. «Ha *sei* anni. Non è una delinquente. Non sta in giro per le strade con i suoi amichetti ogni sera. Gioca con i suoi giocattoli, legge libri e guarda i cartoni animati.»

«Allora non credo che avremo alcun problema» disse Fletch con un sorriso divertito, notando quanto fosse facile far arrabbiare la donna seduta di fronte a lui.

Emily si morse il labbro, come se stesse contemplando le parole successive. Fletch vide il momento in cui riuscì a superare l'ansia di dirgli che cosa la preoccupava.

«Però, *può* essere molto curiosa. Fa domande... *molte* domande. Alcune persone si sono seccate con lei in passato.»

«Seccate?» chiese Fletch, alzando un sopracciglio.

«Sì. Il fatto è che, Annie è intelligente. Molto intelligente. Cerco di tenerla impegnata e di trovare cose che la stimolino, ma ha un bisogno inarrestabile di imparare. Alcuni dei miei vicini, in passato, si sono irritati perché faceva domande in continuazione. Ma non lo fa per dar fastidio, le piace solo capire le cose.»

«Ma certo. È una bambina. Non ho problemi con le domande, Emily.»

«Ok, ma...»

«Si intrufolerà in casa mia e verrà nella mia camera nel

cuore della notte, a interrogarmi su come funziona l'apriporta del garage?»

Emily ridacchiò. «Forse non nel bel mezzo della notte, ma direi che ci sono buone probabilità che prima o poi vorrà saperlo. E, per quanto ne so, nessuno le ha insegnato come forzare una serratura... non ancora.»

«Buono a sapersi» disse Fletch con un sorriso.

«È solo... ad alcune persone non piacciono i bambini e non voglio vivere di nuovo in un posto dove la fanno sentire anormale.»

«Di nuovo?» chiese Fletch a bassa voce. «Hai vissuto in un posto in cui qualcuno l'ha fatta sentire anormale? Una *bambina* di sei anni?»

«Aveva quattro anni, e sì.» Fu la risposta concisa di Emily, e non offrì altri dettagli.

«Non sono stato molto vicino ai bambini, ma chiunque non vede la sete di conoscenza come una buona cosa, è uno stronzo, ed è meglio che non stiate più con loro o che tua figlia stia vicina a persone del genere.»

«Già. Grazie» disse in tono sommesso Emily.

Fletch cercò di rilassare le spalle. Lo faceva incazzare il fatto che qualcuno potesse essere crudele con un bambino. Crescendo, era stato anche lui più intelligente dei suoi compagni di classe, e aveva sperimentato alcune delle cose che Emily stava descrivendo. Probabilmente però, non ai livelli di sua figlia, a giudicare da come Emily era protettiva verso di lei. «Vuoi vedere l'appartamento?»

«Sì, ma... ehm... posso chiedere quanto sarà il deposito cauzionale? Non ha senso per me vederlo, se poi non posso permettermelo.»

Fletch inclinò la testa mentre guardava Emily. La esaminò davvero. Non si era preso il tempo prima perché non era sicuro se lo avrebbe affittato a lei. Ma gli piaceva quello che aveva sentito finora.

Indossava una maglietta e dei jeans. Aveva un vecchio paio di scarpe da ginnastica ai piedi. Sembrava casual, ma Fletch aveva notato qualcosa che non aveva visto in nessuna delle altre persone intervistate finora: la disperazione. Lo vedeva sempre nel suo lavoro, nelle missioni che svolgevano. La gente spesso manteneva una facciata, ma si capiva che questa donna aveva *bisogno* dell'appartamento. Non conosceva la sua storia, ma si rese conto che, per qualche ragione, prendere in affitto il piccolo spazio sopra il suo garage, era di vitale importanza per lei.

Fletch era stato anche impressionato dalla sua franchezza riguardo alla figlia. Aveva avuto un colloquio con una persona proprio quella mattina, ed era stato sicuro che gli stesse nascondendo qualcosa. Con il tempo avrebbe capito esattamente cosa, ma non aveva voglia di prendersi il disturbo. Quell'uomo gli aveva trasmesso delle brutte sensazioni, e non valeva la pena scoprire qualcosa che gli avrebbe fatto desiderare di cacciarlo dopo, quando la sua intuizione gli stava dicendo di rifiutarlo fin dall'inizio.

Ma Emily aveva esposto tutti i fatti, assicurandosi che lui sapesse non solo che aveva una bambina piccola, ma che era dotata, e che altri l'avevano trovata fastidiosa in passato.

Prese una decisione istantanea, e tolse un paio di centinaia di dollari dalla cifra che aveva pianificato di prendere affittando l'appartamento; non aveva bisogno di soldi, comunque. Preferiva avere qualcuno di affidabile e responsabile nella sua proprietà, che la tenesse d'occhio quando non era presente.

«Non ho avuto fortuna finora» le disse Fletch in tono

disinvolto, «quindi, se sei disposta a dare una mano con la casa quando sarò via, te lo affitterò per cinquecento al mese, con la metà per il deposito cauzionale.»

Emily guardò l'uomo a bocca aperta. Cinquecento dollari? E solo due e cinquanta per il deposito? Stava scherzando? «È uno scherzo?» Non riuscì a trattenere la sua domanda incredula.

Fletch sorrise per lo stupore sul viso di Emily. Non la biasimava; sapeva che probabilmente avrebbe potuto prendere il doppio, facendo pressione, ma era ovvio che lei aveva bisogno di un cambiamento. «Nessuno scherzo. Ti interessa vederlo? Non accettare fino a quando non lo controllerai. Ha solo una camera da letto, quindi la dovresti dividere con tua figlia. Non è niente di speciale, potresti odiarlo.»

«Non lo odierò» disse Emily, ancora scioccata dalla sua fortuna. Si era presa una giornata dal lavoro, sapendo che anche se le ore perse avrebbero danneggiato il suo budget, *aveva bisogno* di trovare un posto migliore in cui vivere, per lei e Annie. Il padrone di casa dello squallido complesso residenziale in cui abitavano attualmente, era diventato più aggressivo nel darle la caccia, ed Emily sapeva che non era perché era davvero interessato a *lei* – ma a causa di Annie.

Sua figlia era bellissima. Sì, aveva solo sei anni, ma era alta per la sua età e snella. Aveva dei bei capelli lunghi e biondi che aveva ereditato dal padre. Aveva gli occhi azzurri ed era estroversa. Annie era amichevole e allegra, ed Emily sapeva che il padrone di casa, maledizione a lui, aveva un interesse malato per sua figlia.

Il denaro era sempre stato un problema. Sin da quando il padre di Annie se n'era andato mentre Emily era ancora incinta, aveva lottato per offrirle una vita sicura e felice. Lavorava a Fort Hood, al PX, il Post Exchange, lo spaccio della base. All'inizio non aveva potuto lavorare full time, perché non aveva i soldi per pagare l'asilo nido per Annie. Aveva fatto affidamento sui vicini, che si erano presi cura di sua figlia prima che iniziasse l'asilo a tempo pieno, e ora che Annie era in prima elementare, e in classe per tutta la giornata, Emily poteva lavorare per sei ore al giorno. La lasciava a scuola alle sette e mezza e riusciva a iniziare a lavorare alle otto. Lavorava fino alle due, senza una pausa pranzo, poi andava a prenderla verso le due e mezza.

Emily non aveva un'assicurazione sanitaria e nessun piano pensionistico, ma Annie era amata e felice. Ne valeva la pena. Ma avere un posto affidabile, sicuro e tranquillo dove vivere, per soli cinquecento dollari al mese, per Emily, era come aver vinto la lotteria.

Ancor prima di vedere l'annuncio di quell'appartamento sul giornale, aveva pianificato di lasciare il posto sgradevole in cui viveva entro la fine del mese, anche se avesse dovuto vivere nella sua macchina. Lo aveva fatto quando era incinta e aveva giurato a se stessa che Annie non avrebbe mai conosciuto quel tipo di vita. Ma Emily stava perdendo le speranze di trovare qualcosa di appropriato.

L'appartamento più economico che era riuscita a trovare costava ottocento al mese e sembrava più spaventoso di dove viveva ora. Poiché l'edificio era vicino alla base dell'esercito, Emily aveva pensato che si sarebbe sentita al sicuro vivendo con altri soldati, dato che il padrone di casa le aveva detto che la maggior parte degli altri occupanti erano uomini e donne single che lavoravano a Fort Hood, ma purtroppo, non era stato quello il caso.

Il padre di Annie le aveva insegnato, sotto molti punti di vista, che solo perché uno era un soldato, non significava che fosse una brava persona. Mentre *lei* aveva pensato che stessero iniziando la loro vita insieme, a quanto pare *lui*, era stato lì solo per scopare. Si era organizzato per essere trasferito in un'altra base, non molto tempo dopo che lei gli aveva detto tutta felice che era incinta del suo bambino, e l'aveva informata che non voleva che lo seguisse.

Emily sapeva che probabilmente avrebbe potuto rivolgersi all'esercito per ottenere un test di paternità e costringerlo a pagare il mantenimento, ma non lo voleva per Annie o per se stessa. Il pensiero di dover dipendere per anni da qualcun altro per ricevere i soldi, le faceva contorcere lo stomaco.

Finora lei e Annie erano state bene, ed Emily sapeva che avrebbe continuato a fare tutto il necessario per mantenere sua figlia al sicuro e felice... senza aiuto.

Annuendo a Emily, Fletch si alzò in piedi. «Va bene, andiamo a dare un'occhiata poi, se ti piace, possiamo tornare qui a occuparci delle scartoffie, ok?»

«Va bene.»

Dieci minuti dopo, erano di nuovo al tavolo della sala da pranzo di Fletch. Emily aveva subito detto che il piccolo spazio era perfetto, anche se lui aveva ammesso che c'erano molte cose che avrebbe dovuto fare per migliorarlo.

«Dovrò fare una copia del tuo documento d'identità» le disse, nel modo più disinvolto possibile. Non gli serviva davvero che firmasse il contratto di locazione, ma non avrebbe mai permesso che qualcuno vivesse nella sua proprietà, per quanto fragile e bella fosse, senza fare un controllo dei suoi trascorsi. Non era del tutto legale, ma il suo amico Tex era discreto e avrebbe potuto farlo entro un'ora.

Tex era un SEAL in pensione per ragioni mediche, che viveva in Pennsylvania. Un tempo viveva in Virginia, ma aveva trasferito tutte le sue attività dopo aver incontrato una bella donna di nome Melody, su Internet. Tex era gli occhi e le orecchie dietro le quinte, per la loro squadra Delta Force e molti altri gruppi delle forze speciali. L'uomo era un vero genio con il computer, e riusciva a trovare informazioni che qualcuno avrebbe giurato fossero più protette di Fort Knox. Nessuno aveva mai messo in dubbio il modo in cui era stato in grado di realizzare alcune delle cose che aveva fatto, erano solo grati che fosse dalla loro parte.

Fletch guardò Emily chinare la testa e tirare fuori il portafoglio dalla borsa. Gli porse la patente, dicendo: «Se ridi del mio primo nome, dovrò farti del male.»

Lo osservò abbassare lo sguardo sulla piccola tessera di plastica che gli aveva consegnato, e cercare di trattenere il sorriso. Le sue labbra si contrassero, ma alzò gli occhi e disse con una faccia quasi seria: «Miracle?»

Emily sospirò, di certo era abituata a raccontare la storia del suo nome. «Sì. I miei genitori erano vecchi. Hanno sempre desiderato dei figli e quando sono nata io, mi hanno chiamato il loro piccolo miracolo.»

«Ma ti fai chiamare Emily?»

Lei annuì. «Sì. Decisamente.»

«Miracle è un bel nome.»

Emily fece una smorfia. «Forse, ma dai ricordi che ho delle prese in giro durante gli anni delle scuole elementari e medie, non era più così bello, dopo un po'.»

«I bambini sono crudeli.»

«Molto.»

«I tuoi genitori ci sono ancora?»

Emily non voleva davvero affrontare quell'argomento con Fletch. Dopotutto, era ancora un estraneo, ma non voleva nemmeno essere scortese. «Purtroppo no. Sono morti quando ero al college.»

«Che sfortuna.»

Quello era l'eufemismo dell'anno, ma lei disse semplicemente: «Già.»

Fletch portò la patente di guida di Emily sulla piccola stampante che aveva in un angolo del soggiorno e ne fece una copia.

«Allora, non sei sposato?» chiese Emily, decidendo che se lui poteva essere ficcanaso, poteva esserlo anche lei.

«No.»

Aspettò, e quando non continuò, provò a insistere. «Questo posto dà l'impressione che tu sia sposato.»

Fletch scoppiò a ridere. «Vero? In realtà ho assunto qualcuno per arredarlo. Non le ho dato molta assistenza, e questo è ciò che ho ottenuto quando ha finito.»

«Ha fatto un buon lavoro» osservò Emily, guardandosi intorno.

«Sì. A quanto pare è divertente spendere i soldi di qualcun altro.»

Emily non sorrise, ma continuò a far scorrere gli occhi su ogni centimetro della stanza che riusciva a vedere. «Ci scommetto.»

Fletch si appoggiò al muro accanto alla stampante e guardò Emily che osservava la sua casa. Si chiese cosa vedesse. Si guardò intorno per cercare di vederlo dai suoi occhi. Aveva due divani in pelle che sembravano rigidi e formali, ma quando ci si sedeva sopra, ci si sentiva avvolti nei cuscini. Aveva un grande televisore a schermo piatto sulla parete e un tavolino che sembrava perfettamente normale, ma che sotto aveva un compartimento segreto, il quale al momento conteneva una pistola Sig Sauer calibro 40. Era sempre preparato per l'imprevedibile. Ma pensando alle varie armi che si trovavano in giro per le stanze, si rese conto che doveva assicurarsi che fossero tutte chiuse in sicurezza. Visto che c'era la possibilità che una bambina entrasse in casa sua, voleva essere sicuro di proteggerla.

Non che sua figlia avrebbe passato del tempo con lui, ma se fosse venuta con la madre per portargli la posta, l'ultima cosa che desiderava era che trovasse una delle sue armi e la facesse sparare per sbaglio. Rabbrividì al pensiero, e giurò di spostarle ben oltre l'altezza di un bambino, non appena Emily se ne fosse andata.

Sul pavimento, accanto a uno dei divani, c'erano un paio di scarponi; li aveva lasciati lì il giorno prima, quando era tornato dalla base. A parte quello, tutto il resto era al proprio posto e non c'erano carte o riviste in giro o qualsiasi altro tipo di roba in mostra.

«Sono un po' maniaco dell'ordine» disse Fletch a Emily, anche se non era necessario, mentre tornava al tavolo per sedersi accanto a lei.

«Sì, vedo» rise, riportando gli occhi su di lui. «Ma è carino. Ha fatto un buon lavoro. È formale senza essere troppo elegante. Confortevole senza essere soffocante. Spero che non ti aspetti che il mio assomigli a questo» scherzò. «Io e Annie *non* siamo maniache dell'ordine.»

Fletch rise e le restituì la patente. «No, non me ne frega niente di come sia casa tua, purché non ci siano topi e scarafaggi.»

Emily rabbrividì. «Oh, no. Non saremo ordinate, ma siamo pulite.»

«Allora siamo a posto.»

Si sorrisero. Fletch spinse verso di lei i documenti dell'affitto. «Portali a casa. Leggili, falli controllare da un avvocato se vuoi, ma voglio essere sicuro che tu abbia compreso tutto e che sia d'accordo, prima di firmare.»

Emily lo guardò confusa. «Ci hai nascosto qualche clausola strana?»

«Strana?»

«Sì, strana»

«In che senso strana?» chiese Fletch.

«Non lo so. Per esempio che lo spazio per la mia macchina nel garage è solo di un metro e mezzo e se lo violassi, sarò fuori. O che se tu dovessi vedere in giro Annie dopo le quattro del pomeriggio, dovrò pagare un extra sull'affitto, o se un giorno fossi in ritardo con il pagamento, me ne dovrò andare.»

Fletch aveva iniziato a sorriderle, ma poi si accigliò alla fine dei suoi commenti. «Cazzo, no. Senti, Emily, io sono molte cose, ma non uno stronzo. Se hai problemi a pagare l'affitto, parlamene e troveremo una soluzione. Ti ho già detto che non mi importa se tua figlia è in giro. Potrei arrabbiarmi se gioca con qualcosa di inappropriato nel garage, ma solo perché potrebbe farsi male, non perché mi interessi la roba che c'è lì. Sono solo oggetti, cose che possono essere sostituite. Il contratto di locazione è semplice, l'ho stampato da Internet. Non c'è niente di strano lì dentro.»

«Va bene. Grazie.» La voce di Emily era sommessa, ma non interruppe il contatto visivo. «Volevo solo essere sicura.»

«Bene. Leggilo tutto, assicurati che vada bene per te, poi riportalo indietro e puoi trasferirti quando sei pronta. Oggi è il venti, se vuoi traslocare prima del primo, sentiti libera di farlo. Non ti farò pagare per questo mese, consideralo un regalo.» Fletch socchiuse gli occhi. «Se qualcuno crea problemi ad Annie perché fa domande, mi sta benissimo che ve ne andiate da lì e vi trasferiate qui subito. Nessun bambino dovrebbe sentirsi in colpa per essere se stesso.»

«Ancora una volta, grazie.» Emily non conosceva il motivo per cui era stata così fortunata, ma non era mai stata così felice in tutta la sua vita di aver visto l'annuncio dell'appartamento sul giornale. Stava cercando attivamente, e aveva trovato il giornale della domenica nei rifiuti dietro il suo appartamento attuale. Di solito lo guardava quando era al PX, ma dal momento che quella domenica non aveva lavorato, lo aveva preso dal bidone della differenziata.

«Posso passare a portarlo domani dopo il lavoro?» Emily voleva che il suo capo lo esaminasse. Non poteva permettersi di portarlo da un avvocato, ma piaceva a Jimmy, e sarebbe stato in grado di dirle se le era sfuggito qualcosa.

«Certo. Lascerò una chiave sotto il tappetino vicino alle scale che salgono all'appartamento.»

«Ah, lo sai che è il primo posto dove i ladri cercano una chiave di riserva, vero?»

Fletch scoppiò a ridere. Se qualcuno *riuscisse* in qualche modo a passare inosservato nella sua proprietà, il suo viso sarebbe stato registrato da così tante angolazioni diverse, che lo avrebbero preso prima che potesse allontanarsi troppo. «Penso che non ci saranno problemi a lasciarla lì più o meno un giorno, Em.»

Emily sorrise timidamente a Fletch, prendendolo in giro. «Okay, ma se torno, e qualcuno ha rubato il divano lassù, mi aspetto che tu lo sostituisca.»

«Affare fatto.» Fletch ricambiò il sorriso. Forse avere un altro affittuario non sarà poi così male. Dopo l'ultimo, ci aveva pensato molto, e a lungo, prima di riprovare. Fletch si sarebbe assicurato che Tex facesse il controllo dei precedenti di Miracle Emily Grant, prima che lei restituisse il contratto di locazione firmato, il giorno successivo. Sarà un gioco da ragazzi per l'uomo.

Fletch l'avrebbe firmato dopo essersi assicurato che lei fosse davvero ciò che sembrava. Non pensava di avere nulla di cui preoccuparsi, la donna sembrava aperta e onesta, e sollevata dal fatto di avere un posto dove lei e sua figlia potessero vivere, anche se era un piccolo buco a malapena arredato.

Essere al sicuro vinceva sulle cose materiali, e lui lo capiva in modo più profondo di quanto facessero molti altri uomini. Aveva visto troppo nei suoi dieci anni nell'esercito e cinque nella Delta Force. La gente mente, imbroglia, ruba e uccide per sentirsi al sicuro. L'aveva visto di continuo. Madri che facevano qualunque cosa i terroristi e i bulli locali ordinassero, semplicemente per proteggere i loro figli. Ragazzini che si univano alle bande, solo per sfamare le loro famiglie. Gli orrori del mondo continuavano all'infinito.

Ma Fletch poteva dire che la donna seduta di fronte a lui ora, era una persona del tutto diversa da quella che aveva invitato a entrare a casa sua trenta minuti prima. Era più rilassata e a suo agio, mentre all'inizio era tesa, cauta e sospettosa, e solo perché le era stato offerto un posto sicuro per lei e sua figlia in cui vivere.

A Fletch piaceva il fatto di poterglielo dare. Lo faceva sentire bene. Aveva aiutato troppe persone da tenerne il conto nella sua vita, ma poteva sentire, fin dentro le ossa, il sollievo che traspariva dalla donna. «Vai a dire ad Annie che ha una nuova casa e ci vediamo presto. Ok?»

Emily annuì. «Sì.»

Si alzarono e Fletch la accompagnò alla porta. Si fermò all'ingresso con un braccio appoggiato allo stipite e osservò Emily camminare verso la sua auto. Si bloccò a metà strada e si girò verso di lui. «Grazie, Fletch. So che hai dato un taglio al deposito cauzionale e all'affitto, e lo apprezzo. Farò quello che posso per aiutare qui, devi solo farmi sapere cosa vuoi che faccia. Posso rastrellare, falciare, spazzare e posso anche pulire la tua casa, se vuoi, anche se non sembra che tu abbia bisogno di aiuto.»

«Prego, Emily. Ma non ti ho assunto per essere la mia cameriera o custode. In realtà, sono avvantaggiato da questo accordo tanto quanto te. Ho un inquilino responsabile che vive nella mia proprietà, che non è interessato a derubarmi o a organizzare feste folli. È una situazione vantaggiosa per tutti. Ci vediamo.»

Fletch quasi alzò gli occhi al cielo per la sua offerta. Era dolce, ma non le avrebbe mai chiesto di fare lavori manuali. Poteva occuparsi della sua casa quando era in missione, ma a parte quello, non c'era molto che non potesse fare da solo.

«Va bene. Arrivederci.»

Fletch chiuse la porta di casa e sentì la sua macchina avviarsi, completa di scoppio della marmitta. Dopo aver acceso il monitor di sicurezza, vide la sua auto uscire dal vialetto e scomparire sulla strada accanto alla casa. Prese il foglio con le informazioni di Emily e chiamò Tex. Era sicuro al novantanove-virgola-nove per cento che Emily fosse proprio chi diceva di essere, e ciò che sembrava – una donna sfortunata che voleva un posto tranquillo dove vivere con sua figlia.

All'improvviso, non vedeva l'ora di incontrare la piccola. Da quel poco che aveva detto Emily, sembrava precoce e divertente. Fletch non aveva mai davvero pensato di avere dei bambini, e non aveva nemmeno avuto molte occasioni di passarci del tempo, ma pensò che sarebbe stato divertente insegnare a un bambino cose come il funzionamento dell'apriporta del garage.

Per quanto lo riguardava, prima Emily e Annie si fossero trasferite, meglio si sarebbe sentito. Sarebbero state al sicuro nel piccolo appartamento sopra il suo garage. Se ne sarebbe assicurato.

CAPITOLO DUE

«Cosa stai facendo?»

La domanda era arrivata da dietro le spalle di Fletch, e non era stata poi una cosa così sorprendente. Stava lavorando sulla Dodge Charger del 1968 da tutta la settimana, e aveva visto la bambina sbirciarlo ogni pomeriggio, ma fino a oggi, non aveva avuto il coraggio di parlargli.

Aveva trovato il contratto di locazione firmato, infilato nella controporta esterna di casa sua, il giorno dopo che aveva incontrato Emily. Le aveva lasciato una chiave sotto il tappetino, come d'accordo, e le aveva dato anche l'apriporta di riserva del garage. Si era trasferita un giorno mentre lui era alla base. Fletch aveva programmato di aiutarla, ma lei, o aveva poche cose, o era stata aiutata da qualcun altro, perché quando aveva bussato alla sua porta, per assicurarsi che il trasloco fosse andato bene, Emily aveva aperto solo una fessura lasciando la catena e gli aveva detto che era tutto a posto.

Fletch l'aveva lasciata in pace. Aveva cambiato le serrature della porta del piccolo appartamento, per assicurarsi che Emily e sua figlia si sentissero al sicuro. Ne aveva aggiunta anche un'altra, e due catene, così una era più o meno all'altezza degli occhi di Emily e l'altra a un metro dal pavimento. Fletch non sapeva perché avesse pensato di mettere la seconda serratura così in basso, ma immaginò che fosse a causa del pensiero che la madre single era da sola nel piccolo appartamento, e voleva che anche sua figlia fosse in grado di chiudere a chiave la porta.

Senza alzare lo sguardo, Fletch continuò a lavorare sul motore. Era chinato sulla macchina, e stava cambiando i cavi delle candele. «Sto cercando di riparare questa vecchia auto.»

«Perché?»

«Perché voglio che funzioni di nuovo.»

«Perché?»

«Perché no?»

«Perché è vecchia. Puoi andare a comprarne una nuova.»

«Perché dovrei volerne comprare una nuova, quando ho un'auto perfetta proprio qui?»

«Non credo che questa sia perfetta.»

Fletch non poteva davvero dare torto alla bambina, c'era ancora molto lavoro da fare sulla Charger, prima che fosse di nuovo pronta per affrontare la strada. La guardò. «Annie, vero?»

«Mm-mm.»

«A volte vecchio non è una brutta cosa.» Fletch la vide riflettere sulle sue parole.

«Un giorno avrò delle cose che non sono vecchie.»

Fletch si sentì stringere lo stomaco, ma Annie continuò prima che lui potesse analizzare quella frase, o i sentimenti che aveva provocato.

«Posso aiutare?»

«Vuoi darmi una mano con la macchina?»

«Sì. La mamma dice che sono un buon aiuto.»

Fletch si alzò da sotto il cofano e guardò Annie con attenzione. Indossava un paio di jeans che erano un po' troppo corti per lei, si vedevano i calzini bianchi, un paio di scarpe da ginnastica logore, e una maglietta nera che scendeva un po' larga sul suo corpo sottile. I capelli biondi erano tirati indietro e tenuti fermi ai lati della testa da due mollettine, ma delle ciocche si erano sciolte e le ricadevano intorno al viso. Aveva una macchia di terra su una guancia e le mani sporche. Non solo, ma a un secondo sguardo, si rese conto che la ragazzina era ricoperta di terra e polvere.

«Che cosa hai fatto, folletto?» chiese Fletch, asciugandosi le mani sporche su un panno che teneva lì accanto.

«Stavo giocando.»

«Dove?»

Annie indicò dietro di sé, e Fletch fece un passo verso la porta del garage per vedere cosa stava indicando. Dietro l'angolo, vide un mucchio di macchinine di plastica e di metallo, sparpagliate attorno a un pezzo di terreno che era sempre stato resistente alla crescita dell'erba. Era all'ombra del garage e sembrava che la bambina avesse fatto una specie di pista nella terra, con cui aveva fatto anche dei mucchietti qua e là, e Fletch notò anche i segni di dove si era inginocchiata per giocare.

«Ti piacciono le macchine?»

Annie scrollò le spalle. «Sono ok.»

Fletch cercò di non sorridere. Era più che ovvio che alla bambina piacessero le macchine. «E le bambole? Ti piace giocare anche con loro?»

Il suo viso si raggrinzì per il disgusto. «No. Le bambole sono stupide.»

«Stupide, eh?»

«Sì. Mi piacciono i giochi da maschi. Alla mamma non piace quando li chiamo così, ma è come li chiamano tutti.»

«Di quale tipo?» chiese Fletch, appoggiandosi alla Charger e sorridendo alla ragazzina che aveva un'espressione seria.

«Tutti. Camion, mostri, automobili, *Star Wars*. E mi piacciono molto le cose militari.»

Fletch rimase sorpreso. Con i suoi capelli biondi, gli occhi azzurri e l'aria angelica, aveva un aspetto delicato e femminile; era divertente vedere che c'era un altro lato di lei. «Non animali di peluche, abiti per travestirsi o bambole?»

«No.»

«Tua mamma ha detto che ti piace leggere.»

Annie lo guardò e chiese in modo un po' bellicoso: «Mi prenderai in giro se dico che è vero?»

Fletch si accigliò e si mise in ginocchio per essere all'altezza degli occhi della bambina. «No, Annie.Non ti prenderò in giro. Ero solo interessato a *quello* che ti piace leggere.»

Lo studiò con uno sguardo negli occhi molto più saggio di quello che avrebbe potuto avere un qualsiasi bambino di sei anni. «Storie d'avventura.»

«Storie di avventura.» Fletch si sentiva un po' sciocco a ripetere le sue risposte, ma lei continuava a sorprenderlo.

«Sì. E misteriose. La mamma mi ha letto *Il leone, la strega e l'armadio*, e ora siamo su *The Boxcar Children*. Poi inizieremo con i libri degli *Hardy Boys* e di *Nancy Drew*.»

«Tutti quelli, eh?»

«Sì sì. E so leggerli anch'io, ma sono troppo lenta. La mamma mi sta aiutando, ma mi piace quando legge lei perché la storia scorre più velocemente.»

Fletch era stupito. Non aveva trascorso molto tempo con i bambini, ma Emily non aveva mentito. Era ovvio che Annie fosse molto matura per la sua età. «Sono racconti interessanti.»

«Li hai letti?» La voce di Annie era sbalordita. «Davvero?»

«Sì. Sono fantastici.»

«Forte!» sussurrò la bambina.

«Annie!» La voce di Emily arrivò dalla porta in cima alle scale. «Dove sei?»

«Sono qui, mamma!» disse Annie, facendo un passo dietro l'angolo, in modo che sua madre potesse vederla.

«Dovresti rimanere dove posso vederti.»

«Lo so, scusa, mamma. Stavo parlando con...» La sua voce si interruppe e sollevò lo sguardo su di lui. «Come ti chiami?»

«Fletch.»

Annie aggrottò la fronte, perplessa. «Fletch? È il tuo vero nome?»

Soffocò una risata. Annie era adorabile. «È un soprannome. Il mio nome è Cormac e il mio cognome è Fletcher, ma i miei amici mi chiamano Fletch.»

Annie annuì. «Sì, è molto meglio. Ti chiamerò anch'io Fletch.»

Lui fece uno sbuffo e rise. Tipico dei bambini insultarti ma allo stesso tempo farti ridere.

«Sono con Fletch!» urlò Annie a sua madre.

«Sono qui, Annie, non serve urlare» disse Emily a sua figlia, mettendole una mano sulla testa. Era scesa mentre stava parlando con lui. «Cosa ti ho detto riguardo a lasciare in pace Mr. Fletcher quando lavora?»

«Lo so, ma mamma, stava battendo qui dentro e dicendo alcune di quelle parole che non mi è permesso dire, sono entrata per vedere se aveva bisogno di aiuto, e abbiamo iniziato a parlare.»

Fletch non sorrideva così da molto tempo. «Va tutto bene, Emily. Ci stavamo solo conoscendo.»

«Spero non sia stata una seccatura.»

«Mai.»

Emily gli sorrise timidamente, era ovvio che le osservazioni sprezzanti degli altri, sul fatto che sua figlia li infastidiva, erano fresche nella sua mente. «Va bene. Dai, Annie, mostrami cosa hai fatto oggi. Vedo che hai lavorato molto per creare un percorso di gara perfetto.»

«Oh, sì, mamma, è fantastico! Vieni a vedere! La vecchia macchina blu non ha vinto oggi, si è rotta, come ha fatto la nostra una volta, e la macchina rossa *e* quella verde l'hanno sorpassata all'ultimo secondo.»

Fletch guardò mentre madre e figlia giravano sul lato della casa, dove Annie aveva costruito la pista da corsa nella terra. Si chinò di nuovo sul motore della Charger, e ascoltò Annie chiacchierare con la madre delle sue macchinine. La ragazzina aveva un'immaginazione incredibile e Fletch non vedeva l'ora di conoscerla meglio.

Ma non era solo la bambina che voleva conoscere meglio, Emily lo affascinava. L'aveva sorpresa a squadrarlo, ma nonostante Fletch fosse amichevole e aperto verso di lei, non si sforzava di parlargli o interagire, se non quando si scambiavano saluti educati. Gli piaceva quanto fosse premurosa e amorevole con sua figlia, ma era più di quello. Stava lottando contro un'attrazione inaspettata, che provava per lei da quando aveva bussato alla sua porta un paio di settimane prima, e ne era sorpreso, perché di solito era attratto da donne più... raffinate, in mancanza di un termine migliore. Quelle che si acconciavano i capelli alla moda, si truccavano in modo perfetto, e mostravano i loro corpi con abiti provocanti.

La maggior parte delle volte che aveva visto Emily, aveva un look molto naturale. Di solito portava jeans e magliette, e i capelli tirati indietro. Si truccava di rado, ma non ne aveva bisogno, e tutto ciò la faceva sembrare... accessibile. Semplice.

E il suo aspetto un po' scompigliato gli faceva pensare a come sarebbe potuta apparire dopo aver fatto l'amore, o al mattino a letto, appena sveglia.

Fletch si dimenò e gemette. L'ultima cosa di cui aveva bisogno era un'erezione. Sorrise, ma immaginare come le sarebbe apparso se fosse tornata in garage, fu sufficiente a fargliela sgonfiare.

Fletch decise sul momento che avrebbe conosciuto meglio Emily. Forse non era intelligente imbarcarsi in una storia con un'inquilina ma, al diavolo, qualcosa dentro di lui lo spingeva a vedere come poteva andare una relazione con lei. Faceva molto affidamento sul suo istinto, gli aveva salvato la vita più di una volta, e, in quel momento, il suo istinto gli diceva che Emily era proprio il tipo di donna che avrebbe capito chi era e cosa faceva per vivere.

Soddisfatto della sua decisione, Fletch tornò a lavorare sulla macchina, fischiettando, più felice di quanto non fosse da molto tempo, elaborando nella sua mente come avrebbe potuto avvicinarsi a Emily. La trepidazione di corteggiarla gli scorreva nelle vene.

———

Emily baciò la fronte di Annie e chiuse il libro dell'ultimo episodio di *The Boxcar Children* che le stava leggendo. Si assicurava di fermarsi alla biblioteca pubblica ogni settimana, e di prendere abbastanza libri per intrattenere sua figlia, fino a quando non sarebbe potuta tornare lì a prenderne altri.

«Mamma, perché va bene che Fletch si disegni tutte le braccia, ma io non posso farlo sulle mie?»

Emily trattenne un sorriso e cercò di sembrare seria. «Si chiamano tatuaggi, tesoro, e sono permanenti. Non sono disegni.»

«Ne ha molti. Come ha fatto a farli pernanenti?»

«Per*ma*nenti. Significa che non andranno mai via. Li disegnano con un ago.» Emily cercò di rendere il processo il più sgradevole possibile, sapendo che se c'era qualcosa al mondo che non piaceva a sua figlia, erano gli aghi. «L'inchiostro viene inserito nell'ago e viene spinto nella pelle più volte, fino a quando il disegno entra sotto e non viene più fuori.»

«Aghi?» chiese Annie inorridita.

Emily annuì solenne.

«Che schifo. Perché?»

«Alcune persone li usano come decorazione, altri come un modo per esprimersi.»

Annie aggrottò il viso. «I suoi sono belli, ma non capisco.»

Emily era d'accordo con la figlia per quanto riguardava la prima parte, i tatuaggi di Fletch *erano* belli, non che lo avrebbe mai ammesso. Cambiò argomento. «Ricordi di cosa abbiamo parlato stasera?»

«Sì.»

«Cosa abbiamo detto?»

«Che non mi è permesso far entrare qualcuno nel nostro appartamento. Che è la *nostra* casa e il nostro posto sicuro.»

«Esatto, tesoro. E riguardo le serrature della porta?»

«Che devo sempre chiudere a chiave la porta dietro di me quando entro. Incluso il mio lucchetto a catena speciale.»

«Bene. E perché devi farlo?»

«Perché questa è la nostra casa e nessuno è autorizzato a entrare, a meno che non lo invitiamo noi.»

Emily annuì. «Sì. Non voglio che tu abbia paura delle persone, tesoro, ma ci sono alcuni uomini e donne cattivi in questo mondo, che vogliono prendere ciò che non appartiene a loro.»

«Come i ladri?»

Emily annuì, sapendo che sua figlia non capiva davvero. «Esatto, come i ladri. Quando siamo qui, nel nostro appartamento, siamo al sicuro dai ladri. È la nostra casa.»

«E come gli uomini spaventosi che c'erano dove vivevamo prima... giusto, mamma?»

Gli occhi di Emily si riempirono di lacrime, baciò la testa della figlia per cercare di nascondere le proprie emozioni al suo sguardo troppo attento. «Sì, Annie, come gli uomini spaventosi dell'altro posto. Ma non sono qui. Ed è solo una buona abitudine entrare in casa e chiudere la porta. Giusto?»

«Giusto, mamma. Ma Fletch non fa paura.»

«È vero. Ma, Annie, dovresti proprio lasciarlo in pace quando lavora. Potrebbe non piacergli che tu lo interrompa.»

«Ha detto che i suoi amici lo chiamano Fletch. Sono sua amica. Non gli importa se lo interrompo.»

Emily si chinò e baciò di nuovo la figlia. «Ti voglio bene, Annie.»

«Ti voglio bene anch'io, mamma.»

«Fai bei sogni.»

«Ok, anche tu.»

Emily tirò su le coperte dal lato della figlia, sul letto matrimoniale che a volte dividevano. Ad Annie piaceva sentirsi avvolta quando dormiva, così le infilava le coperte intorno più strette possibile, poi ne metteva una sopra di sé quando andava a letto. La maggior parte delle volte, tuttavia, Emily trovava più facile stare sul divano, per non disturbare Annie quando andava a dormire più tardi dell'orario normale. Accese la piccola lampada da tavolo che aveva trovato in un mercatino per un dollaro e lasciò la stanza, chiudendo la porta dietro di sé.

Si mise a fare qualche lavoretto nella piccola zona giorno; pulì il bancone della cucina e lavò i pochi piatti che erano nel lavandino. Mise alcuni cracker in un piccolo sacchetto, impacchettò una mela e preparò un panino per il pranzo di Annie del giorno successivo. Guardò le ultime due mele rimaste sul bancone e scosse la testa. Doveva risparmiarle per i pranzi di Annie. Emily sapeva che sarebbe stata pagata di nuovo alla fine della settimana, quindi sarebbe stata in grado di spendere di più e concedere a entrambe un dolcetto.

Il suo stomaco brontolò, sembrava che avesse sempre fame, ma non avrebbe mai tolto il cibo a sua figlia. Emily andò al piccolo armadio del corridoio e tirò fuori una coperta, la portò sul divano e si sdraiò, coprendosi con il soffice tessuto che aveva trovato l'anno scorso al mercatino dell'usato della chiesa. Poi accese il piccolo televisore che Fletch aveva sistemato nell'appartamento, nel periodo tra quando aveva visitato la casa e quando si era trasferita.

Le aveva lasciato una nota con scritto solo:

Avevo una TV in più. È collegata alla mia parabola satellitare. Nessun costo aggiuntivo. Divertitevi. —F

I suoi pensieri andarono a Fletch. L'aveva sorpresa. Era diventata troppo cinica da quando il padre di Annie se n'era andato, dipingeva tutti i soldati con lo stesso pennello contaminato, che aveva imparato a usare dopo aver partorito da sola e senza un soldo. Ma il suo nuovo padrone di casa era diverso. Nelle poche settimane da quando vivevano lì, faceva sempre tutto il possibile per parlare con Annie, e non la ascoltava distrattamente, partecipava.

Ma non era solo perché era gentile con sua figlia, era anche per l'attenzione che rivolgeva a *lei*. La guardava come se gli piacesse ciò che vedeva... cosa che non accadeva da molto tempo. Emily si era sentita femminile per la prima volta da secoli. Ed era una sensazione reale. Non è che sfilasse davanti a lui con maglie scollate e pantaloncini che le coprivano a malapena le natiche. Tuttavia, poteva anche leggere male i segnali che mandava Fletch. Era da un bel po' che non le passava per la mente di provare a flirtare, o di riuscire a suscitare l'interesse di un uomo. Si era abituata ad affrontare la vita un giorno alla volta, ignorando tutto e tutti intorno a lei, tranne Annie.

Ma Fletch le faceva venir voglia di provare, di essere carina per lui. Sorrise alla stanza vuota. Fletch era attraente. Era muscoloso e massiccio, e i capelli un po' lunghi, che si arricciavano sul collo, le facevano venire voglia di infilarci le dita e strattonarli mentre lui le divorava la bocca.

Dio, era da tanto tempo che non provava alcun tipo di impulso sessuale, era quasi sorprendente, ma piacevole. Forse non era un'idea intelligente avere una storia con qualcuno che aveva il controllo sul suo affitto, e che poteva cacciarla con un minimo preavviso, ma non riusciva a fare a meno di pensarci. Se lui avesse schioccato le dita, probabilmente avrebbe obbedito a ogni suo comando.

Pensare a Fletch la fece dimenare sul divano. Non stava con un uomo da un bel po' di tempo, ma ciò non significava che non avesse un sano desiderio sessuale. Emily fece scivolare la mano lungo lo stomaco e la spinse sotto l'elastico dei pantaloni. Chiuse gli occhi e immaginò una delle sue scene preferite di un romanzo rosa che aveva letto una volta, sovrapponendo gli occhi, le mani e il corpo di Fletch a quella fantasia.

Era distesa su un letto enorme, nuda, mentre Fletch era in piedi, lì accanto, nudo anche lui. Nel libro, l'uomo strisciava sopra la protagonista e la leccava fino a portarla all'orgasmo, poi la prendeva da dietro, ma nella sua mente, Fletch si prese il cazzo impressionante in mano e si accarezzò, incoraggiandola a fare lo stesso su di sé.

Le dita di Emily scivolarono attraverso le sue pieghe bagnate, mentre immaginava Fletch che le diceva quanto fosse bella e che non vedeva l'ora di entrare in lei. Mosse le dita più velocemente sul clitoride, gemendo, mentre gli occhi azzurri sognanti di Fletch rimanevano incollati su quello che lei stava facendo.

Emily non ci mise molto, era eccitata e pronta. L'orgasmo raggiunse subito il picco, e gemette piano mentre veniva, per non svegliare Annie. I suoi fianchi sussultarono e continuò ad accarezzarsi per prolungare le deliziose sensazioni, e immaginò l'orgasmo di Fletch; la mano che stringeva più forte il suo uccello, mentre gemeva alla vista di lei che veniva, esplodendo di piacere anche lui.

Sospirò, allontanò la mano da in mezzo le gambe, e si allungò, soddisfatta. Magari non aveva un ragazzo, ma sapeva come prendersi cura di se stessa. Lo faceva da molto tempo ed era sempre stato fantastico. Ma stasera, era stato diverso, forse perché invece di un protagonista senza nome e senza volto, nella sua mente c'era stato Fletch. Ma era impossibile che un uomo come lui fosse single. E se lo era, significava che c'era qualcosa che non andava in lui.

Emily cercò di togliersi dalla testa il suo padrone di casa sexy. Era inutile sperare in qualcosa che non fosse realistico, e che comunque, probabilmente, non sarebbe accaduto. Poteva sognare ad occhi aperti su di lui, ma era tutto ciò che sarebbe mai successo.

Emily si addormentò sul divano, sognando di essere gettata su un letto, e di essere amata da un uomo con muscoli gonfi e un sorriso sexy... e di sentirsi al sicuro, per la prima volta dopo tanto tempo.

CAPITOLO TRE

«CHI È?» chiese Emily da dietro la porta chiusa.

«Fletch.»

Il battito del suo cuore accelerò solo sentendo la sua voce, cercò di darsi un contegno, in modo da non saltargli addosso nel momento in cui avrebbe aperto la porta. Emily sganciò entrambe le catene e sbloccò la serratura prima di aprire. «Ehi, Fletch.» Cercò di sembrare calma e composta, quando dentro si sentiva come un'adolescente eccitata, felice di vedere il ragazzo per cui aveva una cotta.

«Ciao.»

«Che succede?»

«Due cose.» Fletch non ci girò intorno. «Ho portato qualcosa per Annie.»

Emily abbassò lo sguardo sulle mani di Fletch e vide che aveva in mano una borsa.

«Mi è piaciuto passare del tempo con lei nelle ultime due settimane, l'ho visto e ho pensato ad Annie.»

«Oh... ehm...» Emily non era molto elettrizzata dal

fatto che un uomo che non conosceva bene, facesse dei regali alla sua bambina.

Quando non prese la borsa, Fletch la posò a terra vicino alla porta. «L'altra cosa che sono venuto a dirti, è che sarò fuori città per un po'.»

«Oh, ok.»

«Ti ho portato le chiavi di casa, e speravo che potessi essere ancora disposta a dare un'occhiata e assicurarti che tutto vada bene, oltre a portare la posta.» Tirò fuori dalla tasca un portachiavi, con una sola chiave attaccata.

«Certo. Sarò felice di aiutarti» gli disse Emily.

«Mamma!» si sentì dall'interno dell'appartamento. «Sbrigati! Non riesco a leggere velocemente come te e voglio sapere cosa succederà!»

I due adulti sorrisero per l'impazienza nella voce di Annie. Emily girò la testa per urlare a sua figlia, senza nemmeno pensare a quanto probabilmente non fosse la cosa più signorile da fare di fronte a Fletch. «Frena l'entusiasmo! Arrivo subito!»

Fletch sorrise di più. Emily e sua figlia erano adorabili.

Emily uscì e chiuse la porta dietro di sé, poi tese la mano per il portachiavi. «Qualche istruzione specifica?»

«Sì, ho un sistema d'allarme. Quando entri in casa, devi inserire il codice o arriverà la polizia in pochi minuti.»

Emily rise nervosa. «Oh, ok. Anche se devi sapere che faccio schifo con gli allarmi. Mi mettono a disagio, quindi inevitabilmente mi faccio prendere dal panico e inserisco il codice sbagliato, o non lo inserisco in tempo, o altro. Non mi hanno più permesso di aprire o chiudere il PX, perché l'ho fatto saltare troppe volte e il mio capo ha finalmente capito che ero senza speranza.»

Fletch sorrise all'agitazione della donna. Indossava un

paio di leggings neri e una canotta viola. Non stava flirtando con lui o cercando di farsi notare in qualche modo, e forse era per questo che *l'aveva* notata. Era snella, ma aveva le curve in tutti i posti giusti. Poteva quasi immaginare la sua mano scivolare sullo stomaco fino al seno e...

Scosse la testa. Non era il né tempo né il luogo. Aveva una missione da preparare e non era nello stato mentale giusto, al momento. Fletch si schiarì la gola e cercò di rassicurarla.

«È facile. Vuoi venire a vedere come funziona? Oppure posso scrivere il codice e puoi capire il funzionamento in seguito.»

«Meglio se vengo ora, con la mia fortuna, perderei il foglio o non sarei in grado di trovare la tastiera quando entro.» Girò la maniglia e aprì la porta, poi urlò di nuovo dentro la stanza, senza preoccuparsi che Fletch fosse lì. «Annie! Devo andare un attimo a casa di Fletch. Vieni a chiudere a chiave la porta!» Emily sapeva che probabilmente era esagerato, dato che stava andando a casa sua per pochi minuti, ma si era abituata a chiudere a chiave ogni volta che se ne andava, quando viveva negli altri complessi di appartamenti; era difficile cambiare l'abitudine.

Aspettarono e sentirono il rumore di piccoli piedi correre verso la porta, prima che Annie piagnucolasse: «Voglio venire anch'io!»

«Starò solo un secondo, piccola, puoi rimanere qui.»

«Voglio venireeeee!»

«Ann Elizabeth Grant» la avvertì Emily, con voce severa.

Annie sporse la testa fuori dalla porta e guardò Fletch. «Voglio venire, Fletch. Per favore?»

Lui guardò Emily. Non sarebbe mai andato contro a

tutto ciò che lei aveva detto di fronte a sua figlia, ma le lanciò uno sguardo che sperava le facesse capire, che non gli dispiaceva se la bambina fosse andata con loro.

Emily rise e scosse la testa. «Dio, che faccia da cane bastonato. Bene, Annie, puoi venire, ma non toccare nulla nella casa di Mr. Fletcher.»

«Sìì!!»

«Vai a mettere le scarpe da ginnastica. Non preoccuparti di toglierti il pigiama, non ci metteremo molto.»

«Va bene! Torno subito. Non andate senza di me!»

Emily sorrise mentre sua figlia tornava di corsa nell'appartamento per mettere le scarpe. Si voltò e guardò Fletch. «Grazie per averla lasciata venire. Non resteremo a lungo. Basta che mi mostri come inserire il codice e ci toglieremo di mezzo. Sono sicura che hai molte cose da fare prima di partire.»

Fletch si ritrovò a mentire. «No, non ho molto da fare. Non c'è problema.» In realtà doveva rivedere gli ordini, esaminare le mappe, ed era una sua responsabilità, come lo era di tutti gli uomini del team Delta Force, elaborare un piano d'azione. Ognuno di loro avrebbe spiegato il proprio la mattina successiva e avrebbero trovato il modo migliore per procedere. Ma non poteva resistere al fatto di passare qualche minuto con Emily e Annie. Lo facevano sempre sorridere.

Annie tornò di corsa verso di loro e quasi inciampò nella borsa posata per terra sulla soglia. «Che cos'è?» chiese con curiosità infantile.

«È per te» le disse Fletch, che la raccolse e gliela porse.

Annie non allungò nemmeno la mano, sollevò invece lo sguardo su sua madre, come le era stato insegnato. Emily annuì, facendo capire alla figlia che andava bene, e solo allora la bambina prese la borsa che le stava porgendo.

Guardò dentro, e Fletch giurò che i suoi occhi diventarono tre volte più grandi. Sollevò lo sguardo su di lui. «Per me? *Veramente?* Non è nemmeno il mio compleanno.»

«Sì, scricciolo. Per te. Non so quando è il tuo compleanno, ma li ho visti e ho pensato che potessero piacerti. È un evento speciale, però. Non aspettarti un regalo ogni giorno. Chiamalo "regalo di benvenuto" nel tuo nuovo appartamento.»

Annie si inginocchiò sul pianerottolo, infilò la mano dentro la borsa e tirò fuori due pacchetti. Erano bambole di GI Joe. Fletch le aveva viste in un negozio quella mattina e aveva pensato ad Annie. Sembravano il tipo di cosa che le sarebbe piaciuta. Erano bambole, sì, ma Fletch pensava che il contesto militare avrebbe annullato il fatto che erano il tipo di giocattolo con cui non le piaceva giocare, come aveva detto in precedenza.

Annie posò i soldati con riverenza sulle assi di legno del pianerottolo e li guardò. Fece scorrere la punta del dito sulla plastica di una delle scatole e si rivolse a sua madre. «Mamma, sono *nuovi*.»

«Lo vedo, tesoro.»

«*Nuovissimi*» sussurrò di nuovo Annie, chinandosi e mettendo il viso proprio accanto al pacchetto, come per parlare con il soldato di plastica all'interno. «Ciao, soldato. Sono Annie.»

Fletch osservò la bambina confuso. Non aveva mai visto nessuno accettare un regalo come aveva fatto lei. Era toccante, adorabile... e triste allo stesso tempo. La maggior parte dei bambini avrebbe strappato allegramente la confezione per prendere i giocattoli, ma Annie non sembra aver davvero fretta di tenerli tra le mani. Stava guardando uno dei GI Joe attraverso la confezione, come se fosse prezioso e fragile.

«Annie, vuoi ancora venire con noi? O vuoi restare qui con i tuoi giocattoli nuovi?» chiese Emily con voce gentile.

La bambina sollevò lo sguardo e rispose subito: «Con te e Fletch. Mi aspettate mentre li metto dentro dove è più sicuro e non si sporcano?»

«Ma certo tesoro. Vai pure, ti aspettiamo. Prenditi il tuo tempo.»

Fletch osservò mentre Annie prendeva con cura uno dei pacchetti e lo rimetteva nella borsa, poi fece lo stesso con l'altro. Si alzò e si infilò nella porta, scomparendo di nuovo nell'appartamento.

«Come sapevi che le piacevano i personaggi militari?» gli chiese Emily.

Fletch scrollò le spalle e si mise le mani in tasca. «Me l'ha detto la settimana scorsa.»

Emily aprì la bocca per dire qualcos'altro, per spiegare perché sua figlia fosse così affascinata dal fatto che i giocattoli fossero nuovi, ma Annie tornò prima che potesse pensare a come spiegarlo.

La bambina andò dritta da Fletch e avvolse le braccia intorno alle sue cosce. Si aggrappò e strinse forte. «Grazie, Fletch. Graziegraziegrazie.»

Le accarezzò la testa. «Prego, scricciolo.»

Rimase lì, a disagio per un momento, sentendo il cuore gonfiarsi per il tenero affetto che Annie gli aveva dimostrato, finché Emily esortò sua figlia: «Dai, andiamo, è già ora di andare a letto, Annie.»

La bambina sollevò lo sguardo su di lui e annuì distrattamente. «È la cosa più bella che abbia mai ricevuto. Grazie.»

Fletch annuì, pensando che se i personaggi di GI Joe da dieci dollari, erano le cose più belle che Annie avesse mai ricevuto, era un po' triste, e avrebbe fatto il possibile per viziarla di più... senza ferire i sentimenti di Emily, ovvio. Se non poteva permettersi di comprare giocattoli nuovi alla figlia, non voleva turbarla in alcun modo. Ci teneva a entrambe... soprattutto a Emily. C'era qualcosa in lei che gli faceva venire voglia di avvolgerla tra le braccia e tenerla stretta.

I tre attraversarono il cortile verso casa sua e Annie tenne sia la mano della madre, sia quella di Fletch. Chiacchierò mentre camminavano, a quanto pare era tornata di nuovo la solita lei. Entrarono in casa e Fletch mostrò a Emily dove si trovava la tastiera dell'allarme. Non le disse che il sistema non solo era collegato al dipartimento di polizia locale, ma anche in rete, per avvisare alcune particolari persone che Fletch conosceva e di cui si fidava, incluso Tex, in Pennsylvania.

«Il codice è due-sei-quattro-tre-sette. Quando entri, premi quei numeri e poi il pulsante verde. Questo disattiverà l'allarme. Quando esci, premi gli stessi numeri, due-sei-quattro-tre-sette e poi il pulsante rosso. Hai un minuto per uscire di casa quando te ne vai, e per digitare i numeri quando entri. Se rimarrai qui per un certo periodo di tempo – sentiti libera di guardare un film o altro – premi gli stessi numeri, due-sei-quattro-tre-sette e il pulsante giallo. Ciò innescherà l'allarme, ma i sensori di movimento interni non saranno attivi, in modo da poter camminare liberamente senza preoccuparsi di farlo saltare. Capito? Vuoi fare un po' di pratica?»

«Ehm... sì, anche se penso ancora che non sia un'ottima idea. Non sapevo che avessi i sensori di movimento.»

Fletch osservò Emily digitare nervosamente i numeri e attivare l'allarme, poi premere gli stessi numeri e il pulsante verde per spegnerlo.

«Ce l'hai fatta. È semplice, te l'avevo detto.»

«Sì, se mi ricordo i numeri» scherzò Emily.

«Sono facili da ricordare, mamma» le disse Annie. «È il mio nome.»

«Che cosa?»

«È il mio nome. Be', è scritto in modo sbagliato, ma potrebbe comunque essere il mio nome.»

Fletch si accovacciò per poter guardare Annie negli occhi. «Com'è scritto, scricciolo?» Fletch pensò di assecondare la bambina.

«A-N-I-E-S. È come se fosse il mio, ma con una sola N invece di due.»

«Di cosa stai parlando, Annie?» chiese Emily confusa.

La piccola guardò Fletch e sussurrò: «È come facevano i *code talkers* indiani... è un codice. Ci hanno parlato di loro a scuola.»

«Dei code talkers Navajo?» chiese Fletch.

«Sì, sì.»

«Vuoi descrivermi il codice segreto?»

Annie annuì con un'espressione seria. «È il codice del telefono.»

Fletch guardò negli occhi azzurri della bambina. Si era appoggiata a lui in modo così fiducioso. Fu allora che si rese conto *esattamente* di quanto fosse intelligente la figlia di Emily. «Il codice del telefono. Sì, hai ragione, è proprio quello.»

«Uno di voi vuole illuminarmi?» chiese Emily, incrociando le braccia al petto. Guardare quell'uomo bellissimo, a cui pensava troppo spesso, inginocchiarsi per terra e parlare con sua figlia come se non fosse intelligente in modo eccessivo, le fece battere il cuore e desiderare cose che di certo accadevano solo nei sogni.

«Dici che dovremmo spiegarle il codice segreto?» Fletch chiese ad Annie in modo scherzoso, e le fece l'occhiolino.

Lei ridacchiò. «Sì, è la mamma, penso che dovrebbe saperlo.»

Fletch annuì d'accordo. «Sì, mantenere i segreti con la mamma non è una bella cosa.» Alzò lo sguardo su Emily. «Per quanto riguarda il codice, su un telefono, a ciascun numero sono assegnate determinate lettere. Ad esempio, il numero due ha A, B e C. Il numero tre ha D, E e F e così via.»

Annie riprese da dove aveva interrotto Fletch. «Sì, e quattro ha G, H e I. Quindi, il numero nel suo codice, due-sei-quattro-tre-sette, può scrivere molte cose, ma una di quelle è Anie-s... con una N anziché due.»

Emily abbassò lo sguardo su sua figlia, sbalordita. Gesù, avrebbe dovuto cercare di farla entrare in una scuola per bambini dotati.

Fletch arruffò i capelli di Annie mentre si alzava. «Sei un tipo sveglio.»

«Lo so» gli disse, sorridendo.

«Sul serio, l'ho già detto» Fletch si rivolse a Emily, «ma ti prego, non esitare a venire qui se vuoi guardare un film o altro. La mia posta puoi metterla sul bancone in cucina. Non credo che dimenticherai il codice *ora*, vero?»

«No, credo proprio di no» concordò Emily, ancora un

po' scioccata, dopo aver ascoltato le prove di quanto fosse davvero intelligente sua figlia.

«Bene. Ti lascio quella chiave così puoi usarla ogni volta in cui potresti averne bisogno. Dai, vi riaccompagno a casa vostra.»

«Non serve, è solo dall'altra parte del cortile.»

«Vi riaccompagno.»

Annie prese la mano di Fletch e lo tirò verso la porta. «Sbrigati mamma, voglio tornare e guardare i miei giocattoli!»

Attraversarono il cortile e salirono le scale fino al piccolo appartamento sopra il garage. Emily aprì la porta e Annie si lanciò dentro, senza preoccuparsi di salutare Fletch, troppo eccitata di tornare ai suoi nuovi giochi.

A Fletch non sfuggì ciò che Annie aveva detto, e cioè che voleva tornare nella sua stanza per *guardare* i suoi giocattoli, non giocare con loro. Non pensava che fosse un errore di scelta di termini. Nelle ultime settimane aveva imparato che Annie diceva ciò che intendeva dire, la maggior parte delle volte.

«Grazie ancora per il regalo, li adora» disse Emily a Fletch.

«Prego.»

«Per quanto resterai via? I militari stanno in missione per mesi ogni volta, vero?» chiese.

«Sì, ma faccio parte di un gruppo speciale, non di un plotone o di un'unità. Non posso davvero parlarne molto, scusa. Non so quanto resteremo via questa volta. Le nostre missioni a volte durano un giorno, o possono essere a lungo termine, fino a un anno, ma sono abbastanza sicuro che questa sarà breve, si spera più o meno una settimana.»

Emily lo guardò a bocca aperta. «Un anno? Veramente?»

«Già, anche se non sono mai state così lunghe in passato.»

«Oh. Ok.»

«Starete bene qui?»

«Sì, benissimo. L'appartamento è perfetto per noi. Lo adoro.»

«Bene. Apprezzo che tu tenga d'occhio le cose mentre sono via.»

«Chi se n'è occupato in passato?»

«Di tanto in tanto si fermavano alcuni amici del lavoro» le disse Fletch.

«Ah. Ok, sarò felice di prendere la tua posta e di assicurarmi che tutto vada bene.»

«Grazie. Immagino che ci vedremo quando torno.»

«Sì, certo.»

«Abbi cura di te e di Annie mentre sono via.»

Quelle parole la sorpresero, ma la fecero sentire bene. «Lo farò. Non preoccuparti per noi, ce la caveremo. *Tu* fai attenzione. Ok?»

«Lo farò. Grazie. Ci vediamo presto.»

«A presto.» Emily chiuse la porta e vi si appoggiò contro. Come diavolo sarebbe stata in grado di tenere le mani lontane da lui in futuro, era impossibile da capire. Era bellissimo. Ma per quanto sperasse che fosse lui a fare una mossa, sembrava totalmente immune a lei. Non aveva più molta pratica nel flirtare. Amava Annie con tutto il cuore, ma la bambina non era adatta a fare da spalla.

Oh be', forse quando Fletch fosse tornato dalla sua missione, avrebbe provato a vedere se riusciva a sfoderare il suo il fascino. Magari non era una cosa molto intelligente da fare e avrebbe potuto rendersi ridicola, ma Fletch era davvero molto sexy, ed era passato troppo tempo da quando si era sentita attratta da un uomo. Nel frattempo, avrebbe continuato a sognarlo.

————

Fletch chiuse a chiave la porta e attivò il sistema d'allarme. Controllò i monitor e guardò mentre le luci si spegnevano nell'appartamento dall'altra parte del cortile. Sospirò. Stava facendo fatica a stare lontano da Emily. Lei sembrava essere tutto ciò che gli piaceva in una donna. Lavorava sodo, era compassionevole, attraente... e una fantastica madre. Quello era ovvio. Si era ritrovato sempre più spesso a sognare a occhi aperti di spogliarla, di come lo avrebbe guardato con passione negli occhi mentre le accarezzava il corpo.

L'altra notte aveva fatto un sogno straordinario, in cui la guardava mentre si masturbava per lui. Era stato sensuale da morire, e non qualcosa su cui pensava di eccitarsi, ma si era svegliato con un'erezione così potente, che aveva girato la testa per vedere se fosse un sogno o la realtà. Purtroppo per lui, era da solo nel letto, ma Fletch aveva chiuso subito gli occhi, riportando l'immagine che la sua mente inconscia aveva sognato, e in pochi minuti si era portato all'orgasmo.

I pensieri su Emily si stavano, in realtà, trasformando in una specie di ossessione, per cui Fletch sapeva di dover fare qualcosa. Non era mai stato il tipo di uomo che stava lì ad aspettare, nella speranza che succedesse qualcosa. Inseguiva ciò che voleva – e voleva Emily.

E poi c'era Annie. Fletch non aveva mai pensato di essere un tipo paterno, ma ricordando lo sguardo di meraviglia negli occhi della bambina, mentre guardava i personaggi militari che le aveva portato, si era reso conto che avrebbe voluto vederlo di continuo. Si sentiva protettivo nei suoi confronti e voleva fare tutto il possibile per renderla felice.

Ma lui non era una buona scelta quando si trattava di relazioni. Non solo il suo lavoro era estremamente pericoloso, ma non aveva mai sentito il bisogno di rivendicare una donna per sé, per sempre. Non aveva mai voluto essere tanto coinvolto da qualcuno da influire sul suo lavoro... ma temeva che potesse essere troppo tardi. La sua nuova inquilina gli era entrata sottopelle.

Voleva Emily *e* sua figlia per sé, ma doveva essere astuto, andarci piano. Non appena Fletch fosse tornato da quella missione, avrebbe fatto la sua mossa, per capire se Emily aveva un interesse per lui. Anche con tutte le insidie che avrebbe trovato nella sua strada, voleva farlo funzionare... in qualche modo. Non aveva desiderato niente da molto tempo, come desiderava Emily.

CAPITOLO QUATTRO

L'UOMO attese con impazienza nascosto in fondo al vialetto. Sapeva che quello stronzo di soldato e i suoi amici erano in missione, ed era arrivato il momento di mettere in atto la seconda parte del suo piano.

Sorrise e si calò più giù sulla testa il berretto da baseball nero, mentre aspettava che la donna tornasse a casa. La prima parte era stata facilissima da organizzare. Uno dei soldati con cui beveva e giocava d'azzardo, era un impiegato nell'edificio in cui la squadra spesso si incontrava. In cambio del fatto che venissero ignorati alcuni debiti, l'impiegato aveva origliato, per diverse settimane, le loro conversazioni nei momenti di relax.

Il gruppo di amici era noiosissimo e non discuteva mai apertamente di qualcosa legato alle missioni, ma *parlavano* della loro vita personale. L'impiegato aveva passato ogni tipo di informazione riguardo agli uomini, incluso chi aveva profili su siti di incontri e quali fossero, e il loro bar preferito dove bere.

Ma l'informazione più utile era stata che la nuova

inquilina di Fletch era molto povera, e pagava solo cinquecento dollari al mese di affitto. A quanto pare Fletch era un bersaglio facile, che si sentiva dispiaciuto per quella stupida donna e sua figlia.

L'impiegato aveva detto che gli uomini ridevano in continuazione delle cose che la bambina diceva e faceva. Era una specie di genio strambo.

L'uomo si tolse il berretto e si asciugò il sudore dalla fronte con l'orlo della canotta, poi se lo rimise

Quella donna è una troia.

L'uomo annuì, d'accordo con la voce nella sua testa. Sì, tutte le donne lo erano. Perfino la sua ex fidanzata aveva fatto finta di amarlo per usarlo.

Avrà quello che si merita, però.

Sorrise. Già, avrebbe avuto ciò che si meritava. Lui era abbastanza intelligente da trovare sempre qualcosa per ricattare le persone. Prima o poi, gli sarebbe potuto tornare utile. E ora, aveva tutte le informazioni che gli servivano per iniziare la seconda parte del suo piano.

Quello stronzo di soldato e tutto il suo team malediranno il giorno in cui hanno messo in imbarazzo lui e la sua squadra sul campo di battaglia. Nessuno lo fregava e la passava liscia. *Nessuno.*

Quando un'auto entro nel lungo vialetto andando verso il garage, l'uomo in silenzio e con cautela, si avviò sul marciapiede, mantenendosi nascosto tra gli alberi mentre procedeva.

————

Emily entrò nel garage e sospirò stanca. Era stata una lunga giornata, più lunga di molte altre, in un certo senso.

Forse era per la gigantesca svendita che stavano facendo al PX, e la follia che ne seguiva ogni volta che accadeva. Forse perché, in realtà, le mancava Fletch. Non è che avesse passato molto tempo con lui, ed erano trascorsi solo tre giorni da quando se n'era andato, ma era confortante tornare nell'appartamento, e sapere che lui era proprio dall'altra parte del cortile.

O forse era il fatto che Annie fosse molto loquace quel giorno. Emily si era ripromessa, già da tempo, che non avrebbe mai detto a sua figlia che stava parlando troppo. Si stava solo esprimendo, era quello che facevano i bambini. Ma ora, non per la prima volta, avrebbe ucciso per avere un po' di silenzio.

«E poi John ha detto alla maestra che era stupida!» esclamò Annie, scioccata che qualcuno avesse risposto male a un adulto, alla sua insegnante, per giunta.

«Davvero? E poi che è successo?»

«Be', Mrs. O gli ha detto di dimostrarlo.»

Emily sorrise. Il nome di Mrs. O era in realtà Ogliaruso, ma era piuttosto impronunciabile per i bambini di sei anni, quindi aveva felicemente detto ai suoi alunni di chiamarla invece Mrs. O. Emily prese dal sedile posteriore i due sacchetti di plastica di generi alimentari che aveva comprato al lavoro, contenenti le barrette di cereali e il filone di pane che erano stati messi in svendita perché vicini alla scadenza, e le sei lattine di zuppa che erano state scartate perché ammaccate. «Ed è riuscito a dimostrare che lei aveva torto?» chiese, aspettando che Annie uscisse dal garage, in modo da poter premere il pulsante per chiudere la porta e uscire anche lei.

«No. Però ci ha provato, e quando non ci è riuscito, ha

fatto il broncio e ha gettato la sua matita attraverso la stanza.»

«Oh, sembra pericoloso.»

Annie annuì e sollevò più in alto sulla schiena lo zaino dei GI Joe. «Sì. Ed è per questo che è stato mandato nell'ufficio del preside. Mrs. O ci ha detto che era nei guai, non per averle detto che aveva torto, ma per aver lanciato le cose. Ha detto che va bene mettere in discussione... l'atorità, ma non fare rimorso alla violenza.»

«*Autorità* e *ricorso* alla violenza» la corresse automaticamente Emily.

«Sì, è quello che ho detto» brontolò Annie a sua madre. «Ciao.»

La voce le sorprese entrambe, e si voltarono mentre la porta del garage si chiudeva dietro di loro. Un uomo si era avvicinato troppo ad Annie perché Emily si sentisse tranquilla, così afferrò la figlia con la mano libera e la spinse dietro di sé.

Non aveva mai visto quell'uomo prima d'ora. Si atteggiava con lo stesso tipo di... arroganza che aveva visto in Fletch, ma in quel tizio sembrava diverso. Fletch era sicuro di sé, ma in modo protettivo. Sapeva di essere più forte e più pericoloso della maggior parte delle altre persone intorno a lui. Ma mai una volta, Emily aveva pensato che fosse pericoloso per lei o per Annie.

Ma l'uomo lì davanti era arrogante come i bulli. Le sue labbra erano curvate verso l'alto in un ghigno, come se sapesse che aveva paura di lui. La sua canottiera nera aderiva ai muscoli del petto, ed Emily notò un tatuaggio di un teschio nero sull'avambraccio. Indossava pantaloni mimetici, come quelli che vedeva tutti i giorni al lavoro, e aveva un berretto da baseball calato sulla fronte, che rendeva difficile vedere i suoi occhi. Era ovvio che fosse un militare, ed Emily giunse alla conclusione che doveva essere lì per vedere Fletch.

«Fletch non è qui.»

«Lo so.» La sua risposta fu immediata e prepotente. «Sono qui per vedere te, Emily.»

«Annie, vai di sopra.» Emily usò la sua voce da "mamma", quella che Annie aveva imparato a non disobbedire. Chiamalo un istinto materno, ma tutto ciò che riguardava quello sconosciuto le faceva rizzare i peli sulla nuca. Emily non aveva idea di come conoscesse il suo nome, ma il suo lato protettivo prese il sopravvento e voleva che la figlia fosse il più lontano possibile da quell'uomo.

Annie prese le chiavi che sua madre le porse con una scrollata di spalle, si voltò e salì le scale sul lato dell'edificio, senza dire una parola.

«È carina.»

«Cosa vuole?» chiese Emily, cercando di distogliere l'attenzione da sua figlia.

«Domanda interessante. Il punto è questo... Emily... il tuo padrone di casa mi deve dei soldi.»

«Perché non aspetta che sia tornato, così può chiederli a *lui*?» rispose con un accenno di sarcasmo. Non le piaceva che quell'uomo conoscesse il suo nome. Non le piaceva che fosse stato in grado di sorprenderla. *Soprattutto*, non le piaceva il modo in cui aveva guardato Annie.

«Perché gli ho parlato prima che se ne andasse e mi ha detto che avresti avuto *tu* i soldi per me.»

«*Che cosa?*»

«Sì. Ha detto che ti ha affittato questo posto per una miseria, e che mi avresti pagato mensilmente per compensare ciò che mi doveva.»

Emily corrugò la fronte, confusa. Non sembrava per niente qualcosa che Fletch avrebbe fatto, ma non lo conosceva da tanto e, in realtà, avevano parlato solo di sfuggita.

«Vieni a sederti con me» ordinò il soldato, prendendole le borse della spesa dalle mani e posandole piano per terra. «Non fare storie, fai tutto ciò che ti dico e nessuno si farà male. Capito?» Le prese la mano come avrebbe fatto un innamorato, ma invece di tenerla con tenerezza, la strinse forte, facendole male alle dita che erano serrate insieme.

Non sapendo cosa volesse l'uomo – e, cosa più importante, cosa avrebbe potuto fare a lei o ad Annie se avesse "fatto storie" – lo seguì senza lottare. «Posso sapere il suo nome?» chiese, mentre veniva trascinata verso un grande masso lungo il vialetto.

L'uomo la spinse giù, non lasciandole altra scelta che sedersi. La girò un po', in modo che desse le spalle alla casa principale, e le prese anche l'altra mano nella sua. Le tenne strette mentre si inginocchiava di fronte a lei.

«Il mio nome non ha importanza. Ciò che conta è che Fletch mi deve una vagonata di soldi.»

«Io non...»

«Mi pagherai duecento alla settimana.»

Emily sobbalzò per lo shock. Duecento... a *settimana?* Era impossibile che potesse pagarlo in aggiunta all'affitto, al cibo e alla benzina. Pensò di nuovo che Fletch non le avrebbe messo sulle spalle i suoi debiti, non importa quanto fosse disperato. «Non le credo, Fletch non mi farebbe pagare i suoi debiti.»

«No? Pensava che l'avresti detto. Ha notato che te lo mangi con gli occhi, ma è troppo fuori dalla tua portata, pensa che sia divertente che tu abbia pensato che potesse essere interessato a te in quel modo. L'altro giorno, quando abbiamo parlato della tua situazione qui, mi ha detto che ti faceva pagare solo cinque centoni al mese, e che gli hai confessato che con i soldi che risparmi sull'affitto, stavi lavorando per incrementare il tuo conto risparmio. Quanto hai già risparmiato? Mille dollari? Due? Lui mi deve venti volte quelli.

Il tuo padrone di casa ha un problema con il gioco, Emily. Mi deve una montagna di soldi e se vuoi continuare a vivere qui, con quella bambina troppo intelligente, al sicuro dai predatori che si trovano in giro per tutta la città, mi pagherai.»

Emily impallidì, ma l'uomo continuò, sembrava che si godesse la sua angoscia.

«E se non lo fai, se decidi di pensare che sto bluffando e vai dal tuo padrone di casa per provare a chiarire la questione e fargli pagare i suoi debiti, i servizi di tutela dei minori riceveranno una chiamata in merito a una situazione di abusi. Verranno a conoscenza del fatto che una bambina vive in una proprietà con un uomo single che fa sempre feste con i suoi amici maschi, e di come viene lasciata sola per lunghi periodi di tempo mentre sua madre lavora.»

«Non le crederebbero» disse Emily, in un tono che non era deciso come voleva che fosse.

«Può essere. O forse no. Ma dovrebbero indagare. E quando i servizi sociali indagano sulle accuse di abuso, il bambino viene portato via di casa e messo in affidamento. Vuoi che tua figlia vada in affidamento, Emily?»

«No!» esclamò, inorridita. Il solo pensiero di separarsi da Annie, di non sapere se avesse pasti decenti, se le fosse permesso di leggere ciò che voleva, le lacerò il cuore.

«Certo che no. Ma non ho niente a che fare con lui, lo conosco a malapena. Io...»

In quel momento, Emily riconobbe la malvagità negli occhi dell'uomo, mentre portava una mano sul suo viso per accarezzarlo, poi le spostò una ciocca di capelli castani dietro l'orecchio. Lei sussultò a quel tenero gesto, sapendo che era tutt'altro.

«Non mi interessa. E so che stai mentendo. Lo conosci. Ci ha detto come lo spogli con gli occhi ogni volta che ti vede. Non avrebbe problemi a scoparti, se servisse allo scopo; non rifiuterebbe mai la possibilità di fare sesso. Ma Emily, sappi che farò tutto il possibile per portarti via la tua preziosa Annie, se non mi paghi ogni settimana.»

Doveva aver visto un lampo di ribellione nei suoi occhi, perché si sporse in avanti e ringhiò, sputandole un po' in faccia: «Sono un cecchino, Emily Grant. Pensi che non possa portarti via tua figlia? Posso infilarle un proiettile tra gli occhi e nessuno saprà mai che ero lì. Forse non ti frega niente di Fletch, se non perché ti eccita. Ma che dire di Annie? Le piace giocare fuori, vero? Non puoi tenerla dentro casa tutto il tempo. Non puoi proteggerla mentre è a scuola, durante la ricreazione, no?» Fece una pausa, poi si vantò: «Ottengo sempre ciò che voglio, piccola. Non dubitarne mai.»

Emily a quel punto stava tremando, ma poteva vedere che l'uomo era al cento per cento serio. Mosse la testa su e giù a scatti, facendogli capire che comprendeva perfettamente la sua minaccia.

Quell'uomo spaventoso si alzò, tenendo la testa chinata, e le tese la mano come se fosse un gentiluomo a un ballo che le chiedeva di danzare. «Bene, sono contento che abbiamo fatto questa chiacchierata.»

Lei ignorò la sua mano. «Come posso consegnarle i soldi?»

«Quando Fletch non è a casa, vengo qui. Quando c'è, verrò al PX.»

«Non nel posto di lavoro!» protestò Emily, non volendolo vicino ai suoi colleghi. Poteva causarle molti problemi e lei aveva bisogno di quel lavoro, soprattutto se doveva tirar fuori altri mille dollari circa al mese, per pagare ciò che Fletch gli doveva, e proteggere sua figlia.

Una vocina in un angolo della mente stava urlando che c'era qualcosa che non quadrava... che doveva solo parlare con Fletch, e se ne sarebbe occupato per lei. Ma poi si ricordò di ciò che aveva detto l'uomo. La minaccia, che se fosse andata da Fletch avrebbe chiamato gli assistenti sociali, e che i due avevano riso della sua evidente attrazione per lui. Non pensava di essere stata così trasparente. C'erano anche le minacce dell'uomo verso Annie. Come avrebbe potuto Emily – o come avrebbe fatto Fletch, se era per quello – a vincere contro un proiettile? Era così confusa e non sapeva cosa fare.

Il soldato si chinò, le afferrò la mano e la tirò su, poi la prese per le spalle e si inclinò, avendo addirittura il coraggio di appoggiare la fronte contro la sua in un modo pseudo-intimo. Con voce bassa e minacciosa, disse a denti stretti: «Sì, al lavoro. Non fare scherzi, Emily, e io non li farò a te. Duecento alla settimana. Niente di più, niente di meno. Ci vediamo fra sette giorni per la prima rata. Saluta la bellissima Annie per me.»

Le baciò la fronte e tutto ciò che Emily avrebbe voluto fare, era strofinarvi il braccio sopra per rimuovere la sensazione viscida delle sue labbra sulla pelle. L'uomo fece il gesto di sollevarsi il berretto come saluto, dopo essersi allontanato, poi si diresse sul vialetto e verso la strada. Non sapeva se avesse un'auto parcheggiata da qualche parte nelle vicinanze.

Andò verso il garage, senza voltargli le spalle nemmeno un attimo, raccolse le borse della spesa che l'uomo aveva messo a terra e quando raggiunse il fondo delle scale, si sbrigò a salire. Bussò alla porta quando la raggiunse.

«Annie, sono io. Apri!»

Sua figlia doveva averla aspettata lì, perché Emily sentì subito la catena inferiore venire rimossa, e dopo pochi istanti la porta si aprì.

«Mamma!»

Emily irruppe nella stanza e sbatté la porta dietro di sé, bloccando le catene e assicurandosi che il chiavistello fosse ben fissato. Stava ansimando e probabilmente spaventando a morte Annie, ma non riusciva a controllarsi.

«Mamma?» Questa volta la parola era una domanda.

Emily abbassò lo sguardo e vide la figlia che si stringeva le mani, con gli occhi pieni di lacrime e le sopracciglia aggrottate per la preoccupazione. «Chi era quell'uomo?»

Si accovacciò per terra e prese Annie tra le braccia, la strinse, accarezzandole la testa, dando, e allo stesso tempo prendendo, conforto dall'abbraccio. «Nessuno di cui preoccuparsi, piccola.»

«Non mi piaceva.»

I bambini sono la bocca della verità, fu il primo pensiero di Emily. Neanche a lei piaceva. Ma non voleva preoccuparla, era già abbastanza sensibile. Doveva assicurarsi che Annie fosse cauta, ma non spaventata a morte. Si scostò e mise le mani sulle piccole spalle della figlia, e cercò di trovare le parole giuste per spiegare cosa diavolo fosse appena successo.

«Voleva parlare di faccende da adulti con me, piccola. Sono stata orgogliosa di te per avermi obbedito subito quando ti ho detto di andare a casa. Grazie.»

Annie si morse il labbro e sembrava ancora preoccupata. Emily si affrettò a dire: «Ricordi il nostro vecchio padrone di casa, vero?» Quando Annie annuì con un'espressione disgustata sul viso, le spiegò: «Voglio che ti comporti come facevi quando vedevi *lui*, se mai ti capitasse di rivedere l'uomo che era qui oggi.»

«Scappare e nascondermi?»

«Esatto.»

«È cattivo?»

Emily scosse la testa, non volendo che Annie lo raccontasse a nessuno. Amava sua figlia, ma era noto quanto non fosse brava a mantenere i segreti. L'ultima cosa che voleva era che parlasse a Fletch dell'"uomo cattivo" che si aggirava lì. Lui avrebbe voluto saperne di più, e qualsiasi cosa gli avesse detto, probabilmente sarebbe stata riferita al tizio che aveva minacciato Annie.

A Emily non piaceva che l'avesse ricattata, ma sapeva come ci si sentiva a essere intrappolata tra l'incudine e il martello. Fletch le aveva fatto un favore lasciandola vivere lì con un affitto così basso, ma era convinta che non l'avesse fatto con l'intenzione di obbligarla a pagare qualcun altro. A volte le cose succedono e basta, e tu dovevi affrontarle. Non era contenta del modo in cui Fletch aveva deciso di gestire il *suo* problema, ma lo avrebbe aiutato e, in cambio, si sarebbe assicurata che Annie fosse al sicuro. Mentre lei pagava parte del suo debito – e cercava un altro posto dove vivere – forse gli avrebbe suggerito di trovare un aiuto per la sua dipendenza.

Rassegnata a fare ciò che doveva, per il momento, Emily decise di parlare con Fletch e convincerlo a prendersi la responsabilità del suo problema, e si sperava, anche di occuparsi dell'amico *senza* coinvolgere lei e Annie. Se fosse riuscita a convincerlo presto a farsi carico del suo debito, sarebbe stata libera e avrebbero potuto andare avanti ognuno con la propria vita.

«Non è cattivo» disse Emily alla figlia, «è solo un *mio* amico, e tu non dovresti avvicinarti a lui. Va bene? Quindi, se lo vedi, vieni qui a casa nostra. E se per qualche motivo non riesci a salire qui, vai da Fletch.»

«E prendo la chiave nascosta nel pezzo di erba finto sotto il cespuglio vicino alla porta, e poi inserisco il codice. Giusto, mamma?»

«Giusto. Ricordi il codice?»

«A-N-I-E-S.»

«Sì, due-sei-quattro-tre-sette.»

«Mi è permesso andare a casa di Fletch quando non è qui?»

«Se vedi quell'uomo, e io non ci sono, allora sì. Altrimenti no. Solo insieme a me. Va bene, piccola?»

«Va bene, mamma. Ho fame.»

Emily abbracciò di nuovo la figlia, stringendola forte e giurando a se stessa che nessuno le avrebbe mai fatto del male finché ci fosse stata lei.

Alla fine, quando Annie si contorse nella sua stretta, si tirò indietro. «Perché non dai un'occhiata alle zuppe che ho comprato oggi e scegli quale ti piacerebbe mangiare stasera» le disse Emily.

«Sìì! Adoro la zuppa!»

Emily sorrise e si alzò in piedi. Annie adorava la zuppa, non la mangiavano spesso, e sembrava che, una volta esaurite le sei lattine che aveva acquistato oggi, sarebbe passato un po' di tempo prima che potesse mangiarla di nuovo. Era costosa rispetto ad altre cose che poteva comprare.

Sentendo lo stomaco brontolare, Emily si mise una mano sulla pancia e fece un respiro profondo. Aveva avuto la sensazione che quell'uomo sapesse che non aveva duecento dollari a settimana da dargli, ma non gliene era fregato niente.

Aveva già attraversato momenti difficili. Poteva farcela. Ogni settimana guadagnava abbastanza soldi per poter pagare l'uomo e coprire le sue poche spese mensili. Sarebbe stata bene per un po', dato che ne *aveva* un po' da parte, aveva avuto ragione riguardo a quello. Ma in poco tempo, avrebbe finito i suoi risparmi e sarebbe stato tutto un altro paio di maniche. Però, avrebbe preferito perdere un braccio piuttosto che far morire di fame Annie.

Emily guardò l'appartamento con occhi diversi, calcolando mentalmente ciò di cui poteva e non poteva fare a meno. C'erano alcune cose che avrebbe potuto vendere, niente di Fletch, ma il piccolo forno a microonde che aveva comprato, i tavolini, e le cornici che aveva trovato da Goodwill e abbellito con alcuni fronzoli presi al negozio di prodotti artigianali, poteva venderli.

Se la sarebbero cavata. Dovevano.

CAPITOLO CINQUE

FLETCH SI ACCIGLIÒ DAVANTI al telefono, mentre guardava le registrazioni del suo sistema di videosorveglianza. Le telecamere erano impostate per registrare quando rilevavano movimenti. La loro missione era durata solo una settimana, come aveva detto a Emily, e ora, era seduto sull'aereo nel campo di aviazione militare Robert Grey di Fort Hood, in attesa di avere il via libera per poter entrare in caserma, fare rapporto, farsi la doccia e tornare a casa.

«Verso cosa stai aggrottando le sopracciglia con così tanta ferocia?» chiese Keane "Ghost" Bryson, suo amico e compagno di squadra.

«Le registrazioni della videosorveglianza» gli disse Fletch conciso.

«Hai subito un'irruzione?»

«No.» Le aveva guardate i primi due giorni, quando Emily e Annie uscivano dal garage la mattina e tornavano ogni giorno alla stessa ora. Aveva sorriso divertito perché aveva visto la bocca di Annie muoversi senza sosta, mentre chiacchierava con sua madre. Poteva solo immaginare cosa stesse dicendo a Emily.

Le due avevano preso la sua posta e l'avevano portata nell'appartamento. Fletch pensava che probabilmente Emily l'avrebbe tenuta con sé per poi portargliela al suo ritorno, o che l'avrebbe portata a blocchi piuttosto che entrare in casa sua ogni giorno. *Aveva* davvero un'avversione per gli allarmi.

Ma il terzo giorno che era via, era successo qualcosa di diverso. Emily era entrata nel garage come al solito, e poi, all'improvviso, c'era un uomo con lei.

Le telecamere non avevano registrato nessun altro veicolo entrare nella proprietà, quindi, sembrava ovvio che fosse arrivato fino al garage a piedi, e fosse riuscito a evitare di essere registrato. Non gli piaceva il fatto che qualcuno potesse entrare nella sua proprietà ed eludere le telecamere, e Fletch si ripromise di regolarle, in modo che registrassero ogni angolo del suo vialetto.

Non appena Emily aveva visto l'uomo, aveva mandato Annie nel loro appartamento, mentre lei era rimasta a parlare con lui. Le aveva tenuto le mani, si era inginocchiato mentre parlavano e aveva persino posato la fronte contro la sua, prima di salutarla.

Non era sembrata molto contenta di vederlo, ma non era nemmeno sembrata troppo allarmata. Si erano tenuti per mano mentre parlavano, e anche se non riusciva a vedere i loro volti, lei non si era allontanata o era scappata da lui, così gli aveva fatto supporre che conoscesse l'uomo.

Il bacio che il tizio aveva posato sulla fronte di Emily aveva fatto contorcere lo stomaco di Fletch, e deglutì a fatica solo al pensiero. Non aveva idea che avesse un ragazzo. Non lo aveva mai accennato. Nemmeno una volta.

«Non è niente» disse Fletch, agitando la mano per liquidare la questione.

«A me ha dato l'impressione che ci fosse qualcosa» insistette Ghost.

«Non è così. Mi sono reso conto, mentre guardavo le registrazioni, che avrei dovuto fare una cosa prima di partire, ma ormai è troppo tardi.» Fletch non stava cercando di essere evasivo, ma non aveva parlato della sua attrazione per la sua inquilina sexy con nessuno dei ragazzi della squadra o con chiunque altro. Aveva parlato del fatto di aver affittato l'appartamento a una donna, e persino della piccola Annie, ma non di quanto la ammirasse e gli piacesse, e di quanto desiderasse conoscerla meglio. Aveva rispettato la sua privacy, ma si era anche goduto gli sguardi che lei gli rivolgeva, quelli con cui pensava stesse flirtando. Era ovvio che si era sbagliato di grosso.

Ghost si fece pensieroso, poiché sospettava che al suo amico stesse succedendo qualcosa, ma non voleva fargli pressione. Scrollò le spalle archiviando l'argomento, dato che Fletch aveva detto che non era un grosso problema. «Abbiamo i prossimi due giorni liberi, quindi programmiamo l'addestramento dello scenario "nemici nel deserto".»

«Ancora?» si lamentò vicino a loro Coach, che aveva ascoltato la conversazione.

«Sì» confermò Ghost.

«Dannazione. Odio fare sempre la parte dei cattivi» commentò Beatle, dando voce a quello che stavano pensando tutti.

L'esercito aveva deciso che ogni base in tutto il paese doveva sottoporsi a esercitazioni, proprio come quelle che offriva il National Training Center di Fort Irwin, in California. L'esercito aveva speso molti soldi per costruire delle "città" nelle basi, e i plotoni si esercitavano a turno, imparando i modi migliori di esplorarle e combattere. Poiché Fort Hood era una base che aveva spesso missioni in Medio Oriente, le situazioni di addestramento venivano organizzate con regolarità.

I team della Delta Force erano tra quelli che avevano le migliori conoscenze dirette sulle tattiche nemiche, quindi, spesso avevano il compito di interpretare i nemici. Il fatto che fossero Delta era tenuto segreto, e non molti alla base erano a conoscenza di quelle informazioni, ma a quelli che lo sapevano, piaceva usarli in allenamento, dato che erano il meglio del meglio. Se le truppe regolari riuscivano a cavarsela contro i Delta, sarebbero state in una buona posizione per essere impiegate in missioni all'estero.

Anche se era un buon allenamento per entrambe le parti, il team *era* stufo di giocare sempre il ruolo del nemico.

«L'ultima volta che lo abbiamo fatto, quella squadra di fanteria si è incazzata di brutto. Era come se non si fossero resi conto che era solo un'esercitazione» commentò Truck, anche se non era necessario.

Sapevano tutti che gli uomini dell'altro team erano rimasti sconvolti dal fatto di essere stati neutralizzati, pochi minuti dopo essere entrati nella "città", perché quella sera, dopo che i Delta erano usciti per bere una birra e festeggiare, dieci soldati di fanteria avevano teso loro un'imboscata nel parcheggio; avevano perso malamente, tanto nella penombra del parcheggio del bar quanto nell'esercitazione, e non l'avevano presa per niente bene. Non importava quante volte Ghost avesse detto agli uomini "Era solo un addestramento, rilassatevi", non c'era stato verso di farglielo capire.

L'incidente non era stato segnalato da nessuno, ma il team di Ghost sperava che i sentimenti di animosità sarebbero diminuiti dopo che se ne fossero andati. Mentre per i Delta era stato solo un altro giorno di lavoro, era ovvio che gli altri soldati non si sentissero allo stesso modo. L'avevano presa sul personale, invece di trattarlo come un'esperienza di apprendimento.

«Non abbiamo scelta» disse Ghost, frustrato. «Ho detto al colonnello che non era una buona idea usarci sempre, che dovevano alternare le truppe dentro e fuori agli scenari, da entrambe le parti, ma finora non è stato in grado di convincere i suoi superiori.»

«Merda. Be', teniamo gli occhi aperti, l'ultima cosa di cui abbiamo bisogno è di essere colpiti da uno dei nostri a causa di questa stronzata» brontolò Blade.

«Mi incazzerò se qualcuno mi spara sul suolo americano» concordò Beatle. «Farebbe schifo sopravvivere a tutto quello che affrontiamo, solo per essere uccisi da un fante smidollato.»

Fletch annuì, mentre i suoi compagni di squadra si lamentavano degli scenari di allenamento futuri. Erano un buon diversivo rispetto al loro lavoro quotidiano e alla pianificazione di vere e proprie missioni di vita o di morte, ed era divertente usare le armi laser, ma con le crescenti tensioni tra le truppe normali e i "nemici", non ne valeva la pena. Era ormai giunto il momento che l'esercito usasse i normali plotoni e reparti per interpretare anche quella parte. Avrebbero potuto imparare altrettanto, se non di più, dall'esercitazione.

A un primo sguardo, Fletch sembrava stesse prestando molta attenzione ai suoi amici, ma in realtà si stava tormentando del fatto che Emily sembrava avere un fidanzato. Aveva aspettato troppo per fare la sua mossa. Odiava come lei e l'uomo misterioso erano stati così vicini sulle registrazioni, come lui le aveva tenuto le mani e come si era sentito a suo agio con lei, tanto da appoggiare la fronte sulla sua, e anche di baciarla.

Doveva essere una relazione abbastanza nuova, perché se Emily fosse stata la sua donna, non si sarebbe accontentato di un casto bacio sulla fronte. Chiuse gli occhi e strinse le labbra. Dannazione. Aveva sognato di avere la sua bocca contro la propria e sebbene avesse pensato che lei stesse mostrando interesse, aveva di certo frainteso i suoi segnali.

Fletch non riusciva a vedere in modo chiaro l'uomo nelle registrazioni, a causa del berretto che teneva calato sul viso, quindi aveva in mano solo la corporatura e l'altezza, ma lui ed Emily sembravano vicini. Più vicini di quanto *lui* fosse mai stato con lei, quello era certo.

Il dito passò sopra il pulsante "Elimina" del video, sull'app del telefono. Non c'era motivo di tenere la registrazione... ma qualcosa lo fermò. Forse era il modo in cui l'uomo era apparso senza far attivare nessuna delle telecamere sulla proprietà. Forse era qualcosa nel modo in cui Annie era corsa su per le scale. O forse era solo un masochista.

Se non altro, Fletch avrebbe tenuto la registrazione per ricordarsi che Emily apparteneva a qualcun altro, quando avesse avuto un momento di debolezza vicino a lei. Chiuse l'app, e sentendo che finalmente avevano avuto il permesso di scendere, prese il suo borsone.

Be', merda, chi dorme non piglia pesci. Avrebbe dovuto ricordarsi prima di quella frase. Non aveva pensato che Emily uscisse con qualcuno, soprattutto perché i suoi orari erano sempre gli stessi, giorno dopo giorno. Ma era carina e lavorava alla base, doveva avere a che fare con centinaia di altri soldati. Non c'era da meravigliarsi che qualcuno, alla fine, avesse attirato la sua attenzione.

Il suo ragazzo era alto, in forma, e sebbene Fletch non potesse vederlo bene, si convinse di riuscire a intravederne il fascino. Odiava questa cosa.

Pazienza, ora non c'era niente che potesse fare al riguardo. Doveva solo aspettare e vedere se la cosa sarebbe durata. Forse non erano compatibili, e lui avrebbe avuto la sua occasione in seguito.

———

«Mammaaaaaaaaaaaa! Fletch è tornato!» urlò Annie quando sentì la porta del garage salire sotto di loro.

«Ho sentito, tesoro. Puoi per favore provare ad abbassare la voce?» Emily era nervosa per il fatto di vedere Fletch. Si era stressata per tutta la settimana, a causa dell'uomo misterioso e di quello che aveva detto su di lui. Sapeva che doveva chiarire la questione e parlargli di ciò che stava succedendo, ma era più facile a dirsi che a farsi. Non solo doveva preoccuparsi che mettesse in atto la sua minaccia di chiamare il servizio di tutela dell'infanzia, se avesse riferito tutto a Fletch, ma odiava anche i conflitti, e non voleva metterlo in imbarazzo. E di certo, lui non voleva che lei pagasse i suoi debiti, no? Non sembrava proprio il tipo di uomo che dipendeva da una donna, per qualsiasi genere di sostegno finanziario, sia che fosse pagare una cena quando uscivano insieme, sia pagare i suoi debiti di gioco. Era troppo... un vero uomo.

«Possiamo andare a trovarlo? Ti prego, ti prego, ti prego?» Annie era in modalità lagna ed Emily sapeva che niente le avrebbe cambiato l'umore, se non permetterle di fare ciò che voleva.

«Ok, ma fai attenzione ai gradini» disse Emily a sua figlia, che corse verso la porta e si mise al lavoro sulle catene di sicurezza, allungandosi a fatica in punta di piedi per raggiungere quella superiore.

Annie scese le scale di corsa, senza nemmeno aspettare che sua madre accendesse la luce per far sì che non inciampasse. «Fletch! Fletch! Sei tornato! Mi sei mancato!»

Sua figlia scomparve dietro l'angolo del garage e quando Emily arrivò in fondo alle scale, Annie era avvolta nell'abbraccio di Fletch.

«Ehi, folletto. Ma guardati. Penso che tu sia cresciuta di due centimetri mentre ero via!»

«Non essere sciocco» gli disse Annie seria. «Gli umani non crescono così in fretta!»

«Non hai tutti i torti. Hai fatto la brava la scorsa settimana?»

«Sì.»

Fletch si chinò e mise giù la bambina, e le sorrise.

«Mi hai portato un regalo?»

«Ann Elizabeth» la rimproverò Emily. «Sai che non ci si comporta così.»

Annie trascinò la scarpa nella terra. «Scusa, Fletch. L'amore è il più bel regalo che si possa mai avere. Sono contenta che tu sia a casa sano e salvo.» Stava di certo ripetendo ciò che sua madre le aveva detto spesso.

Fletch si inginocchiò e guardò Annie negli occhi. «Ero

in viaggio per lavoro, non per piacere, folletto, e dove mi trovavo non c'erano bei posti in cui fare shopping.»

Lei annuì seria. «Va bene. Ho i soldati che mi hai regalato. Vuoi venire a guardarli con me? Sono ancora al sicuro nelle loro scatole.»

Emily sentì un nodo alla gola. Non era mai stata in grado di dare a sua figlia giocattoli nuovi. I regali di compleanno e di Natale, venivano tutti dal negozio e dai mercatini dell'usato. Li ripuliva in modo che sembrassero il più nuovi possibile, ma entrambe sapevano che non lo erano. Ogni notte, Annie parlava con i suoi soldati al sicuro nella loro confezione di plastica. Si rifiutava di tirarli fuori, perché voleva che rimanessero in perfette condizioni. Avere un nuovo giocattolo non era la normalità, ed Emily sapeva che sarebbe stata per sempre un po' gelosa di Fletch, per essere stato quello che lo aveva dato ad Annie.

«Non posso, scusa. Facciamo un'altra volta, ok?»

«Ok.» Era raro che Annie fosse contrariata. Se Fletch diceva che sarebbe andato un'altra volta, lo avrebbe preso in parola.

«Bentornato a casa, Fletch. Ciao!»

Emily e Fletch guardarono Annie tornare su per le scale. Non camminava quasi mai, era sempre di corsa quando andava da qualche parte.

«Hai fatto un buon viaggio?»

Fletch annuì, ma non disse nulla.

«Ti ho portato la posta.» Emily tese il pacco che aveva preso prima di scendere le scale. «Se non fossi tornato tra un giorno o due, l'avrei portata a casa tua e mi sarei assicurata che tutto fosse a posto, ma non pensavo ancora di doverlo fare, visto che sono passati solo sei giorni.»

«Grazie.» Fletch le prese la pila di posta dalle mani. «Va tutto bene qui?»

Emily annuì, percependo che c'era qualcosa di diverso in Fletch, ma non riuscì a individuare cosa. Forse era preoccupato per i suoi debiti di gioco – o forse si sentiva in colpa di farli pagare a lei. Aprì la bocca per dirglielo, ma lui parlò prima.

«Ho visto che hai avuto un ospite questa settimana» disse Fletch con voce piatta.

«Che cosa?»

«Un ospite. Ti ho detto che questo posto è sorvegliato; ci sono le telecamere.»

«Oh» Emily sospirò sollevata. Fletch aveva visto l'uomo arrivare, avrebbe accennato ai soldi e sistemato le cose, così Annie sarebbe stata al sicuro.

«Potrei non averlo messo in chiaro prima, ma è ovvio che sei libera di avere ospiti. L'appartamento è casa tua; non voglio che ti faccia problemi a ricevere altre persone.»

Lo guardò confusa. «Che cosa?»

«Emily, questa è casa tua adesso. Non apprezzo le feste scatenate, ma puoi di certo invitare i tuoi amici, o fidanzati, nel tuo appartamento.»

Ancora confusa, aprì la bocca per chiedergli il favore di parlare con il suo amico, di occuparsi dei suoi debiti di gioco – e di assicurarsi che sapesse che l'uomo aveva minacciato di portarle via Annie – quando lui continuò.

«Ci sono cose su di me, sulla mia vita, che non posso condividere con te. Ma la tua presenza qui mi semplifica le cose e lo apprezzo molto. È bello che tu mi possa aiutare.»

Emily si morse il labbro e lo fissò incredula. Non solo sembrava che sapesse dell'uomo e delle sue richieste, ma si *aspettava* che pagasse l'altro soldato.

«Voglio che i miei amici siano anche *tuoi* amici. Sono importanti per me e sanno tutto di me. Alla fine li incontrerai tutti. Ma non voglio che ti senta a disagio sul fatto di portare i tuoi di amici qui. Va bene?»

Emily riuscì solo ad annuire. Era scioccata. Era sicura che le avrebbe detto di non preoccuparsi dei pagamenti richiesti dal suo amico. Ma non stava dicendo *nulla* al riguardo – e lo faceva sembrare come se pagarlo facesse parte dell'accordo per rimanere sulla sua proprietà.

«Sono esausta. Vado dentro. Ci sentiamo più tardi, ok?» Doveva allontanarsi da lui. Si era fidata abbastanza da prendere in affitto l'appartamento sopra il suo garage. Non era che Fletch vivesse in centro città, il luogo era un po' isolato, ma si era sentita al sicuro con lui nelle vicinanze.

Avrebbe voluto affrontarlo, urlargli contro per averla coinvolta nei suoi problemi, ma ora aveva paura di lui. Temeva che l'uomo che pensava di conoscere fosse stato solo un'illusione. Era spaventata e scoraggiata. Aveva bisogno di prendersi un po' di tempo e rivedere ciò che voleva dirgli. Se fosse stata lei da sola, l'avrebbe fatto subito, ma doveva pensare ad Annie. Sua figlia era la sua vita e se le fosse stata portata via, Emily non sapeva cosa avrebbe fatto.

«Ok.» Fletch annuì, le voltò le spalle e andò verso la porta di casa.

Emily deglutì a fatica e abbassò lo sguardo a terra, disperata. Si voltò piano verso le scale e salì, la sua mente era un turbinio di pensieri per quello che era appena successo.

Fletch era un giocatore d'azzardo, doveva dei soldi al suo amico, e si aspettava che lei pagasse il debito.

Trattenne i singhiozzi che minacciavano di uscire. Non aveva idea di come togliersi dal casino in cui l'aveva messa, ma ce l'avrebbe fatta. Era una combattente, questo problema non l'avrebbe abbattuta e *non* avrebbe toccato sua figlia. Per niente al mondo.

———

Posando il monocolo, l'uomo nascosto tra i cespugli sorrise. Arretrò con molta cautela, senza far frusciare le foglie e i rami mentre si muoveva. Indietreggiò finché non fu ben lontano dalla casa e dalle telecamere che il soldato pensava di aver nascosto con tanta abilità.

Sembrava che Emily e il sergente all'improvviso non fossero più tanto amici. Perfetto. Finora tutto stava funzionando come lo aveva pianificato. Presto, sarebbe stato in grado di mettere in moto la parte successiva. Il sergente e la sua squadra si sarebbero pentiti di averlo eliminato così facilmente. Avrebbero visto chi erano i soldati migliori. Avere il controllo sulla vita di un altro essere umano era la ciliegina sulla torta.

Lei merita di essere infelice.

Era d'accordo. Se lo *meritava*. Dato che il padre non c'era, doveva aver negato all'uomo l'accesso alla figlia. E quello era sbagliato. Anche *sua* madre non avrebbe dovuto divorziare da suo padre, come invece aveva fatto.

Sorrise e annuì, mentre la voce nella sua testa continuava a lodare e a rafforzare il suo piano, e andò verso la macchina che aveva nascosto lungo la strada, a mezzo chilometro di distanza dalla casa del soldato. Mentre guidava verso il suo appartamento, esaminando diversi

scenari nella sua mente su come si sarebbe svolta la battaglia finale, sorrise. Era perfetto. Lui e la sua squadra avrebbero prevalso. Non vedeva l'ora.

CAPITOLO SEI

«Come sta la tua graziosa vicina?» chiese Ghost a Fletch, un paio di settimane dopo durante una pausa della loro preparazione fisica.

«Bene, credo.»

«Credi?»

Fletch si strinse nelle spalle. «Non la vedo molto da quando siamo tornati da quell'operazione.»

«Davvero? Pensavo che steste cercando di conoscervi meglio.»

Anche Fletch l'aveva pensato, ma da quando era tornato da quella missione, era stata distaccata. Continuava a vedere Annie di tanto in tanto, ma Emily lo teneva a distanza. Pensò che fosse a causa del suo ragazzo, quindi non aveva fatto pressioni. «Sì, be', ha un fidanzato, quindi immagino che non voglia che mi faccia strane idee.»

«Avevi delle idee prima che spuntasse quell'uomo?» chiese Ghost con perspicacia.

Fletch ruotò il collo, cercando di rilassare la rigidità. «Non importa se le avevo. Lei è di qualcun'altro.»

«Hai incontrato il fidanzato?»

«No. Non lo sta portando a casa... almeno non mentre ci sono.»

«Davvero? Non ti sembra strano?»

«Non proprio. Ho visto che è venuto all'inizio di questa settimana. Ero partito per andare all'allenamento, ed Emily stava per andare al lavoro e a portare Annie a scuola. Le telecamere non hanno la portata che vorrei, ma lui la stava aspettando alla fine del vialetto. È andato alla sua macchina, lei è uscita, hanno parlato per un minuto o giù di lì, gli ha consegnato una lettera o qualcosa del genere, si sono abbracciati e poi l'ha seguita lungo la strada.»

«Per qualcuno che dice che non gli importa se ha un fidanzato, hai guardato quelle registrazioni con molta attenzione» osservò Ghost in tono secco.

Fletch si passò una mano tra i capelli e scrollò le spalle. «Non rubo le donne agli altri, Ghost. Non sarò mai il motivo per cui una donna tradisce il suo fidanzato o marito.»

«Lo so. Stavo solo facendo un'osservazione.»

«Ad ogni modo, ha affittato l'appartamento solo da un paio di mesi. Non sono affari miei.»

«Potrebbe farti stare meglio se non controllassi le telecamere in modo compulsivo come hai fatto.»

«Già.»

I due uomini rimasero in silenzio per un attimo prima che Ghost chiedesse: «Ci sono stati altri problemi con gli uomini di fanteria?»

Fletch scosse la testa. Almeno il colonnello alla fine era riuscito a farsi ascoltare da qualcuno, e ora tutti i plotoni avrebbero interpretato a rotazione i ruoli nello scenario della città. «No, sono stati tranquilli.»

«Tranquilli, mi rende nervoso» sbottò Ghost, insolitamente duro. Allo sguardo sorpreso di Fletch, continuò, «Lo so, lo so, ma qualcosa che ha detto Hollywood l'altro giorno mi ha fatto pensare.»

«Che cos'ha detto?»

«Ha fatto notare che la maggior parte delle volte, noi soldati siamo delle teste calde, ci arrabbiamo e ci lamentiamo delle cose, ma poi lasciamo perdere. Sono le donne che si tengono dentro tutto e non ne parlano. Tramano e pianificano nella loro testa e giungono a conclusioni basate su informazioni che *pensano* di conoscere.»

«Ok, e...?»

«E quei tizi non si comportano da uomini... o da soldati. Quella volta che ci hanno teso un'imboscata nel parcheggio, avremmo dovuto capirlo. Non si limiteranno a stare lì buoni e a lasciar perdere, ciò che pensano sia un insulto alla loro virilità e abilità di soldati.»

«Quindi stanno complottando, invece di venire da noi come uomini per risolverlo» concluse Fletch.

«Esatto.»

«Allora dobbiamo stare in guardia, per eventuali ritorsioni» commentò Fletch.

«Sì. Dovresti parlare anche con Emily e sua figlia.»

Fletch fissò Ghost. «Sono solo miei inquilini.»

«Vero, ma sono anche donne, e vivono nella tua proprietà. E se quei coglioni decidessero che sarebbe divertente dar fuoco al tuo garage e a quella bella Charger che hai lì dentro? Le telecamere non le terranno al sicuro, se qualcuno vuole causare problemi.»

Il viso di Fletch impallidì. Gesù, non ci aveva pensato. Era un idiota. «Devo andare.»

«Sì, direi di sì. A dopo.»

Fletch salutò distratto mentre si avviava verso la macchina, guardando l'orologio. Ormai Emily era al lavoro, sarebbe passato al PX e le avrebbe parlato al volo, assicurandosi che sapesse di fare attenzione agli estranei nella sua proprietà e di fargli sapere se vedeva qualcosa di insolito. Magari non si frequentavano, però lei e Annie significavano molto per lui. Non si sarebbe mai perdonato se fosse successo loro qualcosa, perché non l'aveva avvertita in tempo.

———

Emily cercò di concentrarsi sullo scaffale che stava riempiendo, ma era inutile. Il fatto che l'amico di Fletch si fosse presentato in fondo al vialetto, quando Annie era in macchina con lei, l'aveva spaventata. Lui sapeva con esattezza quando sarebbe stata lì e quando Fletch non c'era.

Le aveva bloccato l'auto così si era dovuta fermare, e si era avvicinato al finestrino con il massimo della calma. Emily, non volendo che Annie lo sentisse, aveva preso la busta che si stava portando in giro in previsione, e uscì per incontrarlo.

«Ehi, tesoro. Hai qualcosa per me?»

Emily gli aveva allungato la busta senza dire una parola.

Lui l'aveva presa senza guardare dentro. «Grazie. Mi assicurerò che Fletch sappia che hai effettuato regolari pagamenti, e che stai facendo ciò che si aspetta.» Si era sporto mettendole un braccio intorno alla vita e attirandola a sé. Le aveva sfiorato la guancia con le labbra e poi portato la bocca vicino all'orecchio.

«Non cercare di fregarmi, tesoro, vedo dai tuoi begli occhi che sei incazzata. Non pensarci nemmeno a fare qualcosa di stupido. Stamattina Annie è molto carina con quel maglione, non vuoi che le succeda qualcosa, vero? Scommetto che c'è un padre adottivo che potrebbe essere interessato a lei... se capisci cosa intendo.»

Emily era rimasta immobile nel suo abbraccio, ed era rabbrividita. Aveva tentato di convincersi che forse l'uomo non sarebbe andato fino in fondo alle sue minacce, ma dopo quelle parole, sapeva di essersi sbagliata. Sentì qualcosa contorcersi dentro di lei, sapendo che Fletch e quel mostro erano amici. Che dopo aver comprato il regalo ad Annie, dopo quanto era stato carino con lei, e quanto si era indignato quando aveva sentito come era stata trattata la bambina da altre persone, Fletch aveva comunque messo in pericolo di proposito la vita di Annie, e non gli importava se fosse stata portata via a sua madre, per mandarla a vivere con degli estranei.

Emily sospirò e si accasciò sul piccolo sgabello su cui era seduta, mentre riempiva lo scaffale con bottiglie e bottiglie di gel doccia profumato. Era depressa, aveva valutato nel modo sbagliato un uomo... di nuovo. Era stato abbastanza brutto con il padre di Annie, ma con Fletch, in un certo senso, faceva male dieci volte di più. Era stato così gentile e aperto con sua figlia. Anche dopo il loro primo incontro, aveva avuto delle buone sensazioni riguardo a lui, arrivando al punto di pensare che potesse essere interessato a lei, ma era ovvio che il suo metro di valutazione degli "uomini pessimi" era rotto.

«Ehi, Em.»

Emily si spaventò così tanto che sarebbe scivolata dallo sgabello, se non fosse stato per la mano sul suo braccio che la fermò. Sollevò lo sguardo sugli occhi dell'uomo su cui si era rimproverata negli ultimi venti minuti. Alzandosi subito, fece un passo indietro e si allontanò da Fletch.

«Ehi. Che cosa ci fai qui?» Le sue parole uscirono più dure di quanto intendesse.

«Stamattina ho fatto una chiacchierata con uno dei miei amici e volevo parlarti di una cosa. Hai un minuto?»

Non riuscendo a trattenere la speranza che si era insinuata in lei, Emily annuì brevemente. Forse era venuto per dirle che aveva parlato con quello stronzo, e che ci aveva ripensato riguardo al fatto che lei pagasse i suoi debiti. «Sì, vuoi che andiamo sul retro?»

«Sarebbe fantastico, grazie.»

Emily fece strada attraverso il negozio, e passò dall'ufficio di Jimmy mentre andava verso la porta sul retro, per dirgli che avrebbe fatto una pausa di dieci minuti.

Fletch le tenne la porta mentre uscivano. La giornata era già calda, ma non era una sorpresa per il Texas. Emily fece un cenno a due dei suoi colleghi che stavano facendo una pausa sigaretta, e condusse Fletch su uno dei tavoli da picnic sotto alcuni alberi. La direzione li aveva sistemati in modo che i dipendenti avessero un posto confortevole e riparato dal sole, per pranzare o fare delle pause.

Si sedettero ai lati opposti del tavolo, ed Emily attese che Fletch le dicesse perché era lì.

«Quindi, come ti ho detto, ho parlato con il mio amico e volevo farti sapere che devi stare attenta.»

Emily aggrottò le sopracciglia, confusa. «Cosa intendi?»

«Il mio lavoro non è uno dei più sicuri, e a volte ci sono persone che... sono irritate con me. Odierei che succedesse qualcosa a te o ad Annie.»

Emily sentì il battito del suo cuore accelerare e l'adrenalina scorrere nel suo corpo. Le stava per dire che non doveva più preoccuparsi dell'altro uomo? Che si sarebbe assicurato che nessuno le avrebbe portato via sua figlia? «Io e Annie non siamo al sicuro?»

«Guarda...» Fletch si passò una mano tra i capelli, chiaramente agitato. «Non lo sto dicendo nel modo giusto, ma il punto è che se i casini lavorativi si insinuano nella mia vita privata, non voglio che tu e Annie diventiate un bersaglio.»

«Forse allora dovremmo solo andarcene» disse Emily, chiedendosi se sarebbe stata in grado di uscire dal pasticcio in cui si era ritrovata con tanta facilità.

«No. Non andrete da nessuna parte, non è quello che intendevo. Rimani. Mi piace avervi intorno.»

«Se stai avendo... dei problemi... forse dovresti parlare con il tuo amico. Forse potete risolverla tra di voi e io non devo essere coinvolta» suggerì Emily.

«Ma tu *sei* coinvolta, vivi nella mia proprietà» disse risoluto Fletch. «E ho parlato con il mio amico. Credimi, abbiamo passato molto tempo a discutere della situazione, e di te e Annie. Stai meglio dove sei, a fare esattamente ciò che stai facendo. Senti, se viene qualcuno di cui non ti piace l'aspetto, dimmelo e basta. Me ne occuperò per te.»

«E se fosse un tuo amico?» chiese Emily sottovoce.

«I miei amici non faranno del male a te o a tua figlia. Morirebbero piuttosto.»

«Ne sei sicuro?»

«Ne sono sicuro. Se ti chiedono di fare qualcosa, fallo. Vogliono solo ciò che è meglio per te.»

«Lo vogliono anche per te?» chiese Emily, del tutto confusa. Come poteva Fletch, stare lì a dirle che il suo amico che minacciava di portare via o sparare ad Annie, fosse "il meglio per lei"?

«Ovvio. Farebbero qualsiasi cosa per me. Proprio come io lo farei per loro. Nessuno tocca ciò che è nostro.»

Il cuore di Emily sprofondò. Ecco la sua risposta. Per lui, l'amicizia con quello stronzo valeva più di una madre single in difficoltà. Era ovvio che i soldi fossero molto importanti per entrambi gli uomini.

Emily avrebbe voluto piangere. Era davvero troppo per lei. Non solo aveva paura, ma aveva fame, i suoi risparmi continuavano a venire prosciugati ogni settimana, e Fletch l'aveva completamente delusa.

Quella era l'ultima volta in assoluto che si faceva coinvolgere da un militare. Erano tutti feccia. Non importava come apparivano all'esterno, nel profondo, si preoccupavano solo di loro stessi.

«Va bene.»

«Va bene?»

«Sì, ok. Farò quello che vuole il tuo amico. Pensi... che dopo che sarà finita... prenderai in considerazione di chiedere aiuto?»

«Aiuto? Aiuto per cosa?»

«Sai... per la tua situazione.»

«Non ti preoccupare. Io e i miei amici ce ne stiamo occupando. So quello che faccio.»

«Mmmmm.»

Fletch si sporse sul tavolo e le prese una mano, sfregò il pollice sul dorso. «Apprezzo che tu sia comprensiva riguardo a questo. Tutto ciò che voglio è che tu e Annie siate al sicuro.»

Emily quasi si strozzò con la bile che le salì alla gola. Sì, come no. Al sicuro da chi? «Lo saremo. Non lascerò che succeda mai niente a mia figlia.»

«Lo so.»

«Già» gli disse triste, capendo finalmente che era per questo che le aveva affittato l'appartamento. Era stata un bersaglio facile. Lusinga la madre single e rendila riconoscente, poi sguinzaglia il tuo amico su di lei. Era stata una stupida.

Fletch inclinò la testa mentre la osservava. «Sei sicura che non sia un problema?»

«Sì, ne sono sicura. Non ho proprio scelta.»

Le strinse ancora una volta la mano, poi si alzò in piedi. «È per la tua sicurezza. Ricorda solo questo. Ci vediamo più tardi, ok?»

Emily annuì e rimase immobile mentre Fletch si sporgeva e le sfiorava la guancia con le labbra, in un casto bacio di saluto. «A dopo.»

«Ciao.»

Emily rimase seduta al tavolo, nella calda mattinata del Texas, anche molto tempo dopo che Fletch se n'era andato. Rifletté su un milione di scenari e non riuscì a trovare una soluzione a ciò che le stava accadendo. Aveva sperato che Fletch non avesse idea di cosa stesse facendo il suo amico, ma dopo il loro "discorso", era chiaro che ne era pienamente consapevole... e non gliene fregava niente.

Alla fine, si alzò e tornò all'interno del PX e agli scaffali che dovevano essere riempiti. Non era più vicina a trovare una soluzione alla situazione adesso, di quanto non lo fosse stata quella mattina, e si sentì più sola che mai.

CAPITOLO SETTE

Emily sussultò, svegliandosi da un sonno irrequieto, sentendo bussare alla porta. Dopo la conversazione con Fletch, di un paio di mesi prima, non dormiva più di quattro ore a notte. Era stressata, aveva fame e aveva perso circa sette chili.

Di solito saltava la colazione e la cena, per assicurarsi che Annie avesse abbastanza da mangiare, ma non bastava nemmeno quello. Sua figlia chiedeva troppo spesso altro cibo, dopo aver finito quello che Emily le preparava.

Di tanto in tanto, una delle sue colleghe provava compassione per lei e le prendeva qualcosa per pranzo, ma la maggior parte delle volte, razziava il reparto offerte al PX e comprava la roba più economica. Emily era consapevole che non faceva bene alla sua salute, ma non sapeva in quale altro modo risolvere la situazione.

L'amico di Fletch continuava a presentarsi ogni settimana, puntualmente. Non diceva mai molto, solo altre minacce a lei o ad Annie, e ci teneva a dirle quanto Fletch fosse contento della sua collaborazione.

Emily aveva venduto quanta più roba possibile... almeno ciò con cui aveva potuto fare qualche dollaro. Annie non era stupida, sapeva che c'era qualcosa che non andava, ma Emily si rifiutava di parlargliene. Lei era la madre, doveva proteggere la figlia il più possibile, proprio come faceva sempre e avrebbe sempre fatto.

Quella sera, quando Emily aveva detto a sua figlia che non aveva fame e che i ramen erano tutti suoi, Annie l'aveva guardata con uno sguardo che dimostrava almeno vent'anni di più dei suoi sei. Era scesa dalla sedia ed era andata in camera sua, era tornata con i suoi amati soldati in mano. Erano ancora nelle loro confezioni, integri.

«Vendi i miei soldati, mamma. Sono nuovi di zecca, così puoi prendere *tanti* soldi.»

Il cuore di Emily si era ufficialmente spezzato. Annie adorava quei giocattoli, e non solo perché erano nuovi. Glieli aveva regalati il suo idolo, Fletch, e lei amava quell'uomo tanto quanto Emily lo odiava per averla messa in quella posizione, tanto per cominciare.

Mettendo la mano sulla testa di Annie, aveva cercato disperatamente di trattenere le lacrime e guardato sua figlia negli occhi. «Non vendo i tuoi giocattoli, piccola. Sono tuoi.»

«Ma non mangi. Posso sentire la tua spina dorsale quando ti abbraccio.»

«Mangio. Te lo assicuro. È solo che non ho fame. È tutto a posto. Abbiamo questo meraviglioso appartamento in cui vivere e dove siamo al sicuro. Sei la bambina più intelligente della tua classe. Stiamo *bene*, tesoro.»

Era ovvio che Annie non le aveva creduto, ma era anche stata sollevata di non dover rinunciare ai suoi preziosi giocattoli. «Ok, ma forse Fletch ha un panino che potresti mangiare?»

Dio. Era l'ultima cosa di cui aveva bisogno. Emily aveva limitato il più possibile il tempo che Annie trascorreva con Fletch, ma era consapevole di quando tornava a casa, visto che vivevano sopra il garage. Lo aveva osservato con attenzione, ed era sempre gentile con Annie. Mai una volta le aveva detto qualcosa di inopportuno o minaccioso. Annie non aveva molti amici, ed Emily non riusciva a privarla della compagnia dell'uomo che, era chiaro, significava molto per la bambina.

«Gli parlerò. Va bene?»

«Ok!» Aveva esclamato felice Annie, decidendo che il problema era stato risolto e buttandosi sui noodle come se fossero il cibo più buono che avesse mai mangiato, invece che la stessa cosa che aveva avuto per cena tutti i giorni, quella settimana.

Emily si trascinò giù dal divano dove aveva dormito nell'ultimo mese e andò barcollando verso la porta. «Chi è?»

«Fletch.».

L'ultima persona che Emily voleva vedere era il suo padrone di casa, ma non poteva non aprirgli la porta. Sbloccò le serrature e uscì, assicurandosi di chiudere bene la porta dietro di sé. «Ehi.»

«Ehi, Em, sono venuto per farti sapere che sarò fuori città per un po'.»

«Sì?»

«Ehm, siamo stati chiamati per una missione quindici minuti fa. Ho trenta minuti prima di presentarmi a rapporto alla base.»

Odiava il fatto che le importasse, ma era comunque preoccupata, così Emily chiese: «Va tutto bene?»

Fletch si strinse nelle spalle. «Il dovere chiama. Puoi ritirare la mia posta e dare un'occhiata alla casa per me?»

«Sì.»

Socchiuse gli occhi alla sua risposta concisa. «Se è chiedere troppo, non è necessario che tu lo faccia.»

«No, va bene. Faceva parte dell'accordo.»

«Fanculo l'accordo. Se hai altre cose da fare, lo capisco.»

«Ho *detto* che va bene» sbottò Emily.

«Niente ospiti.»

«Che cosa?»

«Non voglio nessuno lì, tranne te e Annie. Non portare il tuo fidanzato a casa mia.»

«Il mio fidanzato?»

«Sì. Pensi di poterlo fare?»

Il suo tono si era fatto duro, ed Emily non capiva di cosa stesse parlando. Non aveva un fidanzato; perché avrebbe dovuto pensarlo?

«Ovvio. Fletch, io non...»

«E spero che tua figlia stia mangiando più di te. I bambini non dovrebbero stare a dieta.»

«Non sono...»

«Lascerò la chiave sul sedile della tua auto in garage. Non so per quanto tempo starò via, ma spero di potermi fidare del fatto che ti prenderai cura delle cose qui mentre non ci sono.»

Emily riuscì solo ad annuire. I suoi colleghi avevano notato che aveva perso peso, ma Fletch non aveva detto nulla al riguardo.

«Ci vediamo quando torno, allora.»

«Ciao.»

Fletch non disse altro, si voltò, scese le scale e scomparve nell'oscurità.

Emily guardò l'orologio: le quattro e un quarto. Qualunque fosse la cosa per cui lo avevano chiamato, doveva essere grave se doveva partire a quell'ora del mattino. Aprì la porta e rientrò nel piccolo appartamento, chiedendosi se il suo amico sarebbe andato con lui, o se sarebbe venuto a ritirare il pagamento settimanale.

———

Ghost era steso a terra, con il binocolo puntato sull'edificio di fronte a loro. Erano in Egitto, e stavano cercando di capire quante persone erano tenute in ostaggio e dove, nel palazzo del governo al Cairo. Il volo era stato impegnativo, i Delta e una squadra di SEAL avevano passato le ore a elaborare i piani d'azione migliori e peggiori, per far uscire vivi gli americani e gli altri ostaggi.

Anche se non avevano molto tempo per chiacchierare, Fletch voleva parlare con Ghost. Si stava comportando in modo strano da alcuni mesi, ed era ovvio che l'uomo aveva perso la testa per una donna. La sua vita poteva anche essere incasinata, ma avrebbe fatto qualsiasi cosa per il suo leader e amico.

«Che ti succede, Ghost?»

Lui sospirò, ma rimase in silenzio.

«Ha qualcosa a che fare con quel nuovo tatuaggio sulla gamba?» insistette Fletch.

«Te l'ho già detto, non voglio parlarne» Ghost disse a denti stretti.

Fletch sorrise, amareggiato, leggendo tra le righe ciò che il suo amico non stava dicendo. Ricordò la conversazione che avevano avuto riguardo alla storia di una notte, che Ghost aveva avuto parecchi mesi prima. In genere, non aveva problemi a condividere i dettagli della sua vita amorosa, ma per qualche ragione, era stato molto riluttante a parlare di quella donna.

Fletch ignorò le parole ringhiate dal suo amico e continuò a fare pressione, sapendo che lui aveva bisogno di parlare di qualunque cosa lo preoccupasse. Soprattutto se coinvolgeva una donna. Non aveva mai visto Ghost così riservato riguardo a qualcuno con cui aveva dormito. Solo questo gli faceva capire che provava qualcosa per lei.

«Non sarò l'uomo più intelligente del mondo, ma se avessi una donna dolce ed esuberante che mi lascia con i ricordi che ovviamente hai *tu*, fino al mio successivo ritorno a casa, farei qualsiasi cosa in mio potere al riguardo.»

Ghost annuì ma non disse nulla.

Prima che Fletch potesse approfondire la non-relazione di Ghost con la sua donna misteriosa, scoppiò il caos. Una bomba esplose nell'edificio che stavano tenendo d'occhio e non c'era più tempo per parlare. Avevano un lavoro da fare.

———

Ore dopo, mentre stavano tutti tornando a casa, e la misteriosa donna di Ghost era sdraiata su un giaciglio, ferita, ma miracolosamente viva, sul retro dell'aereo su cui stavano volando, Fletch sentì il bisogno di confidarsi. Aveva visto l'amore e l'interesse che Ghost aveva per Rayne, la donna che, a sorpresa, era stata nel mezzo del colpo di stato egiziano che avevano appena sventato. Il destino sembrava aver messo lo zampino per riunirli di nuovo.

Si sistemarono e parlarono di Rayne, del fatto che aveva un tatuaggio che somigliava molto a quello che Ghost si era fatto sulla gamba qualche mese prima, e dato che non gli piaceva vedere il suo amico così incerto, Fletch cercò di mettere le cose in prospettiva per lui.

«Ho incontrato una donna» disse sottovoce. «È divertente e fantastica, ed è più testarda di chiunque altro abbia mai conosciuto. Ha dei segreti, e non vuole farmi avvicinare troppo. Ma la cosa peggiore è che pare che abbia già un uomo.»

Avevano già parlato un po' di Emily e del suo ragazzo, ma nel silenzio e nell'oscurità dell'aereo, le sue parole sembravano più brutali e desolate.

Ghost lo guardò. Fletch era in piedi con una spalla contro la parete dell'aereo, sembrava rilassato, ma ogni muscolo del suo corpo era teso.

«Ogni volta che li vedo insieme voglio tirare pugni a qualcosa. Ha una bambina straordinaria, che ha paura di quell'uomo.»

«Fletch...»

Non lasciò che Ghost continuasse. «Ho sentito ciò che ha detto quel SEAL, quando sei sbottato spiegando che volevi mantenere le distanze da Rayne per tenerla al sicuro, e ha ragione. Non ci stiamo nemmeno frequentando, ma il pensiero che qualcuno possa far del male a Emily o a sua figlia mi fa impazzire. Se lei mi guardasse con un decimo dell'amore con cui Rayne ti guardava, avrei trasferito lei e sua figlia a casa mia così in fretta, che non si sarebbero nemmeno rese conto che stava accadendo. Non rinunciare a lei, Ghost.»

Fletch tornò a sedersi, lasciando il suo amico a rimuginare sulle sue parole e per lasciarlo da solo con la donna che gli aveva cambiato la vita. Vedere come si comportava Ghost con lei, gli aprì gli occhi.

A Emily stava succedendo qualcosa e non gli piaceva non sapere cosa fosse. Si era allontanata da lui e lo odiava. Aveva pensato che dopo la loro conversazione al PX, avesse capito che poteva essere in pericolo a causa del suo lavoro... e forse lo aveva compreso, ed era per quello che non parlavano da allora. Forse era nervosa per quello che le aveva detto.

Aveva continuato a vedere il suo misterioso fidanzato, ma Fletch non aveva mai visto l'uomo salire nel suo appartamento. Quindi lo stava vedendo al lavoro, o trascorreva del tempo con lui senza che Fletch se ne rendesse conto.

Ma non era solo Emily, aveva avuto un effetto negativo anche su Annie. Da quando si erano incontrati la prima volta, la bambina era sempre stata felice e vivace e correva giù dalle scale ogni volta che lo sentiva tornare a casa. Ma non lo faceva più tanto spesso. Se fosse stato paranoico – e lo era, perché veniva con quel tipo di lavoro – avrebbe pensato che Emily avesse impedito ad Annie di vederlo. E faceva male.

Non lo sapeva che le avrebbe protette da qualsiasi pericolo? Che non avrebbe mai permesso che succedesse loro qualcosa?

Forse no. Erano ancora sostanzialmente estranei.

Emily era un'inquilina perfetta. Pagava l'affitto puntualmente; una busta con un assegno di cinquecento dollari appariva il primo di ogni mese nella sua cassetta della posta. Era tranquilla, non organizzava feste folli, e non gli saltava addosso, il che era un piacevole cambiamento dall'ultima inquilina che aveva avuto.

Tranne che... una buona parte di lui *voleva* che gli saltasse addosso.

Fletch sapeva che avrebbe dovuto essere felice, ma non lo era. Rivoleva la vecchia Emily. La vecchia Annie. Le ragazze che gli sorridevano, che sembravano contente di vederlo.

Fletch sospirò. Era incasinato quanto Ghost. Doveva parlare di nuovo con Emily, ma prima, voleva assicurarsi che Ghost fosse a posto. Sembrava che Rayne, la donna che il suo amico pensava di non rivedere mai più, fosse tornata. E sperava davvero che Ghost non sarebbe stato così stupido da lasciarla andare una seconda volta.

Non appena Ghost e Rayne si fossero sistemati, avrebbe avuto quella conversazione con Emily e avrebbe scoperto, una volta per tutte, cosa stava succedendo.

CAPITOLO OTTO

«VI ANDREBBE di venire a cena da me?»

La domanda di Fletch era stata un'idea improvvisa, non qualcosa che aveva pianificato di chiedere, ma erano entrati nel garage quasi nello stesso momento ed Emily non poté far altro che rimanere lì a fissarlo.

Gli ultimi due mesi erano passati in fretta – troppo in fretta per Emily. Non era sicura se sarebbe stata in grado di mettere insieme il prossimo pagamento per l'amico di Fletch, ma non c'era speranza sul fatto che non sarebbe venuto a riscuoterlo entro due giorni. Quel maledetto uomo era preciso come un orologio svizzero... sempre puntuale. Non aveva mancato di incassare nemmeno uno dei pagamenti settimanali.

Fletch era andato e tornato un paio di volte, da quando si era presentato nel suo appartamento la mattina presto di qualche settimana fa. Le aveva chiesto con cortesia di occuparsi della sua casa, e lei aveva accettato in modo altrettanto educato. Si erano scambiati i saluti ogni volta che si erano visti, e Annie aveva persino supplicato di andare dal lui, un sabato, per guardare i cartoni animati, dopo un suo occasionale invito. Sua figlia l'aveva guardata con uno sguardo così implorante, che Emily non aveva potuto negarglielo.

Ma questo era diverso, non era Fletch che chiedeva di passare del tempo con Annie, stava chiedendo anche a lei di andare. Lo fissò per un momento, assimilando le sue parole.

Se le sarebbe piaciuto andare a cena? Pensò a quello che aveva in quel momento in casa: una mela, due pezzi di pane integrale, una sottiletta, una fetta di mortadella, le ultime carote, ketchup, senape, un pezzo di burro, un hot dog e una confezione di ramen di manzo. Hot dog e ramen sarebbero stati la loro cena... per la quarta sera di fila. Se glielo avessero chiesto, avrebbe detto che li divideva con Annie, ma sapevano entrambe che era una bugia.

Sua figlia non era stupida, sapeva che non avevano molti soldi, ma dopo quella volta in cui aveva offerto a Emily di vendere i suoi adorati soldati, non aveva detto un'altra parola al riguardo. Annie era già stata presa in giro abbastanza a scuola − perché era intelligente, per i vestiti che non le calzavano bene e che erano chiaramente di seconda mano − quindi, non osava dire a un altro bambino, o a un insegnante, di quanto poco cibo avessero a casa.

Doveva aver impiegato troppo tempo per rispondere a Fletch, perché lui aveva ripreso a parlare, pensando di doverla convincere. «Stavo per mettere le bistecche sulla griglia, ho anche delle pannocchie e gli ingredienti per l'insalata. Ti lascerò preparare l'insalata, se ti farà sentire meglio.»

Emily si sentì strattonare i pantaloni e guardò in basso. Annie la stava fissando con occhi grandi come piattini.

Sapeva di non dover implorare quando Fletch era in giro, ma la sua decisione era ovvia.

Per una volta, Emily desiderò di poter essere la mamma che andava in un negozio e metteva le cose nel carrello senza pensare ai prezzi. Aveva preso l'abitudine di andare nel cassonetto dietro al PX per i giornali invenduti che venivano gettati via. Raccoglieva i coupon che c'erano sempre all'interno di quello della domenica, li tagliava tutti e pianificava i loro pasti fino all'ultimo centesimo.

Al momento, aveva venti dollari e tredici centesimi nel suo conto bancario. I tredici centesimi erano il suo "ammortizzatore", così non andava al di sotto del minimo richiesto di venti dollari e non doveva pagare tasse aggiuntive per il conto corrente. Sarebbe stata pagata presto, ma i quattrocento dollari sarebbero finiti in fretta, soprattutto quando la metà sarebbe andata all'amico di Fletch per il debito di gioco.

Avrebbe voluto poter comprare un pacchetto di biscotti o una barretta di cioccolato come sorpresa per Annie, ma non c'erano mai abbastanza soldi. I suoi cereali preferiti erano i Puffy-O, la scatola affermava che avevano lo stesso sapore dei Cheerios, che si trovavano proprio accanto sullo scaffale, ma che costavano un dollaro e mezzo in più. Emily non riusciva a ricordare se sua figlia avesse mai assaggiato i veri Cheerios, aveva sempre mangiato la sottomarca.

Fu quel pensiero, insieme agli occhi imploranti di sua figlia, che presero la decisione per lei.

«Sì, ci piacerebbe venire a cena.» Sarebbe stata una stupida a rifiutare, non aveva voglia di trascorrere del tempo con Fletch, ma per la salute di sua figlia, lo avrebbe fatto.

«Evviva!» esclamò Annie. «Posso portare i miei soldati?»

«Certo. Fletch, andiamo su a cambiarci e poi arriviamo. Va bene?»

«Sì. Dammi venti minuti. Faccio una doccia veloce e accendo la griglia.»

«A presto, Fletch!» gli disse Annie, con un sorriso enorme sul viso.

«Ci vediamo, folletto.»

Emily iniziò a salire le scale dopo sua figlia, ma fu fermata dalla mano di Fletch sul braccio.

«Aspetta un attimo, Em.»

Si voltò verso di lui e sollevò le sopracciglia in modo interrogativo.

«Sei arrabbiata con me? Perché negli ultimi due mesi ho davvero percepito una certa freddezza da parte tua.»

Emily non riusciva a credere che la stesse accusando di essere fredda con lui, come se non sapesse perché. Tentò di trovare le parole per ciò che voleva dirgli, ma prima di pensare a una risposta adatta, lui parlò di nuovo.

«Solo perché hai un fidanzato non significa che non possiamo essere amici. Mi è mancata Annie. È divertente e dolce e mi piace passare del tempo con lei. Forse sei stata solo occupata, o forse mi stai davvero evitando, ma spero che almeno prenderai in considerazione l'idea di essere un po' più rilassata vicino a me. Non invito i miei amici qui per un barbecue da troppo tempo, ma ora che il mio migliore amico sta frequentando una donna, vorrei invitarli tutti e presentarvi a loro.»

Emily era inorridita. Pensava che *uscisse* con il suo amico? Che stessero insieme? Era pazzo. «Non credo che sia una buona idea.»

Invece di sembrare turbato, Fletch sembrava determinato. Dio, l'ultima cosa di cui aveva bisogno era che decidesse che dovevano essere amici e frequentarsi. Aveva paura del suo *unico* amico che aveva incontrato, e trovarsi insieme ad altri, non era qualcosa a cui voleva pensare.

«Perché?»

«Fletch, senti, apprezzo che tu ci abbia dato l'appartamento, ma questo è tutto ciò che siamo, i tuoi inquilini. Stasera verremo, perché l'ho già detto ad Annie, ma apprezzerei se dopo questa cena, non tentassi di coinvolgerci nella tua vita più di quanto non lo siamo già.»

Si sentiva quasi in colpa per lo sguardo confuso e ferito che gli passò sul viso, prima che riuscisse a nasconderlo. Non c'era motivo per sentirsi dispiaciuta per Fletch, non dopo tutto quello che era successo negli ultimi mesi. Proprio per niente.

«Va bene. Non sapevo che la pensassi così, ma non c'è problema. Ci vediamo tra un po'.» Fletch sputò quelle parole, si girò e attraversò il cortile andando verso la porta di casa.

Emily barcollò sul posto. Era così stanca. Stanca di avere fame, stanca di avere paura, stanca di essere preoccupata, e stanca di dover sempre stare attenta, per vedere se quell'uomo si nascondeva da qualche parte. Tutto quello che voleva era tenere Annie al sicuro; non pensava che fosse chiedere troppo, ma a quanto pare era così. Sospirò e si portò una mano sulla pancia, e ciò le fece ricordare che aveva saltato il pranzo... e la colazione.

Salì le scale fino al suo appartamento, chiedendosi come avrebbe superato la cena.

———

Ore dopo, Emily si rese conto che non avrebbe dovuto preoccuparsi. Fletch era stato molto premuroso... con Annie. Aveva dato a Emily un bicchiere di vino, e poi aveva continuato a prestare tutta l'attenzione a sua figlia. Avevano riso mentre Annie rigirava l'insalata e ne versava la maggior parte sul bancone. Lui le aveva sgranato il mais dalla pannocchia, in modo che potesse mangiarlo senza bruciarsi le dita, le aveva persino tagliato la bistecca in piccoli pezzi, così era più facile da mangiare.

Ad un certo punto, Fletch aveva parlato della sparatoria che era avvenuta di recente nella scuola elementare di Annie; un uomo era entrato, aveva ferito alcune persone e aveva tenuto in ostaggio un'intera palestra piena di bambini. Per fortuna, l'uomo non sapeva che i bambini fossero nascosti in palestra, ma era stato comunque orribile. Alla fine, uno degli amici militari di Fletch, un uomo di nome Jones, che si trovava nella zona per un corso di "negoziazione ostaggi", era stato in grado di aiutare a sconfiggere il criminale.

Annie aveva chiacchierato con Fletch dell'esperienza come se fosse stata la cosa più bella che le fosse mai capitata. Lei era nella sua classe, ben lontana dalla palestra, e Mrs. O aveva portato velocemente tutti i bambini fuori dall'edificio attraverso la finestra, quindi, non sapevano cosa stesse davvero succedendo.

Emily sapeva cosa aveva cercato di fare Fletch... non far sembrare l'intera esperienza tanto orribile quanto lo era stata... e lo aveva apprezzato. Ma non riusciva a pensare a quel giorno, e non ricordare quanto fosse stata terribilmente spaventata. Erano state un paio d'ore che l'avevano quasi distrutta, quando non sapeva se Annie fosse uno degli alunni scomparsi. Pensare che avrebbe potuto perdere la cosa migliore che le fosse mai capitata, era qualcosa che non voleva affrontare mai più, ed era ciò che ora la faceva stare al gioco, in modo quasi conciliante, con il ricatto dell'amico di Fletch. Non poteva perdere sua figlia.

Emily aveva ascoltato Annie parlare di quanto fosse felice perché sembrava, che uno degli altri insegnanti di prima elementare e la sua maestra preferita di ginnastica, si stessero frequentando dopo quell'esperienza. Fletch non l'aveva interrotta, e con molta attenzione, aveva sviato le sue domande su ciò che era davvero accaduto quel giorno, cosa di cui gli era grata. Le era quasi impossibile comprendere come Fletch potesse essere così fantastico con Annie, ma un coglione totale e insensibile, su ciò che il suo amico le stava facendo fare.

Emily aveva lasciato parlare Annie a ruota libera, intromettendosi solo una o due volte qua e là. Fletch aveva riso delle sue storie e sembrava divertirsi a parlare con la bambina. Emily si sarebbe innamorata pazzamente di lui, se non avesse saputo che tipo di persona era in realtà.

Avrebbe anche dovuto andarsene di corsa da casa sua, ma il cibo era stato una manna dal cielo. Non era stato solo nutriente, ma davvero delizioso. Fletch sapeva cucinare, il condimento sulle bistecche era stato perfetto, e il burro che gocciolava dal mais lo aveva reso solo molto più dolce. Quando aveva tirato fuori i brownies, affermando di averli preparati il giorno prima, Emily aveva pensato che sua figlia sarebbe esplosa di felicità.

Finito di mangiare, e dopo che Fletch ebbe letto due brevi libri illustrati per Annie, Emily si rese conto che era ormai arrivato il momento di andare via da lì... il suo cuore non poteva reggere oltre.

«È ora di andare, Annie.»

«Uff, mamma...»

«Non dirmi "uff, mamma" con quel tono. Domani c'è scuola.»

«Ci vediamo domani?» chiese Annie al suo idolo.

Fletch si strinse nelle spalle. «Non lo so, folletto. Ma sai che sono sempre qui se hai bisogno di me.»

Emily non pensava che Fletch avrebbe fatto del male ad Annie, ma non voleva nemmeno che desse carta bianca a sua figlia sul fatto di andare lì quando voleva. Non sarebbe mai successo.

«Dai, amore. È l'ora del bagno, poi Nancy Drew.»

«Sì!» Annie corse da Fletch e lo abbracciò intorno alla vita. Emily si rifiutò di commuoversi per lo sguardo tenero che attraversò il viso del grande uomo, mentre metteva una mano sulla piccola schiena di Annie e l'altra sulla sua testa.

«Ci vediamo.»

«Ciao, Fletch!»

«Grazie per la cena. È stata deliziosa.» Poteva anche essere arrabbiata per la situazione in cui l'aveva cacciata, ma il cibo era stato meraviglioso. Era stata davvero una bella variazione nella sua desolante esistenza.

«Vuoi portarti via il mais e l'insalata rimasti?» chiese, appoggiandosi al bancone in cucina.

Emily avrebbe voluto, ma scosse comunque la testa. «Va bene così. Grazie lo stesso.»

«L'ho già detto, ma lo ripeto: non è giusto mettere Annie a dieta finché è così piccola. Si vedeva che aveva fame; ha divorato tutta la bistecca e il mais, e ha preso due porzioni di insalata. Tu mangia quel che vuoi, ma per favore, non lasciare che Annie cresca pensando di dover essere magra per essere una persona meritevole.»

Emily sentì gli occhi riempirsi di lacrime, ma si rifiutò di farle vedere a Fletch. Dannazione a lui. Stava facendo del suo meglio, cercava di comprare abbastanza cibo per Annie e pagare quei dannati duecento dollari alla settimana. Era orribile da parte sua sbatterglielo in faccia.

Ribatté con un tono duro e accanito: «Mia figlia viene prima di *tutte* le altre cose nella mia vita, Fletch. Mi lascerei morire di fame prima di lasciarla senza cibo.» Le parole non erano una promessa, erano la realtà.

Emily andò alla porta d'ingresso e uscì di casa, senza guardarsi indietro. Se lo avesse fatto, avrebbe potuto vedere l'espressione frustrata e abbattuta sul viso di Fletch.

CAPITOLO NOVE

FLETCH SORRISE A GHOST E RAYNE, Truck era andato a trovarli e, dato che Fletch era uscito per comprare la birra, si era offerto di andarli a prendere tutti e tre, per portarli al barbecue che avrebbe tenuto a casa sua. Era entusiasta oltre ogni immaginazione, che Ghost avesse ritrovato la donna per la quale era stato di pessimo umore per tanti mesi. Lui e Rayne erano perfetti l'uno per l'altra, e non poteva essere più felice per il suo amico.

«Continuo a pensare che avresti dovuto lasciarmi portare qualcosa» si lamentò Rayne.

Fletch scrollò le spalle. «Ho tutto ciò di cui ho bisogno, non c'era altro da portare.»

«Ma qualsiasi cosa... brownies? Patatine? Qualcos'altro?»

Fletch rise. «No. C'è tutto.»

Entrarono nel vialetto di casa sua, e Rayne guardò l'appartamento sopra il garage. «La tua inquilina si unirà a noi?»

«No» rispose brusco.

«Perché no? Pensavo avessi detto che era carina?»

«Lo *è*. Ma è occupata» disse Fletch in tono piatto.

«Oh. Hai chiesto in modo educato?» Rayne insistette. «A volte puoi essere un po' brusco. Hai detto che ha una bambina, magari potevano venire entrambe.»

«Certo che l'ho chiesto in modo educato. E lei ha un fidanzato, quindi togliti subito quel luccichio da combina matrimoni dagli occhi, Rayne» la ammonì, mentre parcheggiava la macchina.

«Oh, è un peccato» sospirò.

Era un peccato. Fletch non sapeva perché Emily fosse arrivata a disprezzarlo così tanto. Sì, le aveva detto che non era giusto far fare ad Annie la stessa dieta che faceva lei, ma non aveva pensato che fosse una cosa abbastanza grave da portarla a non parlargli più. Da quando lei e Annie erano state a cena a casa sua, si era fatta in quattro per assicurarsi che non rimanessero più da soli. Sperava che avrebbe ceduto e lasciato che Annie trascorresse più tempo con lui, e poi forse avrebbe cambiato idea, ma non era successo. Semmai, vedeva la bambina meno adesso, di quanto non succedesse prima di averle invitate a cena. Era uno schifo.

Erano passate circa tre settimane dalla cena, e in quel periodo era stato un paio di volte in missione, ma il colonnello aveva fatto in modo che avessero qualche giorno libero, e Fletch aveva deciso che era il momento di invitare tutto il team a casa sua per una grigliata. Poco prima, si era fatto coraggio e aveva bussato alla porta di Emily per invitarle, ma lei non aveva risposto.

Sapeva che era a casa, perché la sua auto non era uscita dal garage da giovedì, dopo che era tornata a casa dal lavoro. Era insolito per lei prendersi dei giorni liberi o tenere Annie a casa da scuola, ma aveva reso perfettamente chiaro, con il comportamento nei suoi confronti, che non era davvero un suo problema.

Non poteva fare a meno di preoccuparsi per loro, però. Avrebbe voluto che Emily rispondesse, solo per tranquillizzarsi.

Mentre entravano in casa, per unirsi agli altri che erano già lì, Fletch guardò di nuovo malinconico l'appartamento sopra il garage, sperando di intravedere la donna che non riusciva a tenere lontano dalla mente, e la bambina, a cui stava iniziando a voler bene molto più di quanto avrebbe dovuto fare un padrone di casa.

———

Qualche ora dopo, Fletch osservò contento i suoi sei compagni di squadra e Rayne. Non c'era niente di meglio che stare con gli amici, almeno secondo la sua opinione. Lui, Ghost, Coach, Hollywood, Beatle, Blade e Truck ne avevano passate di tutti i colori... ed erano ancora vivi per raccontare le loro storie. Non si era mai fidato di un altro gruppo di uomini tanto quanto quello, e sapeva che si sentivano tutti esattamente allo stesso modo.

Rayne era stata una bella aggiunta alla loro cerchia. A volte portava la sua amica Mary ai ritrovi, ed era esilarante vedere i battibecchi tra lei e Truck. Mary era una donna tosta, aveva passato un orribile periodo con il cancro, e non si faceva mettere i piedi in testa da nessuno. Ma per qualche ragione, lei e Truck erano come l'olio e l'acqua. Mary attaccava quell'uomo grande e grosso e lui semplicemente sorrideva e sopportava, e ciò la faceva infuriare ancora di più.

La dinamica di avere donne nella loro cerchia di amici era interessante. In passato, quando si ritrovavano tutti insieme, trascorrevano il tempo a parlare di conquiste e sport, ma con Rayne lì, e Mary quando si univa a loro, dovevano tenere a freno quel tipo di conversazioni e, di conseguenza, si scambiavano più opinioni personali riguardo alla loro vita, la famiglia e ciò che succedeva al lavoro.

Stasera però, nessuno aveva tirato fuori il discorso della rappresaglia in corso con il gruppo di militari, che non si era ancora attenuata. Ogni volta che i soldati vedevano qualcuno di loro alla base, sparavano stronzate sottovoce; di tanto in tanto, una delle loro auto veniva imbrattata con le uova, o strisciata. Era fastidioso, ma non avevano prove di chi lo stesse facendo. Tutto quello che potevano fare era denunciare gli incidenti alla polizia militare, e sperare di poterli sorprendere, un giorno. Ma quello era un discorso per un'altra volta.

«Oh, Fletch, penso che ci sia una fatina che ci spia» disse sottovoce Rayne. Era seduta sulle ginocchia di Ghost, con in mano un bicchiere di vino, rilassata contro il suo petto.

Guardò Rayne confuso, e lei fece un cenno di lato con la testa.

Fletch si voltò e vide una bambina sbirciare da dietro un angolo della casa.

Posò subito la birra e tese la mano verso di lei. «Vieni, Annie. Tua madre sa che sei qui?»

Tutti guardarono la bambina che si avvicinava con cautela a Fletch.

«Ehm, Fletch, non...»

Le parole di Rayne furono interrotte da Fletch che si

alzò bruscamente, con un'espressione preoccupata, dopo aver guardato bene Annie.

Indossava un paio di pantaloni della tuta, ed era evidente che i suoi capelli non erano stati spazzolati quel giorno, o forse anche da un paio di giorni. La maglia del pigiama aveva una grande macchia, come se ci avesse rovesciato sopra qualcosa. In poche parole, aveva un aspetto disordinato, che Fletch non aveva mai visto prima su di lei. Annie sembrava una piccola senzatetto, invece dell'amata figlia che sapeva fosse.

Ignorando i suoi amici, che si erano tutti raddrizzati sulle sedie pronti a fare qualcosa, anche se non sapevano cosa, si inginocchiò di fronte alla bambina. «Stai bene, scricciolo?»

«Ho fame.»

«Hai fame. Ok. Abbiamo degli avanzi, se per te va bene.»

Annie annuì, ma i suoi occhi si spostarono nervosamente verso gli uomini dietro di lui. «Vuoi conoscere i miei amici?» chiese Fletch, mantenendo la voce rassicurante.

Lei annuì, ma era ovvio che si sentisse a disagio. La prese in braccio e si alzò in piedi, posandosela sul fianco. La bambina avvolse le braccia sottili attorno al suo collo e si tenne ben stretta. Fletch si voltò e percorse i due metri di distanza circa che lo separavano dagli altri.

«Ragazzi, lei è la mia amica e inquilina, Annie Grant. Ha sei anni ed è la bambina più intelligente della prima elementare.» Annie gli sorrise, ma non parlò. Mise la testa contro la sua spalla e lo guardò con gli occhi che brillavano.

«Annie, questi sono i miei amici, lavorano con me ogni giorno, mi fido di loro come se fossero miei fratelli. Sono

Truck, Blade, Beatle, Hollywood, Coach e Ghost. E seduta con Ghost c'è la sua fidanzata, Rayne.»

Annie sollevò la testa e guardò ognuno degli adulti intorno a lei per un momento, prima di appoggiarsi a Fletch e dichiarare con una voce tutt'altro che timida: «I tuoi amici hanno nomi strani.»

Tutti ridacchiarono. Fletch passò una mano sui capelli spettinati di Annie. «È vero, folletto. Hai detto di avere fame? Dov'è tua madre?» Mantenne il tono leggero, ma dentro di sé sapeva che c'era qualcosa che non andava. Emily aveva tenuto Annie lontana da lui, ed era impossibile che l'avesse lasciata andare lì al buio.

«Sta dormendo.»

«Dormendo? Sei sicura? Non sei sgattaiolata fuori?»

Annie scosse la testa. «Ha dormito tutto il giorno.»

«Tutto il giorno? Cosa intendi?» Fletch percepì i suoi amici farsi più attenti a quelle parole.

«Ha detto che non si sentiva bene quando siamo tornate a casa giovedì, e questa mattina, quando mi sono alzata, stava dormendo. Ieri non ha voluto andare al lavoro, e ha detto che stava troppo male per portarmi a scuola. Ho provato a svegliarla oggi, ma si è solo lamentata. Ieri sera ho mangiato i noodle rimasti, e quando stamattina ho provato a versarmi una tazza di succo, l'ho rovesciato dappertutto.» Annie tirò su con il naso. «Ho mangiato la nostra ultima mela e non c'era più cibo. Hai detto che potevo venire se avessi avuto bisogno di qualcosa.»

«È vero, e sono contento che tu l'abbia fatto. Puoi sederti qui con Rayne e Ghost, così ti preparano qualcosa per cena.»

«Dove vai?» chiese Annie, mentre Fletch la metteva giù, vicino alla sedia in cui si trovava la coppia.

«Ho intenzione di andare a casa vostra e controllare tua madre.»

«Sta dormendo» ripeté Annie, come se non l'avesse sentita prima.

«Lo so, folletto, ma ho intenzione di andare a controllare comunque.»

«Non ti è permesso entrare. Niente ragazzi. È la nostra regola.»

Fletch la guardò. Era intelligente e doveva procedere con cautela. Non voleva spaventare la bambina, ma doveva farle capire che il fatto che sua madre avesse dormito tutto il giorno, era una cosa insolita per lei. Si inginocchiò di nuovo, in modo da poterla guardare negli occhi.

«Penso che tu sappia che questo non è un caso normale, giusto?» Al suo piccolo cenno del capo, continuò: «La mamma di solito non dorme tutto il giorno. Voglio solo assicurarmi che non stia *troppo* male. Va bene?»

«Va bene» sussurrò Annie, poi si chinò e lo abbracciò, portando le labbra al suo orecchio. «Sono spaventata. Ha parlato in modo strano quando l'ho svegliata prima di venire qui.»

Fletch la abbracciò. «Resta qui, tesoro. Porto Truck con me e andiamo ad assicurarci che stia bene.»

Annie guardò il grande uomo in piedi accanto a lui. Fletch aprì la bocca per rassicurare Annie sul fatto che Truck sembrava spaventoso, ma in realtà non lo era, almeno non con le bambine come lei, quando si arrampicò sulla sedia accanto e inclinò la testa verso il grande soldato.

Come se avesse parlato, Truck fece un passo esitante verso di lei, ma non disse una parola.

Annie allungò la mano e fece scorrere le dita sulla brutta cicatrice sul suo viso. La tracciò dal centro della guancia al labbro e la tastò. Tirò il lato della sua bocca verso l'alto, osservando come la cicatrice tornava giù in modo naturale, provocando il perpetuo cipiglio che mostrava l'uomo.

«Ti ha fatto male?» sussurrò alla fine.

«Sì» le disse Truck con sincerità.

Lo guardò negli occhi. «Fletch ti ha aiutato quando ti sei fatto male?»

«Sì. L'ha fatto.»

Annie posò la mano sulla guancia di Truck. Iniziava a malapena a coprire quel lato del suo viso, ma Truck inclinò la testa contro il suo tocco gentile. «Ti prenderai cura della mia mamma?»

«Sì.»

«Ok.»

E fu tutto. Se Fletch non fosse stato lì, non ci avrebbe mai creduto. Più di una volta i bambini erano corsi a piangere dai loro genitori dopo aver visto le ferite di Truck, ma non solo Annie non era corsa via, aveva anche toccato e accarezzato il suo viso. Era una bambina straordinaria.

Fletch decise in quell'istante che era giunto il momento per Emily di smettere di evitarlo. Era durata anche troppo, ma sperava che non stesse tanto male, così avrebbero potuto parlare di tutto ciò che la turbava, una volta per tutte. Chiunque cresceva una bambina come Annie, era qualcuno per cui valeva la pena lottare.

«Ritorniamo appena possibile. Forza, vai con Rayne e il mio amico Ghost. Ok?» disse Fletch, aiutando Annie a scendere dalla sedia su cui era salita.

Fu indicativo di quanto avesse fame e fosse spaventata per sua madre, il fatto che si limitò ad annuire, e a permettere a Rayne di prenderla per mano e condurla dentro, per vedere cosa potevano trovare da mangiare per lei.

Fletch si avviò subito lungo il prato, con Truck alle calcagna. Aveva scelto lui perché, tra tutti, era il paramedico più esperto. Oh, tutti erano pratici di primo soccorso, ma se Emily fosse ferita, Fletch voleva che avesse a disposizione le cure migliori.

Salì i gradini fino al suo appartamento due alla volta e girò la maniglia della porta. Si aprì con facilità, poiché Annie non l'aveva chiusa dietro di sé quando era uscita. Fletch lanciò un'occhiata alla cucina mentre entrava, e vide dei pezzi di carta asciugatutto bagnati per terra, dove Annie aveva cercato di ripulire quello che aveva rovesciato. Per il momento li ignorò, e andò in camera da letto.

Era vuota. Dove diavolo era Emily?

«Fletch, qui» disse Truck con un tono brusco.

Fletch si girò e guardò sul divano. Truck era inginocchiato accanto a una piccola massa, avvolta in una coperta consunta. Andò subito dove si trovava lui, soddisfatto quando si spostò per fargli spazio, in modo da permettergli di mettersi accanto al viso di Emily.

«Emily? Riesci ad aprire gli occhi?» la esortò, mettendole una mano sulla fronte. Quando non si mosse, si rivolse a Truck. «Scotta.»

«Togliamole questa coperta.»

Fletch non discusse, aiutò Truck a liberare Emily per far sì che prendesse un po' di fresco. Si svegliò quando fu investita dall'aria fredda dell'appartamento.

«Emily!» la incitò. «Guardami.»

Socchiuse un po' gli occhi, ma le ci volle un momento per riconoscerlo. «Ho dato i soldi al tuo amico questa settimana. Digli che per avere gli altri dovrà aspettare fino a quando non mi pagheranno di nuovo.»

«Che cosa? Emily, svegliati, dici cose senza senso.»

Lei chiuse gli occhi, e rabbrividì.

«Ha bisogno di andare all'ospedale, Fletch» gli disse Truck in tono serio.

«Lo so, ma la teniamo come ultima risorsa. Credo che non abbia un'assicurazione. Prima portiamola a casa mia, e vediamo se riusciamo a rinfrescarla. A questo punto, mi fido più di te che di un qualsiasi medico.»

Truck sospirò, non molto contento del piano del suo amico, ma neppure in disaccordo con lui.

Fletch si chinò e prese in braccio Emily, e rimase turbato da quanto fosse magra. Sapeva che stava perdendo peso, ma riusciva a sentirle le costole sotto le mani mentre la teneva stretta. La sua testa cadde all'indietro e lui la sistemò meglio contro di sé. «Emily, mettimi le braccia intorno al collo e tieniti stretta.»

Sorprendentemente, sembrò capire e fece come le aveva chiesto. Si aggrappò con una presa debole intorno alle spalle, seppellì il naso contro il suo collo e si tenne stretta, mentre lui usciva dal piccolo appartamento e scendeva le scale. Truck tenne aperta la porta d'ingresso e si diressero in tutta fretta lungo il corridoio fino alla camera matrimoniale.

«Vai a prendere Rayne, ma non dire ad Annie che sua madre è qui. Voglio vedere come va, prima di dire qualsiasi cosa.»

Truck annuì e scomparve, diretto verso il cortile. Fletch posò con delicatezza Emily sulla trapunta e le scostò una ciocca di capelli dalla fronte. «Non ti preoccupare, sarai come nuova in un batter d'occhio. I miei amici ti rimetteranno in sesto subito.»A quelle parole, i suoi occhi si spalancarono, e le apparve sul viso un'espressione di panico. «Non il tuo amico, per favore, Fletch! Non lui! Ho pagato questa settimana. L'ho fatto! Troverò un modo per procurarmi i soldi per la prossima. Tienilo lontano da Annie!»

«Tranquilla, Em, sei al sicuro. Nessuno farà del male a tua figlia.»

«Ma lui è tuo amico!»

Fletch socchiuse gli occhi, confuso. Chi diavolo pensava fosse il suo amico? Nessuno degli uomini seduti nel cortile dietro a casa sua, avrebbe mai messo le mani addosso con cattiveria a un bambino. E di quali soldi parlava?

Provò un'orribile sensazione mentre osservava il terrore sul suo viso. C'era di sicuro qualcosa che non quadrava nella vita di Emily e per qualche ragione, pensava che lui fosse coinvolto.

«Non posso» borbottò lei, era chiaro che stesse delirando. «Ci hai usate.»

«Di che cazzo sta parlando?» sibilò Hollywood, che aveva sicuramente ascoltato l'ultima frase di Emily.

Fletch, non fu sorpreso di non averlo sentito entrare nella stanza. Hollywood aveva il passo molto leggero. «Non ne ho idea, ma qualunque cosa sia, sono balle.»

«Forza voi due, spostatevi così posso entrare» Rayne ordinò, facendosi strada tra Ghost e Hollywood. «Dio, non ha un bell'aspetto.»

Le parole di Rayne non erano necessarie. Tutti e tre gli uomini sapevano esattamente che brutto aspetto avesse Emily. Era tutta rossa in viso, e i suoi respiri erano brevi e rapidi.

«Rayne, aiutami a toglierle la maglietta e i pantaloni. Ghost, vai a preparare un bagno? Acqua fresca.»

«Lo sta già facendo Truck» assicurò Ghost al suo amico.

«Ok, bene.»

Spogliarono velocemente Emily, lasciandola in mutandine e reggiseno, per una questione di pudore, e Fletch si turbò di nuovo vedendo il peso che aveva perso. Non l'aveva mai vista senza vestiti prima d'ora, ma l'aveva osservata abbastanza da sapere che riempiva bene le magliette. Ora poteva vederle in modo chiaro le costole e le ossa iliache. Non era mai stato il tipo di uomo a cui importava quanto pesasse una donna, purché stesse bene con se stessa, ma *questo,* non era salutare.

Doveva essere successo qualcosa e Fletch era incazzato e frustrato allo stesso tempo, di non sapere cosa fosse. Sarebbe andato in fondo alla cosa, ma prima doveva assicurarsi che a Emily scendesse la febbre. Poi avrebbe indagato.

Fletch, al momento, non era preoccupato che Ghost, Hollywood o Truck vedessero Emily in biancheria intima. Nel corso degli anni avevano avuto a che fare con la nudità per diversi motivi medici. Questa era una situazione di vita o di morte, e lo sapevano tutti. Sarebbe stato uno stronzo a fare il possessivo verso di lei, proprio ora che aveva bisogno del loro aiuto.

Dovevano raffreddarla in modo da evitare danni cerebrali. Nelle loro missioni, avevano visto abbastanza persone morire a causa dei colpi di calore, da sapere che il tempismo era fondamentale.

Ghost fece voltare Rayne mentre Fletch si spogliava fino a restare in boxer, per poi chinarsi e sollevare Emily per portarla in bagno, dopo di che, scavalcò in modo goffo il bordo della vasca, per entrare con lei in braccio.

Fletch inspirò bruscamente per quanto era fredda l'acqua, ma sapeva che era assolutamente necessario. Gli altri lo sostennero mentre si sedeva con cautela con Emily tra le braccia. Non appena lei sentì l'acqua, si inarcò, cercando di scappare.

Il suo corpo cominciò a scuotersi dai brividi e Fletch incrociò le braccia davanti al suo petto, avvolse le gambe attorno alle sue e la tenne stretta contro di sé. In parte perché non si facesse male, e in parte per coprire il più possibile il suo corpo. «Tranquilla, Em. Ci sono io.»

«F-F-freddo.»

«Lo so, ma ne hai bisogno. Il tuo corpo ne ha bisogno. Tieni duro.»

«P-p-perché mi odi così t-t-tanto?» singhiozzò, battendo i denti.

«Non ti odio, Em, perché dici così?»

«Lo dice il tuo amico.»

«Quale amico?»

«L-l-lo sai quale!»

«Emily, non lo so. Guardati intorno. *Questi* sono i miei amici. Ghost, Hollywood e Truck. E la fidanzata di Ghost, Rayne. È uno di loro che l'ha detto?»

La osservò dare un'occhiata alle persone che si trovavano in piedi e in ginocchio attorno alla vasca, e scuotere la testa. «Dice che non ti piace essere visto con lui. Che siete amici segreti.»

«Che cazzo, Fletch?» Truck sbottò a denti stretti.

«Non so di chi parla!» Inclinò la testa finché non riuscì a guardarla in volto. «Che aspetto ha?»

«C-come v-voi.»

«Cosa significa?»

«M-m-militare. Cattivo.»

«Ha dei tatuaggi?» Fu Ghost a chiedere, ovviamente pensando come un soldato della Delta Force quale era.

Emily annuì.

«Dove? Di cosa?» domandò Ghost.

Emily chiuse gli occhi e appoggiò la testa sulla spalla di Fletch. «È *tuo* amico... dovresti saperlo.»

«Di. Cosa.» Fletch ripeté la domanda di Ghost con voce bassa e seria.

«T-t-teschio. Sull'avambraccio.»

Fletch alzò lo sguardo su Ghost, che rispose: «Me ne occupo io.» E uscì dal bagno.

«Che succede?» chiese Rayne, nervosa

«Non ne sono sicuro al cento per cento, ma qualcuno sta raggirando Emily, e abbiamo un'idea piuttosto precisa di chi potrebbe essere» ringhiò Truck.

«F-Fletch?»

«Sì, Em?»

«Annie...?»

«È qui. È al sicuro.»

«Non sono riuscita ad alzarmi per prepararle qualcosa da mangiare.» Fece una risatina amara. «Non che in casa abbia cibo da darle.»

«Perché? Perché non hai soldi, Em?» Fletch odiava approfittare del suo attuale stato mentale, ma sapeva che era il modo migliore per ottenere le risposte di cui aveva bisogno.

«*Lo sai!*»

«No.»

«S-sì, Fletch! Accidenti, mi hai detto chiaramente, fuori dal PX, d-d-di fare quello che voleva il tuo amico.»

«Fai finta che io non sappia niente. Spiegamelo.» Fletch strinse forte la presa su Emily, quando si contorse come se volesse allontanarsi da lui. «Per favore, Em, non trattenerti. Dimmi cosa pensi di me. Dimmi tutto. Togliti il peso dallo stomaco. Sai che vuoi mandarmi a fanculo. Allora fallo.»

«Che cosa stai facendo?» chiese Rayne in tono sommesso.

Truck prese Rayne per un gomito e la alzò in piedi. «Usciamo di qui, è una faccenda tra Fletch ed Emily.»

Fletch fece un cenno di ringraziamento al grande uomo che portava Rayne fuori dalla stanza. Fece segno a Hollywood di rimanere, poi si rivolse di nuovo a Emily e continuò a pressarla. «Hai detto che ti odiavo. Perché? Cosa ti ha detto il mio amico? Perché non hai soldi?»

Emily fece un ringhio di gola. Era un verso frustrato e arrabbiato che non le aveva mai sentito fare. «B-b-bastardo! M-mi hai fatto pensare di essere un bravo ragazzo, in realtà, volevo piacerti. Accidenti, mi sono persino m-masturbata al pensiero che mi g-guardavi mentre lo facevo. Pensavo che mi avessi fatto uno sconto sull'affitto perché eri gentile.»

«Continua» la esortò Fletch quando fece una pausa. Ignorò, per ora, la sua affermazione sul fatto di essere attratta da lui e di masturbarsi di fronte a lui. Per quanto gli piacesse, al momento aveva cose più importanti da scoprire. La incitò ancora una volta. «Dimmi perché ti ho fatto uno sconto sull'affitto. Dillo.»

«Perché hai bisogno di m-me per pagare il tuo debito di gioco. Non mi sarei mai t-t-trasferita, se avessi saputo che cinquecento dollari si sarebbero trasformati in mille e trecento al mese. Non posso permettermelo, m-m-ma a te non importa. Il t-tuo amico mi ha detto che sapevi tutto e lo hai pianificato. Accidenti a te, F-Fletch, a causa tua, non posso permettermi di nutrire la mia bambina!»

Le parole di Emily sembravano rimbombare nelle pareti del bagno. Continuò a lottare tra le sue braccia. «P-p-per favore, lasciami andare, devo alzarmi per poter andare al l-lavoro domani. Devo lavorare per poter pagare il tuo amico, così non farà del male ad Annie o non farà in modo che me la portino via. Non so perché ho pensato che t-t-ti sarebbe importato... non è che ti freghi qualcosa di m-me.»

«Com'è la temperatura?» chiese Fletch a Hollywood, senza emozione nella voce. Vide lo sguardo preoccupato che gli rivolse il suo amico, ma lo ignorò. Le poche conversazioni che aveva avuto con Emily gli stavano passando per la mente con infallibile precisione.

"Il mio lavoro non è uno dei più sicuri... e a volte ci sono persone che... sono irritate con me. Odierei che succedesse qualcosa a te o ad Annie."

"Non andrete da nessuna parte."

"Abbiamo passato molto tempo a discutere della situazione. Stai meglio dove sei."

Ogni volta che avevano avuto una conversazione, lei aveva pensato che il suo "amico" fosse chiunque la stesse minacciando, quando invece lui si riferiva a Ghost. Maledizione!

Hollywood allontanò dalla testa di Emily il termometro auricolare e lo guardò. «Trentotto e tre.»

«Può andare per ora. Prendila. Dammi la possibilità di uscire» ordinò Fletch.

Hollywood appoggiò il termometro sul pavimento e si piegò sulla vasca, tirando in piedi Emily e tenendola contro di sé, mentre Fletch usciva da sotto di lei. Afferrò un asciugamano e si asciugò rapidamente, senza preoccuparsi di farlo in modo accurato. Ne avvolse uno pulito e asciutto intorno a Emily, prima di riprenderla in braccio. Tornò in camera e la posò sul letto. Andò ad aprire un cassetto e si cambiò i boxer bagnati con un paio di asciutti, poi tornò subito da lei.

Per il momento le fece tenere l'asciugamano, senza preoccuparsi se le lenzuola si fossero bagnate, e la infilò sotto le coperte. Poi si stese dietro di lei sul letto e avvolse le braccia intorno al suo corpo.

«Lasciami andare» disse Emily assonnata. «Ho bisogno di alzarmi.»

«No. Stai bene così. Annie è a posto. Dormi, Em.»

«Ma...»

«Niente ma» disse risoluto Fletch. «Negli ultimi mesi abbiamo avuto un grosso problema di comunicazione, ma ora è finito. Quando starai meglio, affronteremo la faccenda una volta per tutte.»

«Forse se non tu fossi dipendente dal gioco d'azzardo, non mi troverei in questa posizione» brontolò lei, un accenno che la vecchia Emily stava tornando.

Anche se odiò le sue parole, Fletch fu felice di vedere che sembrava più lucida.

«Non ho mai scommesso su niente in tutta la mia vita, piccola. Mai. Hai la mia parola.»

Emily lottò nella presa di Fletch e riuscì a girarsi sulla schiena. Lo guardò con un'espressione confusa negli occhi. «Ma il tuo amico...»

«Non è mio amico.»

«*Sì*. Ha detto...»

«Ha mentito, Emily. Ti sta usando perché è incazzato con me.»

«Ha mentito?»

«Sì, ha mentito» ripeté Fletch. «Ci penso io, adesso. Sono finiti i giorni in cui non mangi così che possa farlo Annie. Non devi più dare i tuoi soldi a uno stronzo che afferma di conoscermi. Nessuno ti toglierà quella bambina. Te lo giuro. Sono incazzato per tutta questa situazione, ma non con te, Emily. Con il coglione che ti ha usato per vendicarsi di me e del mio team. Ora chiudi gli occhi, rilassati. Hai ancora la febbre.»

«Annie?» ripeté lei, era ovvio che non si fidasse ancora di lui.

«È al sicuro, qui con i miei amici... i miei *veri* amici. Non le succederà niente.»

«Ha mangiato?»

Fletch le passò la punta del dito sul naso. «Probabilmente si è riempita come un maialino.»

Emily non sorrise nemmeno. «Bene.»

Il pensiero che sua figlia fosse al sicuro, e nutrita, fu sufficiente a far rilassare Emily per la prima volta da mesi. Si addormentò subito, probabilmente a causa di una combinazione di debolezza, di sollievo perché Annie era al sicuro, e della febbre.

Assicurandosi che fosse davvero addormentata e comoda, Fletch uscì con riluttanza dal letto, e poi le avvolse bene le coperte attorno alle spalle.

«Riunione con il team?» chiese Hollywood dalla porta. Non se n'era mai andato, ma aveva dato loro un po' di privacy.

«Domani» gli disse Fletch, indossando un paio di jeans e una maglietta. «Devo prima sistemare Annie e vedere cosa può dirmi. Ma apprezzerei se Ghost contattasse Tex e iniziasse a risolvere questa merda.»

«Consideralo fatto. Vuoi che restiamo?»

«Magari non tutti, ma sì, mi farebbe piacere un po' di supporto.»

«Chiedi pure tutto ciò di cui hai bisogno.»

«Grazie, lo apprezzo.»

«Non c'è bisogno di ringraziare, lo sai. E lascia che te lo dica, chiunque cerca di fregare una delle nostre donne deve essere ufficialmente pazzo. Non mi interessa che non siano a conoscenza che siamo Delta, dovrebbero sapere solo guardandoci che non glielo permetteremo, e che ci prendiamo cura di ciò che è nostro.»

«Pazzo... o geloso.» Le parole di Fletch erano piatte e senza tono, il che le rendeva ancora più letali.

«Mi stai prendendo per il culo?» sussurrò Hollywood mentre camminavano lungo il corridoio, per raggiungere il resto della squadra.

«Non ne sono ancora sicuro, ma ho la brutta sensazione che le piccole cazzate che hanno fatto quei ragazzi di fanteria, siano solo la punta dell'iceberg.»

«*Bastardi*.» Quella parola, detta a denti stretti, fu più scioccante perché fu Hollywood a dirla. Era stato chiamato così perché era davvero un bell'uomo. Era alto un metro e ottanta, non tanto muscoloso come il resto della squadra e, a seconda di come girava, poteva essere scambiato per Tom Cruise o Colin Egglesfield.

«Non riusciranno a cavarsela» disse a denti stretti, prima di tornare nel patio.

«No, non ci riusciranno» concordò Fletch. Nessuno ricattava la sua donna e la passava liscia.

CAPITOLO DIECI

«Dov'è la mamma?» chiese Annie, quando Fletch tornò fuori. Era seduta su due grossi libri sopra una sedia, al tavolo del patio. Le sue piccole gambe oscillavano avanti e indietro, e aveva le labbra e le guance imbrattate di qualcosa che sembrava cioccolato.

«È di sopra, folletto. Starà bene.»

«Era ammalata.» Fu un'affermazione, non una domanda.

«Sì.»

«Non sarò nei guai per essere venuta qui, vero?»

Annie sembrava spaventata quando lo chiese, e Fletch odiò vederla così. Tirò fuori la sedia accanto a lei e rubò un pezzo di brownie dal suo piatto, sorridendo quando lei ridacchiò. «No, Annie. *Non* sarai nel modo più assoluto nei guai. In effetti, venire qui è stata la cosa migliore che potesse succedere. Hai fatto proprio la cosa giusta. Ti ho detto che se mai avessi avuto bisogno di qualcosa, saresti potuta venire da me. Stasera hai fatto in modo che tua madre ricevesse l'aiuto di cui aveva bisogno. Grazie per esserti fidata di me.»

La bambina inclinò la testa di lato e fissò Fletch con un'espressione seria. I suoi occhi erano molto preoccupati, troppo per una bambina di sei anni. Annie ruppe il contatto visivo e guardò i suoi compagni di squadra. Ghost era seduto sulla sedia in cui era stato all'inizio della serata, e Rayne era di nuovo sulle sue ginocchia. Gli altri erano in piedi o seduti lì intorno, nel piccolo patio, e apparivano tutt'altro che rilassati. Annie li guardò a uno a uno, prima di incontrare di nuovo gli occhi di Fletch.

«I tuoi amici non sono come l'amico della mamma.»

Sapendo di chi stava parlando, Fletch cercò di non balzare dalla sedia e trovare qualcosa da prendere a pugni. Si limitò a chiedere: «In che senso?»

«Questi qui hanno gli occhi gentili.»

«E lui no?»

Scosse la testa.

«Quand'è stata la prima volta che tua mamma l'ha incontrato?»

Dimostrando la sua intelligenza, Annie non scrollò le spalle o disse che non se lo ricordava, sollevò gli occhi e guardò verso destra, cercando di ricordare. Mordendosi il labbro per un momento, appoggiò i gomiti sul tavolo, mancando a malapena il piatto. «Eri in viaggio. Penso che fosse il primo che hai fatto dopo che ci siamo trasferite. Ricordi? Quando volevo sapere se mi avevi portato un regalo?»

Fletch annuì subito. Aveva pensato che fosse proprio quel periodo. Il fatto che avesse interpretato male quel video, pensando che Emily stesse incontrando un fidanzato, era imperdonabile. Era stato un idiota e aveva lasciato che il suo cuore prevalesse sul suo addestramento.

«Lo ricordo. Era qui quando siete tornate a casa da scuola, giusto?»

«Sì. La mamma mi ha fatto correre a casa, e quando è entrata nel nostro appartamento, mi ha detto che ogni volta che lo avessi visto sarei dovuta andare dentro. Dovevo trattarlo come facevo con il nostro vecchio padrone di casa.»

Quel poco che sapeva Fletch di *quello* stronzo, era ciò che Emily gli aveva detto, e gli faceva venire voglia di rimanere cinque minuti da solo con lui. Se aveva detto a sua figlia di nascondersi ogni volta che vedeva il loro vecchio padrone di casa, non prometteva niente di buono. Si costrinse a tornare a pensare al problema del momento. «Quando l'hai visto l'ultima volta?»

Questa volta, Annie scrollò le spalle. «È passato un po' di tempo.»

Fletch cambiò il tipo di approccio. Se voleva aiutare Emily, doveva conoscere il più possibile della sua situazione. Odiava usare sua figlia per scoprire le informazioni, ma sapeva nel profondo, che Emily non sarebbe stata disposta a dirgli nulla. Merda, era rimasta zitta sul fatto che qualcuno la ricattava negli ultimi quattro mesi circa. Probabilmente avrebbe tentato di congedare la faccenda come se non fosse un grosso problema, e avrebbe continuato a cercare di occuparsene da sola.

«Che cosa hai mangiato a cena ieri sera?»

Annie sembrò sorpresa dalla domanda, ma rispose comunque. «Ramen.»

«E la sera prima?»

«Ramen. Mangio sempre noodles. A volte la mamma ci mette dentro un hot dog.»

«E a colazione?»

«A volte toast, ma ultimamente ho mangiato a scuola.» La voce di Annie si ridusse a un sussurro. «Gli altri bambini mi prendono in giro.»

Fletch la sollevò e se la mise sulle ginocchia, il suo tono triste lo stava uccidendo e voleva confortarla. «Perché?»

Lei scrollò le spalle. «Dicono che sono povera e solo i poveri devono fare colazione a scuola. So cosa vuol dire povero, ma non capisco perché sia una cosa brutta.»

Fletch le posò un bacio sulla testa. «Non è una cosa brutta, folletto. Alcune persone hanno solo meno soldi di altre. Non vuol dire che siano cattivi o buoni... significa solo che hanno meno soldi.»

Annie lo guardò con gli occhi enormi, quindi continuò: «A partire dalla prossima settimana non la farai a scuola, mi assicurerò che tu faccia una buona colazione qui, prima di uscire. Ti va bene?»

«Sì. Mi piacciono i Puffy-O.» Fece un gran sbadiglio e si rannicchiò contro il suo petto.

«Puoi avere tutti i Puffy-O che vuoi. Sei stanca, folletto?»

La bambina annuì, assonnata.

Fletch incontrò gli occhi di Beatle, e fece un cenno con la testa verso l'appartamento sopra il garage, mentre si sporgeva per dire ad Annie il piano per la notte. «Vuoi passare la notte qui?»

La sua testa si sollevò così di scatto, che Fletch riuscì a spostarsi appena un attimo prima di essere colpito sul mento. «Sì!»

«Hai bisogno di prendere qualcosa dalla tua stanza?»

«Sì.» Questa volta la parola uscì come se stesse dicendo "ovvio".

Fletch ridacchiò. «Va bene, che ne dici se torni nel tuo

appartamento con i miei amici Beatle e Coach, così ti aiutano a portare ciò di cui hai bisogno?»

«Posso portare i miei soldati?»

«Certo. Porta quello che vuoi.»

Annie saltò giù dalle sue ginocchia come se lo facesse tutti i giorni. «Evviva!» Prese la mano di Beatle e la tirò. «Dai, uomo insetto, andiamo!»

Tutti risero del nome che Annie aveva affibbiato a Beatle, mentre il trio partiva per andare verso l'appartamento sopra il garage. Quando furono fuori portata di orecchio, Blade disse in tono cupo: «Che cazzo sta succedendo?»

Fletch si alzò e camminò avanti e indietro nel piccolo patio. «Da quello che ho capito finora, Emily è stata ricattata e deve pagare qualcuno ogni settimana. Il tizio le ha detto che io gli dovevo dei soldi a causa dei debiti di gioco, e l'ha minacciata di portarle via Annie o di farle del male. È ovvio che ci sono stati dei malintesi tra me ed Emily durante le nostre conversazioni... quando parlavo dei miei amici – voi – pensava che intendessi *quel* coglione. Quindi ha avuto l'impressione che io ne fossi a conoscenza e avessi acconsentito.»

«Il fidanzato?» chiese Ghost sottovoce, ricordando alcune delle loro precedenti conversazioni.

Fletch annuì cupo. «Sì, quella è la mia ipotesi. Pensavo stesse *frequentando* quel coglione, invece lui stava distruggendo il suo senso di sicurezza e la faceva preoccupare per sua figlia. Non ho idea di cosa l'abbia minacciata, ma scommetto che è qualcosa di orribile che sarebbe successa ad Annie. Mi ha accennato a qualcosa sul fatto di sparare alla bambina.»

«Hai ancora i nastri di sorveglianza?» chiese Truck,

sapendo il modo in cui Fletch teneva d'occhio la sua proprietà e gli inquilini.

«Certo.»

«Bene. Mandameli. Daremo un'occhiata e vedremo se possiamo inchiodare quel bastardo. Sottoporremo questa cosa ai piani alti. Nessuno stronzo la passa liscia sotto il nostro naso.»

«Sono abbastanza sicuro che si tratti di Jacks.»

«Richard Jacks? Quel pazzo figlio di puttana, della prova di addestramento fallita?» domandò Truck.

«Sì. Non avevo fatto due più due prima. Sappiamo che lui e i suoi amici hanno fatto quelle cazzate alle nostre macchine, ma anche se aveva un berretto quando ha affrontato Emily per la prima volta, fuori da casa sua, scommetto che sarà chiaro che si tratta di lui.»

Gli uomini annuirono, come se avesse perfettamente senso. «Mi pare proprio il tipo da fare una cosa del genere» disse Blade. «A quei ragazzi non frega altro che mettersi in mostra.»

«Sono d'accordo» sogghignò Fletch.

«Inviami comunque i nastri» ordinò Truck. «Ci serviranno per avere delle prove quando andremo dal colonnello. Nessuno, e intendo dire proprio nessuno, minaccia di portare via una bambina a sua madre. Soprattutto quando quella bambina è dolce come Annie.»

Fletch respirò più tranquillamente per la prima volta, da quando aveva scoperto che Emily era ammalata. La sua squadra lo avrebbe aiutato a occuparsi della faccenda. Mentre una parte di lui voleva essere in prima fila per crocifiggere Jacks, e chiunque altro fosse dietro il ricatto, l'altra parte voleva stare al suo fianco finché lei non avesse finito per accettare la sua presenza.

Stare al suo fianco, vinse.

«Accertati di inviare il tutto anche a Tex. Se l'esercito non farà nulla, lui ci fornirà le informazioni di cui abbiamo bisogno, per occuparcene da soli» ordinò Fletch con una voce spietata. «Sappiamo tutti quanto siano lenti al governo. Se non saranno abbastanza veloci, ci penseremo noi.»

«Consideralo fatto» concordò Ghost. «Ora, chi vuoi che rimanga stanotte?»

Fletch non fu sorpreso che fossero sulla stessa lunghezza d'onda. «Truck, Beatle e Hollywood, direi.»

«Nessun problema» disse subito Hollywood.

«Ci sono» rispose Truck.

«Per quanto odi farlo, ho bisogno che uno di voi perquisisca il suo appartamento, per vedere cosa si riesce a trovare» disse Fletch a Truck.

Il grande uomo annuì. «Se c'è qualcosa lì dentro che punta a quello stronzo, è tua.»

«Grazie.»

«Non c'è bisogno di ringraziare, fratello.»

Un'ora dopo, Fletch si sistemò nel suo letto matrimoniale di fianco a Emily. Annie si era rannicchiata accanto alla madre, poi aveva chiesto anche a lui di restare. Non riuscendo a rifiutarle nulla, aveva acconsentito, con l'intenzione di alzarsi una volta che la bambina si fosse addormentata, per poi passare il resto della notte nella stanza degli ospiti.

Pensò a ciò che Truck gli aveva riportato quando era tornato dall'appartamento di Emily. Annie non aveva mentito, non c'era molto cibo in casa. Alcuni condimenti e una fetta di pane. Quello era tutto. Non solo, ma non c'erano nemmeno molti effetti personali. Le cose che Fletch le aveva fornito erano lì, ma non molto altro. Sembrava che Emily avesse venduto il più possibile, per cercare di continuare a nutrire la figlia.

Per quanto ciò lo facesse incazzare e lo addolorasse allo stesso tempo, il fatto che Annie avesse sempre i soldati che le aveva regalato mesi fa ancora nella confezione, lo aveva devastato. Sapeva quanto era stata contenta la bambina quando li aveva ricevuti, ma il fatto che fossero ancora impacchettati, dimostrava quanto significassero per lei.

Fletch sapeva che Emily avrebbe potuto vendere quei giocattoli e guadagnare qualche soldo, ma si rese conto d'istinto, che non avrebbe mai ferito sua figlia in quel modo. Tutta la situazione gli faceva male al cuore, per entrambe.

Emily aveva fatto del suo meglio, in una situazione di merda, per proteggere la figlia. Si era tolta il cibo di bocca per assicurarsi che Annie potesse mangiare. Aveva venduto tutto ciò che aveva potuto, ma soprattutto, aveva sofferto in silenzio. Tutto questo sarebbe finito.

Era sorprendente che anche se Emily sembrava odiarlo, lo stesse allo stesso tempo proteggendo. Dimostrava che nel profondo, non lo disprezzava. Se fosse stato così, avrebbe venduto i giocattoli che aveva regalato ad Annie, avrebbe mandato a quel paese Jacks e si sarebbe trasferita subito. Ma non l'aveva fatto.

Poteva essere perché aveva paura per sua figlia e di ciò che Jacks aveva minacciato di farle, ma sperava che in piccola parte, fosse dovuto anche al fatto che provava qualcosa per lui.

Fletch ripensò a quello che gli aveva detto prima, quando era nella vasca. Aveva pensato a lui, si era *portata all'orgasmo* pensando a lui. Proprio come aveva fatto Fletch. Non avevano avuto uno degli inizi migliori, ma era ovvio che l'attrazione c'era. Poteva lavorarci.

I sacrifici che Emily aveva fatto per la figlia e per lui, lo onoravano e intimidivano.

Guardando la donna e la bambina che dormivano profondamente nel suo letto, Fletch fece una promessa a se stesso... e a loro; le avrebbe protette da qualsiasi cosa, e da chiunque, avesse voluto ferirle in futuro. Non sarebbero mai più state abbandonate a loro stesse. Mai. Le azioni di Emily avevano consolidato la sua determinazione. Sarebbe stata sua. Si era innamorato del suo coraggio tanti mesi prima, ma toccarlo con mano, aveva messo i suoi sentimenti sotto una nuova luce.

Emily e Annie Grant erano *sue*. Da nutrire, proteggere e amare. Solo che loro ancora non lo sapevano.

CAPITOLO UNDICI

EMILY GEMETTE e si girò sulla schiena, sorridendo quando sentì il corpo caldo di Annie accanto a lei. Si sentiva sporca e avrebbe ucciso per farsi una doccia. Era ancora un po' stordita e, in generale, si sentiva una merda, ma era cento volte meglio rispetto ai due giorni precedenti.

«Buongiorno, Emily.»

La voce che pronunciò quelle parole con dolcezza, era decisamente maschile.

Spalancò gli occhi e girò la testa, e vide Fletch disteso accanto a lei. Aveva la testa appoggiata sulla mano, e le sorrideva. La maglietta che indossava aderiva al suo ampio petto e quel velo di barba sul viso, gli dava un aspetto sexy, piuttosto che trasandato. Aveva i capelli scompigliati, sparati in alto su tutta la testa... ed era davvero delizioso.

Guardando dall'altro lato, Emily vide che Annie era distesa sulla schiena, con un braccio sopra la testa, e russava. Indossava il suo pigiama preferito di Wonder Woman ed Emily notò, appiccicato alle sue guance, qualcosa che sembrava cibo secco.

Cercò di ricordare cosa fosse successo la sera prima, ma era come guardare un canale della televisione che andava e veniva durante un temporale. Aveva dei flash, ma non avevano senso.

«Che cosa ci fai qui?» chiese a Fletch con voce sommessa, per non svegliare la figlia.

«Non ricordi?»

«Solo alcune parti» ammise Emily.

«In breve, Annie è venuta da me ieri sera, perché aveva fame ed era preoccupata per te. Sono venuto a controllare, ed eri sulla buona strada per avere dei danni cerebrali, a causa della febbre estremamente alta. Ti ho portato qui e ti ho sistemata. In seguito ti eri abbastanza rilassata, e non ho voluto disturbarti, così abbiamo passato la notte qui.»

«E Annie?»

«Ho pensato che ti saresti sentita meglio ad averla qui con te.»

«Grazie. È così. E *tu*?»

Fletch sorrise, allungò la mano libera sopra Emily verso il viso della bambina, e le accarezzò la fronte e un lato della testa. «Stavo andando a dormire nell'altra stanza, ma Annie ha insistito perché restassi con voi.»

Emily fece una smorfia. Sì, Annie *l'aveva* sicuramente fatto. Baciava la terra su cui Fletch camminava. «Be', grazie. Ci togliamo dai piedi...»

Tirò indietro la mano. «Dobbiamo parlare.»

Emily si morse il labbro. Dannazione, aveva pensato che forse non sarebbe riuscita a evitarlo, ma aveva sperato di poter rimandare qualsiasi tipo di conversazione... magari a tempo indefinito. Ma alla fine annuì. Non poteva continuare così. Stare male aveva decisamente chiarito quel punto. Se si fosse trattato di una questione di fiducia in Fletch, o nell'uomo che la stava ricattando, avrebbe scelto Fletch.

Un attimo dopo, lui si scostò e si alzò in piedi accanto al grande letto matrimoniale. Indossava dei boxer e una maglietta con la scritta "Army" lungo il petto. Se Emily pensava che fosse bello con i jeans, non era niente in confronto a com'era al mattino appena sveglio. Le porse una mano e attese.

Emily si chinò e baciò Annie, che non si mosse nemmeno, e si girò, gettando le gambe oltre il lato del letto. Fu solo quando si sedette, che si rese conto che indossava solo le mutandine e il reggiseno.

Ansimò e tirò su la trapunta, stringendosela sul petto con entrambe le mani.

«Oh, merda, scusa, me n'ero dimenticato» disse Fletch con un tono serio, senza nemmeno un accenno di lascivia. Si avvicinò a un cassettone marrone e tirò fuori alcuni vestiti. Tornò al letto e li appoggiò sopra il materasso di fianco a lei, poi le si inginocchiò di fronte.

«Ti saranno grandi, ma per ora andranno bene. Prenderemo alcune delle tue cose più tardi. Ti do qualche minuto per vestirti, ma poi aspetta che torni, così ti do una mano ad alzarti. Non hai mangiato molto negli ultimi giorni, e sarai debole dopo la febbre.»

«Starò bene» protestò Emily.

«Ma certo» concordò Fletch subito. «Torno tra qualche minuto.» Le mise una mano sul ginocchio e lo strinse, poi si alzò e la lasciò da sola nella sua camera.

Emily guardò per un momento la porta chiusa, poi i vestiti che aveva messo sul materasso. Era un'altra maglietta dell'esercito e un paio di pantaloncini da allenamento con la coulisse in vita. Le sarebbero arrivati sotto le ginocchia, ma almeno sarebbe stata coperta.

Si voltò e guardò Annie, e fece un sospiro. Emily poteva non ricordare tutto quello che era successo nelle ultime ventiquattro ore, o negli ultimi due giorni, ma la sensazione di sicurezza che aveva provato la sera prima, quando Fletch l'aveva presa in braccio, era qualcosa che ricordava fin troppo bene. E Annie... era difficile pensare che Fletch fosse un uomo indifferente, quando stava guardando la prova del fatto che gli importava abbastanza, da assicurarsi che lei e sua figlia fossero al sicuro e comode.

Sapendo che non aveva molto tempo, Emily si alzò, fece un passo – e quasi cadde di faccia. Riuscì ad afferrare il materasso con una mano, e ciò le impedì di ritrovarsi stesa per terra. Dio, *era* debole. A quanto pare Fletch sapeva quel che diceva.

Si infilò in fretta la maglietta sulla testa e si sedette sul materasso per indossare i pantaloncini. Si era appena alzata per finire di tirarli su, quando Fletch aprì di nuovo la porta. Andò da lei e le scostò le mani, e legò il cordoncino con dita capaci. Senza chiedere il permesso, le circondò la vita con un braccio e la aiutò a uscire dalla stanza.

Percorsero il corridoio ed entrarono in cucina. Fu sorpresa di vedere altri tre uomini massicci, ovviamente militari, già seduti intorno al tavolo. Fletch la sistemò su una sedia a un'estremità, nessuno disse una parola, così non lo fece nemmeno lei.

Uno degli uomini era incredibilmente bello, tanto da poter essere scambiato per un modello. Un altro era grosso e muscoloso, come Fletch. Il terzo era enorme, anche rispetto agli altri, aveva una brutta cicatrice sul viso, probabilmente dovuta a una ferita molto dolorosa. Era accigliato, o forse era la cicatrice stessa che lo faceva sembrare così. In ogni caso, la intimidiva.

Sussultò sorpresa quando Fletch mise sul tavolo un piatto, contenente un bagel tostato con sopra un sacco di crema di formaggio e un bicchiere di succo d'arancia. Emily alzò lo sguardo stupita, mentre Fletch si sedeva accanto a lei.

«Prima mangia, poi parliamo.»

L'odore del cibo le fece brontolare la pancia. Uno degli uomini le sorrise, ma non disse nulla. Desiderando solo rimandare la conversazione imminente, Emily mangiò, e vide la soddisfazione negli occhi di Fletch mentre lo faceva.

«Emily, vorrei presentarti tre dei miei compagni di squadra. Il grande uomo di fronte a te è Truck. Potrebbe sembrare cattivo, ma è probabilmente il più gentile tra tutti noi. Annie se lo rigira come vuole dal momento in cui l'ha incontrato. Hollywood è quello bello alla mia destra, e alla tua sinistra c'è Beatle. *Questi* sono i miei amici.»

Emily non mancò di notare l'enfasi sulla parola, ma non commentò. Fletch non le diede comunque alcuna possibilità perché continuò. «Affiderei a questi uomini la mia vita, ed è successo in molte occasioni. Ma, cosa molto importante, affiderei a loro la *tua*. O quella di Annie.»

Emily si aspettava che continuasse, ma non lo fece. Era imbarazzante essere seduta lì a mangiare, mentre quattro paia di occhi la fissavano, quindi cercò di spezzare la tensione. «È un piacere conoscervi tutti.»

«Anche per me.»

«Idem.»

«Altrettanto.»

Quando non dissero altro, Emily abbassò lo sguardo sul

suo bagel e cercò di mangiare il più in fretta possibile; prima le avesse detto ciò che si sentiva di dover esprimere, meglio sarebbe stato. Anche se, più tempo trascorreva in sua compagnia, meno era sicura delle sue convinzioni riguardo a lui e ciò che stava succedendo.

Alla fine, mangiò l'ultimo boccone della sua colazione e si pulì le mani sul tovagliolo che lui aveva posato sul tavolo.

«A posto?»

Emily annuì e spinse via il piatto. «Ok, ho finito. Possiamo per favore chiudere questa faccenda?»

Fletch non ci girò attorno. «Non ho mai giocato d'azzardo in vita mia, Em. Ho un'idea piuttosto precisa di chi ti stia ricattando, ma io non c'entro *niente*. E voglio sapere con esattezza quanto hai dato a quello stronzo, così riavrai indietro ogni centesimo, con gli interessi.»

Emily si morse il labbro, sbigottita. Dal primo giorno in cui aveva incontrato Fletch, aveva avuto la sensazione che fosse un "bravo ragazzo". In seguito, dopo le conversazioni avute con lui, era diventato più difficile negare che fosse coinvolto con chiunque la ricattasse. Adesso, non ne era più così sicura. Per ora, decise di ignorare la sua affermazione sui soldi.

«Ha detto che mi hai offerto un affitto così basso, perché sapevi che i pagamenti che avrei fatto a lui avrebbero coperto la differenza.»

«Ha mentito.»

«Ha detto che lavorava con te, che eravate amici intimi e che parlavate sempre di me.»

«Ha mentito.»

«Ha detto che se avessi pagato ogni settimana, saresti stato avvisato, così Annie sarebbe stata al sicuro. Ma se ne avessi parlato con te o non avessi effettuato un pagamento, avrebbe chiamato i servizi sociali e mi avrebbero portato via Annie.»

«Accidenti, Emily, ha *mentito*. Non gioco d'azzardo, non farei mai *nulla* di male a te, ad Annie o a qualsiasi altra donna. Come si chiama questo tipo?»

Emily lo guardò senza rispondere. Voleva credergli. Davvero tanto. Ma era confusa. Accidenti, ieri pensava che fosse uno dei cattivi, non poteva cambiare i suoi sentimenti così facilmente... o no?

«Mammina?»

Si girò di scatto al suono della voce di Annie. Si allontanò subito dal tavolo e aprì le braccia. La bambina si gettò tra di loro e si rannicchiò, assonnata.

«Stai meglio, mamma?»

«Sì, sto meglio.»

«Sapevo che Fletch si sarebbe preso cura di te.»

Emily chiuse gli occhi all'affermazione innocente della figlia. Era ovvio che si fidasse profondamente di lui. Annie aveva visto la cattiveria, ed era abbastanza brava a riconoscerla, ma non c'era altro che fiducia nei suoi occhi quando lo guardava.

Come se leggesse i pensieri di sua madre, Annie si sporse verso Fletch con le braccia aperte.

Emily gli permise di prenderla e deglutì a fatica, vedendo l'affetto negli occhi di Fletch mentre la guardava.

«Ehi, folletto. Hai dormito bene?»

«Sì sì, ma russi.»

Uno degli uomini intorno al tavolo ridacchiò, ma Emily non distolse lo sguardo dall'uomo che teneva in braccio la sua bambina.

«Sì, eh? Be', odio essere quello che ti da questa brutta notizia, ma tu occupi tutto il letto.»

Annie ridacchiò in modo incontrollabile per un momento. «Sei sciocco!»

«Hai fame?» le chiese, quando si calmò.

«Sì, sì.»

«Ti piacciono i waffle?»

«Waffle?» Gli occhi di Annie si fecero enormi e guardò subito sua madre per un momento, poi tornò su Fletch. «Mangiamo i waffle solo in occasioni speciali.»

«Penso che oggi sia un'occasione speciale... è stata la prima volta che hai dormito a casa mia. Mi sembra davvero tanto speciale» le disse serio.

«Sì» sospirò Annie.

«Che ne dici se tu e Beatle andate in cucina a prepararne un po'? E, devi sapere, che questi uomini mangiano tantissimo, quindi avrai un sacco di pastella da mescolare.»

«Sono bravissima a mescolare.»

Fletch la sollevò e la mise in piedi accanto alla sua sedia. «Ne sono sicuro.»

Annie corse da Emily e le gettò le piccole braccia intorno. «Ti voglio bene mamma. Sono contenta che tu non sia più malata.»

«Ti voglio bene anch'io.»

«Dai, Beatle. Abbiamo dei waffle da preparare!»

Emily guardò gli occhi di Fletch che seguivano sua figlia andare in cucina. Alla fine, tornarono da lei e continuò la conversazione come se non fossero mai stati interrotti. «Il suo nome?»

«Non lo so. Non l'ha mai detto.»

«Ma lo riconosceresti se lo vedessi di nuovo?»

«Ovvio. Si aspetta il pagamento settimanale venerdì.»

«Come lo ritira di solito?» Questa volta parlò Truck.

Emily scrollò le spalle. «Se Fletch è fuori città, viene qui. Altrimenti, si presenta al PX.»

«Stronzo» imprecò Hollywood sottovoce.

Emily sussultò quando sentì Fletch prenderle una mano tra le sue.

«Mi dispiace, non volevo spaventarti. Non devi più preoccuparti di questa faccenda, Em. Ci penseremo noi. Ecco come stanno le cose, sappiamo chi è questo tizio, è un soldato della base che è incazzato, perché lui e la sua squadra sono sembrati un gruppo di dilettanti durante una missione di addestramento.»

«Che cosa? Sul serio? Era una competizione?»

«No. Solo un normale esercizio di addestramento che fa l'Esercito. Ma l'ha presa sul personale per qualche motivo. Deve essere malato di mente o solo uno stronzo assoluto a cui non piace perdere.»

«Scommetto che era un bullo mentre cresceva» borbottò Emily con un tono sommesso, ma amareggiato. «Persone del genere non si svegliano una mattina e decidono di comportarsi da stronzi. Probabilmente rubava il pranzo ai bambini a scuola, quando era piccolo, e al liceo avrà picchiato i secchioni dietro le gradinate.»

Fletch non voleva ridere, ma Emily era così carina nel suo malcontento. Di sicuro aveva anche ragione, ma non commentò, quindi lei proseguì: «Ha detto che era un cecchino. Che Annie non era al sicuro, che poteva trovarla, anche a scuola.»

Le mani di Fletch si contrassero d'istinto, sentendo la minaccia contro Annie, ma non lasciò andare la sua. «È stata tanto dura per te, vero?»

La sua compassione fu quasi la rovina di Emily, sentì gli

occhi riempirsi di lacrime, ma le respinse senza pietà, e non disse nulla.

«Ecco ciò che succederà» la informò Fletch risoluto, ma con dolcezza. «Hollywood andrà a casa tua, e prenderà roba da vestire che possa bastare a te e ad Annie per un paio di giorni. Ho una camera per gli ospiti in cui puoi trasferirti, ma voglio te e tua figlia qui, a casa mia, dove so che sarete al sicuro, e, cosa forse ancora più importante, dove *potete* sentirvi al sicuro. Il mio team si prenderà cura di questo problema.»

«Non possiamo stare da te!»

«Perché no?»

«*Perché no*! Non va bene.»

«Em, questo non è il quattordicesimo secolo. Non importa a nessuno.»

Si morse il labbro, indecisa.

«Ti terrò al sicuro.»

«Ha detto che avrebbe fatto in modo che mi portassero via Annie. Non voglio fare nulla che possa mettermi in cattiva luce ai loro occhi, se *dovesse* chiamare i servizi sociali perché ti ho raccontato quello che stava succedendo. Non posso perdere mia figlia!»

«Guardami, Em.» Fletch attese che alzasse gli occhi, poi le disse: «Nessuno ti porterà via Annie. Non fai nulla di male se vieni a stare in casa mia. Sei stata minacciata, e ti trasferisci in modo da poter essere protetta. Se terrà fede a quella folle minaccia, l'ispettore lo capirà. Mi prenderò cura di te *e* di Annie. E se pensa di poterti contattare mentre sei sotto la mia protezione, *è* davvero pazzo.»

Quando non disse nulla, Fletch proseguì, cercando di convincerla. «Sai che ho un sistema di allarme, se qualcuno cerca di irrompere, tutti i miei uomini lo sapranno, e arriveranno qui in massa, come se stessero prendendo d'assalto le spiagge della Normandia. Nessuno toccherà te o Annie. Non finché ci sono io qui per impedirlo.»

«Voglio crederti.»

Fletch si rivolse a Truck e a Hollywood, che erano stati tranquilli durante tutta la conversazione, e fece un cenno con la testa come richiesta di avere un po' di privacy. Annuirono e si alzarono senza dire una parola.

Fletch si avvicinò con la sedia a Emily, le loro ginocchia si toccarono, e le mise una mano sulla nuca, costringendola a guardarlo negli occhi. «Ti dirò una cosa che non ho mai detto a nessun'altra donna in vita mia. In effetti, le uniche persone che lo sanno sono gli uomini che hai incontrato oggi, e un paio d'altri – il resto della mia squadra, che incontrerai più tardi. Quel coglione che ti stava mentendo di certo non lo sa, perché se lo sapesse, non ti infastidirebbe.» Fletch fece una pausa, lasciandola metabolizzare la serietà del momento.

Alla fine, le disse: «Io e i miei amici facciamo parte della Delta Force.»

Emily aggrottò le sopracciglia.

«Ne hai mai sentito parlare?»

«Nei film.»

Fletch sbuffò. «Attori del cazzo. Quello che deve significare per te è che siamo il meglio del meglio. Niente ci supera. *Niente*. Nessuno può proteggere te e Annie meglio di me e del mio team.»

«Perché?»

«Perché, cosa?»

«Perché lo faresti?»

«Perché ne hai bisogno. Perché lo stronzo che ti ha minacciato, lo sta facendo perché è geloso di noi. Inoltre, perché Annie è la bambina più dolce, più carina e meravigliosa che abbia mai incontrato, e dovrebbe vivere una vita piena di giocattoli nuovi e tanto cibo quanto la sua pancia ne può contenere. Ma soprattutto perché, quando ti guardo, vedo una donna che ha messo sua figlia al primo posto, a prescindere dal fatto che ciò le crei sofferenza. Una donna che ha cercato di proteggere un uomo che pensava le avesse fatto un torto. E se non sei già abbastanza spaventata, dovresti sapere che lo sto facendo anche perché voglio conoscerti meglio. Non hai idea di quanto fossi distrutto quando pensavo che quello stronzo fosse il tuo fidanzato. Pensavo di aver perso la mia occasione.»

«La tua occasione?» Emily era confusa. Le piaceva quello che aveva detto di Annie, ma non capiva lo sguardo nei suoi occhi. Era... interesse. Non era così sprovveduta da non riuscire a riconoscere quando un uomo la trovava attraente, ma al momento, indossava una maglietta di tre taglie in più della sua e un paio di pantaloncini larghissimi. Aveva bisogno di una doccia – tipo ieri – e non era nemmeno stata molto gentile con lui da quando lo aveva incontrato.

«La mia occasione per conquistarti.»

«È una gara?»

«Non lo so. Spero di no. Non so dove sia il padre di Annie, ma è ovvio che non fa parte della sua vita, o della tua. Ma ovunque si trovi... è un idiota per avervi abbandonate. Mi piaci, Emily. Mi piace che ti faccia in quattro per dare a tua figlia tutto ciò di cui ha bisogno, anche se ciò significa che tu rimanga senza nulla. Mi piace il fatto che le hai insegnato a stare attenta. E adoro guardarvi mentre interagite. È ovvio che ti ama molto ed è cresciuta bene in questi sei anni... e so che è tutto grazie a te.

Forse non te lo ricordi, e non lo tiro fuori ora per metterti in imbarazzo, ma ieri sera mi hai detto che avevi avuto delle fantasie su di me. Be', il sentimento è reciproco. Mi stai facendo impazzire dal giorno in cui ti sei trasferita. Ho fatto l'amore con te nella mia mente, più di quanto voglia ammetterlo. Ma non si tratta solo di sesso. Voglio invitarti a uscire con me. Voglio rimboccare le coperte ad Annie la sera, e leggerle una favola. Voglio sedermi di fronte a te a tavola e guardarti sorridere per qualcosa che ho detto. Nel caso non sia stato abbastanza chiaro, voglio frequentarti, Miracle Emily Grant. Te e tua figlia.»

«Oh.» Il viso di Emily diventò di un rosso intenso, ma non disse altro.

Fletch si tirò indietro per darle un po' di spazio. «Oh? È tutto quello che hai da dire?»

«Sì. Credo di sì.»

«Ancora una cosa.»

«Oh, Dio.»

«Niente di brutto, promesso, ma ti prego, credimi quando dico che io e il mio team ci occuperemo di questa faccenda per te.»

«Voglio farlo.»

«Bene. Quindi ci credi che non abbia nulla a che fare con quello stronzo?»

Emily annuì. Non aveva davvero altra scelta che *credergli*. Aveva chiarito tutto. Quando aveva pensato che stesse parlando dell'uomo che la stava ricattando, lui stava parlando dei suoi compagni di squadra della Delta Force.

Il sollievo che provò doveva essersi mostrato nei suoi occhi perché Fletch annuì e osservò: «Sì, ora l'hai capito.

Non si avvicinerà più a te, e non vedo l'ora di conoscervi meglio entrambe.»

«È pronto!» La vocina di Annie risuonò dalla cucina, interrompendo la loro intensa connessione.

La bambina corse nella stanza, scivolando sul pavimento laminato. «Dai! Truck dice che ognuno si serve da solo... come un buffe.»

«Un buffet?» chiese Fletch, prendendo in braccio Annie.

«Sì, è quello che ho detto. Dai mamma! Abbiamo anche messo la cammella sul tuo!»

«Cannella? Oooh, sembra delizioso, ma ho già mangiato, piccola.»

Allo sguardo abbattuto sul viso di sua figlia, Emily aggiunse subito: «Ma sono sicura di poterne mangiare almeno uno.»

«Sìì! Andiamo!»

Fletch si alzò in piedi con Annie in braccio e tese la mano verso Emily. «Pronta per la tua seconda colazione?»

«Immagino di sì.» Mise la mano nella sua e si meravigliò di quanto si sentisse più leggera, sapendo che non avrebbe dovuto tirare fuori duecento dollari quella settimana.

Annie era al sicuro... e mangiava. Il resto lo avrebbe risolto in seguito. Per ora, doveva mangiare un waffle alla cannella.

CAPITOLO DODICI

FLETCH e i suoi compagni di squadra si sedettero attorno al tavolo con il colonnello, e attesero la sua reazione. Fletch aveva esposto quello che era successo negli ultimi mesi con Emily. L'ufficiale era a conoscenza delle molestie perpetrate dalla squadra di fanteria in seguito all'esercizio di addestramento, ma era ancora più incazzato dopo le nuove informazioni.

«Intendi dirmi che il sergente Jacks ha ricattato quella donna? Che le ha fatto pagare dei soldi ogni settimana, per proteggere sua figlia?»

«Sì, Signore» rispose Fletch cupo.

«Dammi tutto quello che hai. Lo porterò al comandante della divisione questo pomeriggio. Ma voglio che sia tutto organizzato bene. Ho bisogno di prove. La donna sarà disposta a testimoniare contro di lui, riguardo a questa storia?»

«Penso di sì, ma è molto preoccupata per la figlia. Non vuole fare nulla che possa ritorcersi contro di lei» disse in tono serio, al suo ufficiale in comando.

«Mi sembra giusto. Penso di poter tranquillamente dire che la sua carriera di soldato è finita, ma tutti voi dovete guardarvi le spalle. Mi pare ovvio che sia andato oltre ciò che chiunque pensava avrebbe fatto, quindi non si può dire cosa accadrà quando verrà buttato fuori. Non possiamo monitorarlo o punirlo, una volta congedato.»

«Comprensibile» disse Ghost annuendo. «Truck gli farà visita e si assicurerà che sappia di non doversi avvicinare ancora a Ms. Grant o a sua figlia, altrimenti avrà a che fare con noi.»

Il colonnello per un momento non rispose, studiò solo i sette uomini letali. Alla fine, sospirò e ammonì: «Sapete che vi rispetto, e so che proteggerete coloro che vi sono vicini – ma fate attenzione. A partire da ora, questa storia riguarda lui, non voi. Non fate nulla di stupido che potrebbe rovinare anche la *vostra* carriera. Mi avete capito?»

«Sì, Signore» concordò Fletch subito, leggendo in modo chiaro tra le righe. Anche i suoi compagni di squadra annuirono d'accordo.

«Bene. Ci sentiamo più tardi. Non disobbedite» li avvertì di nuovo.

La squadra si alzò e ognuno strinse la mano al loro ufficiale in comando.

Soddisfatto, per ora, che si stesse facendo qualcosa tramite i canali ufficiali riguardo a Jacks e il suo comportamento folle, Fletch lasciò la stanza e percorse il corridoio.

«Vai a casa?» chiese Ghost, camminando accanto al suo amico.

«Sì. Voglio passare la giornata con Em. L'ho convinta a prendersi il giorno libero.»

«E lei ha accettato?» domandò, incredulo.

«Incredibile, vero?» Fletch rise. «È stata molto male, e ha ancora dei congedi per malattia da usare, così può prendersi un altro giorno. Ora che non deve più preoccuparsi di pagare quel coglione, può prendersi il tempo per guarire al cento per cento, prima di tornare a faticare al lavoro.»

«Annie è a scuola?»

«Sì, l'ho portata prima di venire qui. Ho parlato con la preside riguardo alla sua incolumità e di quello che stava succedendo. La sicurezza era già stata aumentata dopo l'incidente della sparatoria, quindi ci sta lavorando. Ha promesso di parlare con la maestra di Annie, per assicurarsi che venga tenuta d'occhio e che prenda ulteriori precauzioni.»

Ghost annuì e si fermarono dopo aver varcato la porta che si affaccia al parcheggio. «Sono felice per te, amico.»

Fletch guardò Ghost con aria interrogativa.

«Emily. So che avevi messo gli occhi su di lei da un po', e quanto ti aveva turbato pensare che avesse un fidanzato. Per quello che vale, le piaci.»

Fletch sbuffò. «Cos'è, leggi nel pensiero, ora?»

Ghost non si arrabbiò per il tono del suo amico. «No, ma anche se siamo stati vicino a lei per un breve periodo di tempo, è ovvio per tutti noi che ti segue con lo sguardo quando entri in una stanza. Anche quando era in preda alla febbre alta, eri quello che cercava. I suoi occhi si addolcivano, quando sentiva che ti prendevi cura di sua figlia. Se dovessi tirare a indovinare, stava lottando con i suoi sentimenti per te da un po', pensando che tu fossi una persona malvagia. Ma ora che sa che non lo sei, che non avevi niente a che fare con Jacks, le cose andranno bene per te, amico mio. Ora vai a casa e corteggia la tua donna. Noi ci occuperemo di Jacks.»

Fletch non riuscì a fare a meno di sorridere. «Grazie, lo apprezzo. Tienimi aggiornato.»

«Ovvio. Di' a Emily che a Rayne piacerebbe molto venire a conoscerla. Penso che avere un'amica che sta con un altro Delta, le farebbe bene. Mary è fantastica, ma sappiamo entrambi che è diverso poter parlare con qualcuno che conosce in prima persona, cosa significa frequentare un Delta.»

«Non sono sicuro che ci stiamo frequentando, Ghost.»

«Vi do una settimana.»

Fletch sorrise e scosse la testa. Avrebbe discusso, ma se la fortuna era dalla sua parte, sarebbe uscito ufficialmente con Emily in *meno* di sette giorni. «Parlerò con Em sul fatto di trovarsi con Rayne. Grazie ancora per tutto.»

«Nessun problema.»

Fletch sorrise per tutto il viaggio fino a casa. Era pazzesco quanto non vedesse l'ora di passare del tempo con Emily e conoscerla meglio.

«Burro di arachidi o cioccolato?»

«Burro di arachidi. Tempo freddo o caldo?»

«Freddo.» Emily sorrise all'espressione di disgusto che mostrò Fletch alla sua risposta. In qualche modo era riuscito a convincerla a darsi di nuovo malata. Aveva acconsentito e fatto un pisolino sul divano, mentre lui portava Annie a scuola e andava al lavoro per qualche ora.

Era tornato a casa verso le undici e avevano fatto un pranzo leggero insieme. Ora erano seduti alle estremità opposte del divano, a fare un gioco che lui aveva chiamato "Conosciamoci". Dovevano scegliere a turno tra due cose, e l'altro diceva quella che preferiva, senza ulteriori spiegazioni.

All'inizio, le era sembrato sciocco, ma era incredibile quante informazioni avesse ottenuto da Fletch. E anche se sapeva che, di conseguenza, anche lei ne stava dando altrettante su di sé, stranamente, non le dava fastidio.

«Coca Cola o Pepsi?» gli chiese.

«Nessuna delle due.» Fece una pausa per un momento, poi domandò: «Mi parlerai del padre di Annie?»

Emily sospirò e appoggiò la testa sul divano. Fletch stava infrangendo le regole del gioco, ma era comunque pronta a passare a risposte più dettagliate. Era giusto che le chiedesse ciò che voleva, se lei stava per fare altrettanto riguardo a cose di cui era curiosa.

«L'ho incontrato quando avevo ventitré anni. Era nell'esercito e pensavo che fosse molto maturo. Lui ne aveva ventisette, e sembrava che gli piacessi. Mi ha detto tutte le cose giuste e mi ha fatto innamorare. L'ho frequentato per circa sei mesi prima di andarci a letto. Sembrava interessato a me come lo ero io di lui. Anche se metteva sempre il preservativo, in qualche modo sono rimasta incinta, ed ero al settimo cielo. Avevo sognato di diventare la moglie di un soldato e girare tutto il Paese con lui, quando avrebbe dovuto cambiare base. Non vedevo l'ora di supportarlo mentre saliva di grado.»

Emily si fermò e bevve un sorso d'acqua, ricordando quanto fosse stata devastata quando aveva scoperto la sua vera natura, e come le aveva detto che non voleva che lei lo seguisse dopo che avesse ottenuto il cambio di base permanente.

«Suppongo che non la pensasse allo stesso modo.»

«Proprio per niente» sbuffò Emily, e si affrettò a finire

la storia: «Gli ho detto che ero incinta e lui ha risposto che non era pronto. Pensavo che avrebbe cambiato idea, ma subito dopo, ha fatto richiesta di cambiare base, e da allora non l'ho più visto.»

«Non ha mai conosciuto Annie?» chiese incredulo Fletch.

«No. Ho provato a rintracciarlo da sola, anche se non ci ho messo molto impegno, ma non ho avuto fortuna.»

«Lo sai che l'esercito lo avrebbe costretto a pagare il mantenimento della figlia» disse Fletch, in apparenza rilassato, ma Emily vide la mano stretta a pugno sulle ginocchia. Era ovvio che fosse più arrabbiato di lei per tutta la situazione.

«Lo so, ma non ho voluto. Se lo avessi costretto a pagare il mantenimento, avrebbe avuto dei diritti. Se era riuscito a voltare le spalle al sangue del suo sangue con così tanta facilità, prima ancora che lei nascesse, non volevo che le stesse vicino.» Emily si strinse nelle spalle, cercando di mostrare indifferenza. «A parte questi ultimi mesi, penso di aver fatto un buon lavoro da sola.»

Fletch si chinò e le spostò una ciocca di capelli dietro l'orecchio. «Hai fatto un ottimo lavoro, Em.»

Si schiarì la gola, imbarazzata per qualche motivo, e si affrettò a fargli una domanda. «Perché mi hai affittato quell'appartamento?»

«Ne avevi bisogno.»

«Sembravo così disperata?»

«No. Ma era ovvio che stavi cercando un posto sicuro per te e Annie, e io potevo dartelo. Inoltre, pensare che qualcuno si comportasse da stronzo perché Annie faceva domande, era più di quanto riuscissi a sopportare.»

Emily abbassò lo sguardo sulle sue mani, per non

incontrare gli occhi di Fletch. «Mi vergogno di me stessa per aver pensato il peggio di te.»

«Non devi» la rassicurò subito.

«Ma è così, non posso semplicemente cancellarlo.»

Fletch posò il bicchiere d'acqua e si alzò per sedersi sul tavolino davanti a lei. Le tolse il bicchiere e lo mise da parte, poi le prese le mani tra le sue.

«Non devi» ripeté. «Hai fatto quello che dovevi. Non mi conoscevi. Hai visto quello che quel coglione voleva che tu vedessi. Non sentirti in colpa per aver protetto tua figlia.»

«Ma l'ho lasciato vincere.»

«Non ha vinto.»

«Ma...»

«Emily, non ha vinto. Potrebbe aver avuto il sopravvento per un po', ma sai cos'ha fatto in realtà?»

«Cosa?»

«Mi ha reso molto più determinato a guadagnare la tua fiducia, a fare in modo che tu mi veda come l'uomo che vuoi nella tua vita, piuttosto che il padrone di casa che giocava troppo d'azzardo. Fletch le fece l'occhiolino, per alleggerire le sue parole. «E più determinato a *conquistarti*.»

«C'è di nuovo quella faccenda della competizione» scherzò Emily con un sorriso.

«Sono serio. È stata una tortura sapere che eri dall'altra parte del cortile, e che sembrava che mi odiassi. Sono un tipo piuttosto piacevole.» Sorrise. «E non c'era niente che desiderassi di più, che piacere a te.»

«*Mi* piaci, Fletch.»

«Bene. Esci con me questo fine settimana.»

«Che cosa?»

«Questo fine settimana. Esci con me.»

«Tipo un appuntamento?»

Fletch le sorrise e le strinse le mani che non aveva lasciato andare. «Sì, un appuntamento.»

«Ma, Annie...»

«Rayne e Mary verranno a farle da babysitter.»

«Non lo so...» Emily era indecisa. Era attratta da Fletch. Quello era uno dei motivi per cui era rimasta così delusa da lui. Era sexy e appassionato, e sapeva che sarebbe stato in grado di affrontare il mondo per lei, quindi, quando aveva sospettato che non fosse un brav'uomo, ne era uscita quasi distrutta. «Se prendi me, prendi il pacchetto completo, Fletch.»

«Lo so, assolutamente, e ne sono entusiasta. Adoro Annie. Lei è una mini te. A volte, quando guardo i suoi occhi, vedo te. È intelligente, divertente e premurosa. Adoro che tu le abbia insegnato a essere così. Ci saranno molte volte in cui usciremo tutti e tre insieme, ma mi piacerebbe che per il nostro primo vero appuntamento, fossimo solo io e te. Prometto che non ti terrò fuori fino a tardi. Ceneremo, ci baceremo un po', poi ti porterò a casa.» Le sorrise per farle sapere che stava scherzando... più o meno.

«Forse dovrei tornare nell'appartamento. È strano che viviamo qui.»

«No, rimani. Adoro avervi entrambe a casa mia, sotto la mia protezione.»

«Annie è chiassosa. Si sta comportando bene, dato che ha poca familiarità con te, ma non hai idea di come sia vivere con una bambina di sei anni.»

«Smettila di provare a convincermi che non devi piacermi, Em.» Fletch lo disse con un sorriso, ma lei arrossì lo stesso.

«È solo che... so che sei un brav'uomo da circa un giorno e mezzo. È troppo presto.»

«Capisco perché la pensi così, ma ho desiderato stare con te dal giorno in cui hai bussato alla mia porta la prima volta. Pensavo di aver aspettato troppo a lungo e di aver perso l'occasione. Ce la prenderemo con calma. Niente più dormire nel mio letto... fino a quando non sarai tu a volerlo.»

«Annie si affezionerà.»

«Si è già affezionata» disse Fletch con dolcezza. «E il sentimento è del tutto reciproco. Emily, so che sei cauta, e lo ammiro, ma non sono suo padre. Non sono un giovane bastardo che sta cercando di entrare nelle tue mutande, per sparire l'attimo in cui qualcosa va storto. Ho trentatré anni. Anche se non posso promettere che stare con me sarà tutto rose e fiori, perché so essere un testardo figlio di puttana a volte, *posso* promettere che, mentre sono a casa, metterò te e Annie al primo posto nella mia vita. Prima dei miei amici, prima dell'esercito, prima del mio lavoro.»

Emily vide la sincerità negli occhi di Fletch. Doveva ammettere che era davvero eccitante. La maggior parte degli uomini con cui era uscita in passato, prima di Annie, erano stati concentrati su loro stessi, e si erano vantati del loro lavoro o di quanto fossero importanti. Fletch non aveva fatto nulla di tutto ciò. Era stato onesto e sincero, e aveva dichiarato in anticipo i suoi difetti.

«Va bene.»

«Va bene?»

«Uscirò con te questo fine settimana.»

Fletch sorrise, ed Emily sentì lo stomaco contorcersi davanti all'espressione compiaciuta sul suo viso.

«Un bacio per sigillare l'accordo?»

Annuì timidamente. Si chiedeva da mesi come sarebbero state le sue labbra contro le proprie. Aveva provato la stessa attrazione, che a quanto pare aveva provato lui, quando l'aveva incontrato per la prima volta.

Fletch non lasciò andare le sue mani, ma si chinò piano verso di lei, prolungando il momento. Emily gli sorrise proprio prima che le loro bocche si incontrassero. Non stavano toccando nessun altro posto, tranne le labbra e le mani, ma sentì comunque come una scarica elettrica in tutto il corpo.

Il bacio all'inizio fu casto, un semplice tocco di labbra. Lui si ritrasse per un istante, sorrise, e poi si ributtò. Questa volta la sua lingua passò sulla bocca chiusa di Emily, che la aprì. Non perdendo tempo, Fletch ne approfittò, la accarezzò, fece l'amore con la sua bocca con la lingua. Inclinò la testa per avere un'angolazione migliore, e questo non fece che aumentare il piacere di Emily.

Gemette e cercò di avvicinarsi di più a lui. Fletch non aveva lasciato andare le sue mani, e il fatto che non potesse toccarlo mentre la divorava, lo rendeva ancora più erotico. Alla fine, lui si tirò indietro, leccandosi le labbra come se stesse cercando di memorizzare il suo sapore.

«Wow» mormorò Emily per rompere il silenzio.

«Wow» concordò Fletch, lasciando andare una delle sue mani per la prima volta, per portare la propria sul suo viso e far scorrere il dorso delle dita sulla guancia. «Hai fame?»

Emily arrossì. Sapeva che non stava chiedendo ciò che *lei* pensava stesse chiedendo, ma suonava comunque sconcio. «In realtà, sì. Potrei mangiare ancora qualcosa.»

Fletch scoppiò a ridere, a quanto pare aveva la capacità di leggere la mente, oltre a quella di baciare come un supereroe. «Dai, pervertita, lascia che ti dia da mangiare.»

Emily gli prese la mano con un sorriso, decidendo che tacere era l'opzione migliore per non mettersi ancora di più in imbarazzo. Mentre camminavano verso la cucina, Emily pensò che era bello che qualcuno si prendesse cura di lei per una volta, piuttosto che essere sempre quella che si prendeva cura degli altri. Veramente bello.

CAPITOLO TREDICI

IL RESTO della settimana trascorse rapidamente, ed Emily e Annie si ritrovarono coinvolte in una routine confortevole. A essere onesta, sembrava che vivessero a casa di Fletch da settimane, anziché solo da pochi giorni. Emily si era trasferita nella camera degli ospiti con l'aiuto di Fletch, che aveva portato lì la sua roba dall'appartamento sopra il garage, e le aveva rivolto qualche sguardo di disapprovazione per quanto poco aveva.

Apprezzò il fatto che non la facesse sentire peggio di quanto già non si sentisse lei. Per la roba di Annie, fecero qualche viaggio in più rispetto ai suoi, ma, alla fine, fu sistemata nella stanza accanto a quella di Emily. Non aveva ancora aperto le scatole dei suoi preziosi soldati, ma li teneva vicino al letto, in modo che fossero l'ultima cosa che vedeva quando andava a dormire, e la prima al mattino quando si svegliava.

Per fortuna Fletch era una persona mattiniera, perché Annie, come lo aveva avvertito Emily, non era una bambina tranquilla. Con suo grande sgomento, sembrava aver bisogno di dormire meno degli altri bambini. L'ora di andare a letto per lei sarebbe stata alle otto, e ciò significava che avrebbe dovuto essere nella sua stanza e sotto le coperte, ma di solito, andava a dormire almeno un'ora o due dopo. Poi si alzava verso le cinque o le sei, ma nel corso degli anni, aveva imparato a lasciar dormire Emily.

Ma Fletch era in piedi più o meno alla stessa ora di Annie, quindi, quasi tutte le mattine quando Emily andava in cucina, i due erano già lì a chiacchierare, mentre facevano colazione, come se lo avessero fatto per tutta la vita.

Vedere il grande uomo alfa che trattava sua figlia con tanta cura – e, sì, amore – glielo faceva piacere ancora di più.

L'unico problema che avevano avuto nella settimana in cui avevano vissuto con lui, era successo una mattina in cui Emily era scesa e aveva visto che Annie si era disegnata le braccia con dei pennarelli.

«Guarda, mamma! Sono proprio come Fletch!»

Emily si era accigliata e aveva incrociato le braccia al petto, fissando la figlia e lui, che aveva alzato le mani come per dire "Non dare la colpa a me".

Emily e Annie avevano trascorso una ventina di spiacevoli minuti a sfregare via i segni dalle braccia. Aveva cercato di spiegare alla bambina che, sebbene potesse essere appropriato che Fletch avesse dei tatuaggi, lei avrebbe dovuto aspettare fino a quando avesse avuto almeno diciotto anni.

Fletch, quella sera, era tornato a casa con alcuni tatuaggi temporanei militari per Annie, e tutto ciò che Emily poté fare, fu alzare gli occhi al cielo. Annie era stata così eccitata, che non aveva avuto il coraggio di vietarli, la sua unica regola era stata, che dovevano essere collocati in un posto dove gli altri non li avrebbero visti. Annie, ora, era la felice proprietaria di un tatuaggio temporaneo con la scritta "Army Proud", sulla parte superiore della coscia.

Emily non aveva parlato con Annie di tutto quello che stava succedendo, ma era in programma. Aveva avuto intenzione di farlo prima del suo appuntamento, ma ora era sabato, e Rayne e la sua amica Mary erano arrivate presto per conoscere meglio Annie ed Emily. Così decise di parlare con sua figlia domenica, dopo aver visto come sarebbero andate le cose al suo appuntamento con Fletch.

Era uscito per fare delle commissioni, ma sapeva che lo aveva fatto più che altro per darle il tempo di chiacchierare con le altre donne.

«Allora... tu e Fletch, eh?»

Rayne non aveva perso tempo a prenderla in giro riguardo alla sua relazione, qualunque cosa fosse, con Fletch. Emily arrossì. «Credo di sì.»

«Per la cronaca, hai scelto bene.»

«Non sono sicura di averlo davvero scelto. È semplicemente successo.»

«Be', in qualunque modo sia successo, è una bella cosa.»

«Qualunque cosa tu possa pensare, non stiamo davvero insieme *insieme*. Non siamo ancora mai usciti.»

Mary mise da parte il suo drink e appoggiò i gomiti sul tavolo. «Quando scatta qualcosa con qualcuno, scatta. Capisci nel profondo che è giusto, e basta.»

«Ti sei mai sentita così con qualcuno?»

«Sì.»

«E cos'è successo?» chiese Emily.

«È complicato» disse Mary, con un sorriso triste.

«Hai sentito la storia di me e Ghost, vero?» interruppe Rayne, ovviamente conoscendo di più la situazione di

Mary, e cercando di deviare la conversazione dalla sua amica.

Emily scosse la testa e controllò Annie. Sua figlia era seduta davanti alla televisione, incantata dal cartone animato dei GI Joe che aveva trovato girando i canali, dieci minuti prima. «Non proprio, solo che ti sei trovata coinvolta in quella cosa in Egitto, e Ghost e gli altri sono entrati e ti hanno portato in salvo.»

«Avevo incontrato Ghost sei mesi prima di quel fatto. Abbiamo avuto un'avventura di una notte, durante una sosta a Londra.»

Emily non avrebbe potuto essere più scioccata, nemmeno se Rayne le avesse detto che in realtà era una sirena, o qualcosa del genere. «Wow, davvero?»

«Lo so, non sembro il tipo di persona che fa quelle cose, vero?»

Emily scosse solo la testa. Non sembrava proprio. Rayne era più giovane e aveva l'aria di essere molto meno... avventata diciamo, di lei, forse perché Emily era già mamma da quattro anni quando aveva la sua età, ma non avrebbe saputo dirlo.

«Non lo sono proprio. Quella era la prima volta, e ha fatto male quando la mattina dopo se n'è andato, anche se sapevo che sarebbe stato solo per una notte. Ma a quanto pare, anche Ghost era turbato. Prima di allora, non aveva mai voluto qualcosa di più con una donna.»

«Quindi, come faceva a sapere che eri in quella situazione in Egitto?»

«Non lo sapeva. È stata una coincidenza.»

«Wow» sospirò Emily. «Una fortunata, direi.»

«La cosa migliore e peggiore che mi sia mai capitata» concordò Rayne. «Guarda, le cose stanno così, abbiamo passato un giorno e una notte insieme, e poi non ci siamo visti per sei mesi. Ma quando è successo, penso che entrambi sapessimo che eravamo la persona giusta l'uno per l'altra. Abbiamo avuto ancora qualche problema, ma alla fine, avevamo una connessione che non poteva essere spezzata. Vedo lo stesso tipo di connessione tra te e Fletch.»

Emily avrebbe voluto protestare, ma non ci riuscì. Lo sentiva anche lei.

Rayne proseguì a bassa voce, nel caso Annie stesse ascoltando. «Quando Annie è venuta in cortile l'altra sera, avresti dovuto vedere Fletch. Ha preso subito il controllo della situazione, l'ha calmata ed è venuto da te il più presto possibile. Ora, è un uomo alfa, della Delta Force, quindi era qualcosa che ognuno dei ragazzi avrebbe potuto fare, ma *non è stato* nessuno degli altri. È stato Fletch. Non ha lasciato il tuo fianco finché non è stato sicuro che fossi fuori pericolo. Ha sistemato Annie in casa sua come se la volesse lì per sempre. Voglio darti un consiglio, buttati. Non troverai mai un uomo migliore, uno più devoto a te e alla felicità di tua figlia.»

Quando Emily aprì la bocca per parlare, Rayne si affrettò a proseguire: «Non sto dicendo che a volte non si comporterà da stronzo. Lo farà. Penserà di sapere cosa sia meglio per te e Annie, e tu dovrai esprimere la tua opinione, altrimenti ti metterà i piedi in testa. Ma sono abituati a prendere il comando e a sistemare le cose, e pensano come uomini. Ghost si è ammorbidito un po', ma sarà sempre il tipo di uomo che prenderà il controllo di ogni situazione. Lascia perdere su certe cose, ma punta i piedi su quelle che contano davvero.»

Emily annuì. Aveva già visto quel lato di Fletch... e le

piaceva. Era una donna competente, era stata da sola per molto tempo, aveva fatto un ottimo lavoro nel crescere Annie, se le era permesso dirlo, ma era davvero bello non dover essere sempre responsabile di tutto, per tutto il tempo. Poteva tranquillamente lasciare alcune cose a Fletch.

«Posso farlo.»

Rayne sorrise raggiante. «Bene. E devo dire che sono davvero felice di conoscerti. Mary e io ne abbiamo parlato molto, siamo migliori amiche, ma ci piacerebbe averne altre. Siamo state un po' in una bolla.»

«Una bolla» rise Mary. «Sì, è un bel modo per descriverlo. Adoro Raynie come se fosse mia sorella, ma sarebbe bello avere un gruppo di amiche da frequentare.»

«E ora che sai cosa fanno per vivere Fletch e gli altri, immagino che sarebbe bello avere qualcun altro con cui parlarne» le disse Rayne.

«Mi piacerebbe» confessò. «Ho così tante domande riguardo a ciò che fa, e so che non può rispondere alla maggior parte di loro.»

Rayne annuì. «Sì, è vero. La maggior parte dei soldati della base non ha idea che Ghost e gli altri siano Delta Force, è qualcosa di cui non puoi parlare con nessuno che non sia sposato con un Delta. Mary lo sa, semplicemente perché ho detto chiaro e tondo a Ghost che non c'era modo di nasconderglielo... e lo ha quasi castrato dopo che era finito in ospedale, e non mi aveva detto che era stato ferito in missione. Sono sicura che Fletch ti farà "il discorsetto" riguardo a questo, come ha fatto Ghost con me, ma in sostanza, siamo un po' come un'isola. Possiamo parlare con i nostri uomini e gli altri membri della squadra, ma non con altri, e per gli estranei, siamo le tipiche fidanzate dei soldati.»

«L'ha già accennato. Non possono dirci dove vanno, vero?» chiese Emily, ricordando le missioni in cui Fletch era andato.

«No. È top secret. Capisci ora perché sono entusiasta di conoscerti?»

Emily sorrise timidamente a Rayne e Mary, e annuì. «Sì, decisamente.»

«Grande. Ora che è tutto chiarito, dai, andiamo a vedere se riusciamo ad allontanare Annie dal suo programma e fare un po' di caos in cucina. Sono sicura che tra noi tre possiamo trovare qualcosa di divertente da insegnarle a cucinare.»

«Mi pare una buona idea!» concordò Emily.

Il resto della giornata passò rapidamente, tra le chiacchiere senza sosta di Annie e a conoscere Rayne e la sua amica. Mentre Emily si preparava per il suo appuntamento, più tardi, quel pomeriggio, pensò a ciò che Rayne e Mary le avevano detto. Sentiva un'incredibile connessione con Fletch... e aveva visto con i suoi occhi cosa provava per Annie. Quei sentimenti sono stati lì fin dall'inizio.

Emily non era stupida, non avrebbe sopportato ciò che Jacks l'aveva costretta a fare, e non avrebbe provato quel senso di delusione verso Fletch, se non le fosse importato di lui. Non era solo per il fatto che le aveva dato un posto dove vivere, quando ne aveva avuto disperatamente bisogno, era *lui*. La sua bontà era evidente per lei. Probabilmente lo avrebbe negato, sostenendo di essere un soldato cazzuto, ma Emily lo aveva visto comunque.

L'appuntamento di stasera potrebbe essere l'inizio di una relazione meravigliosa, oppure, potrebbe dimostrare che tutto ciò che avevano era affetto e nessun legame più profondo. Emily fece un gran sospiro e si preparò per andare nell'altra stanza.

Sperava in quel legame. Le piaceva Fletch. Un sacco. Poteva solo sperare che lui provasse lo stesso sentimento, entro la fine della serata.

CAPITOLO QUATTORDICI

EMILY BEVVE un sorso di caffè e sorrise a Fletch da sopra il bordo della tazzina. Anche se erano partiti dalla stessa casa, lui aveva fatto lo sforzo di comportarsi come se fosse stato un appuntamento convenzionale. Con grande gioia di Annie, era uscito di casa chiudendo la porta dietro di sé e aveva suonato il campanello, come se fosse appena arrivato a prenderla.

Indossava un paio di pantaloni color kaki e una polo. I tatuaggi sulle braccia e l'ombra di barba che sembrava avere sempre, gli impedivano di avere un'aria da "bravo ragazzo". Le aveva preso la mano e l'aveva portata al suo pick-up, che aveva parcheggiato davanti casa in precedenza. Era stata una piccola cosa, ma, in un certo senso, l'aveva reso meno imbarazzante che se fosse uscito di corsa dalla sua camera dicendole che era pronto.

L'aveva portata in una piccola steak house, ed Emily non aveva mangiato un pasto così buono da tantissimo tempo, anche perché non si era dovuta preoccupare del costo; un filetto tenero, purè di patate pieno di formaggio, pancetta e cipolle, broccoli al vapore, e lo avevano completato dividendo un piatto di frutta per dessert. Negli ultimi quaranta minuti, erano rimasti seduti a parlare del più e del meno, solo per conoscersi, ed Emily si sentiva più a suo agio di quanto non fosse stata da molto tempo.

«Se potessi cambiare una cosa della tua vita, quale sarebbe?» gli chiese. Si erano scambiati domande sempre più serie mentre la serata proseguiva, e quest'ultima era difficile.

Fletch sembrò non dover nemmeno pensare alla risposta. «Ti avrei chiesto di Jacks nell'attimo in cui sono tornato da quella prima missione.»

«Che cosa?»

«Ti avrei fatto delle domande riguardo all'uomo che hai incontrato nel vialetto. Annie mi ha detto che era la prima volta che lo incontravi. L'ho visto sul filmato della mia videocamera di sorveglianza, ma l'ho interpretato in modo del tutto errato. Se ti avessi chiesto di lui quando sono tornato, non gli avresti dato così tanti soldi, non saresti stata stressata e non avresti dovuto rinunciare al cibo.»

Emily rimase senza parole per un momento. «In tutta la tua vita, è *quello* ciò che cambieresti?»

«Sì.»

«Ma... Fletch, ci deve essere qualcos'altro. Qualcosa che avresti fatto diversamente durante una missione, qualcosa che hai detto a qualcuno.»

«No. Hai detto *una* cosa. Quello, è il più grande rimpianto che ho. Abbiamo perso mesi perché sono stato un codardo. Sarei dovuto venire da te e chiederti di lui. E tu? Cosa cambieresti?»

Emily non si era ripresa dalla risposta di Fletch. Cercare di pensare a cosa avrebbe fatto di diverso era difficile. Le passarono molte cose per la testa... non aver detto più spesso "Ti voglio bene" ai suoi genitori prima che morissero, non essere stata più sveglia con il padre di Annie. Ma in quel momento, si ritrovò a essere d'accordo con Fletch, sul fatto che avrebbe voluto essersi confrontata con lui riguardo a Jacks, e farsi valere chiedendogli cosa diavolo stesse succedendo.

Aprì la bocca per dirglielo quando un'ombra si allungò sul tavolo.

Lì accanto, c'era proprio l'uomo di cui stavano parlando, e sorrideva come se sapesse qualcosa di cui loro non erano a conoscenza

Fletch non gli diede nemmeno la possibilità di aprire la bocca, si alzò in piedi e afferrò Jacks per il colletto della camicia, prima che potesse parlare.

Si alzò anche Emily, ma non lasciò il tavolo, fissò Fletch che spingeva l'uomo indietro attraverso il ristorante, ignorando i sussulti delle altre persone che cenavano. Incerta sul da farsi, Emily rimase lì e osservò da lontano.

«Va tutto bene?» chiese un po' nervosa la loro cameriera, avvicinandosi al tavolo.

«Ah, sì, sono certa che vada tutto bene» rispose Emily, non proprio sicura.

«Ok» disse la giovane cameriera, preoccupata, e per niente rassicurata.

Emily tenne gli occhi su Fletch e Jacks mentre discutevano fuori dalla finestra del piccolo ristorante. Supponeva che fosse inevitabile che i due uomini avrebbero litigato, ma era un peccato che fosse accaduto proprio durante il loro primo appuntamento.

Alla fine, dopo quella che sembrò un'eternità, ma probabilmente erano solo pochi minuti, Fletch rientrò nel ristorante e tornò al tavolo. Invece di sedersi di fronte a lei, questa volta le fece segno di spostarsi e si accomodò dalla sua parte del divanetto. Emily vide la sua mascella contrarsi e notò il pugno chiuso dietro di lei sul separé. A parte quello, sembrava completamente padrone di se stesso.

Si azzardò a posare una mano sopra la sua sul tavolo, e la strinse. «Stai bene?»

«No.» Il tono era piatto e incazzato.

«Che cosa ha detto?»

«Nulla che ti ripeterò» le disse con sincerità.

«Ma Fletch, io...»

«Sei pronta per andare?»

Emily inclinò la testa verso di lui. Sembrava pronto a esplodere. Era sicuramente il momento di uscire da lì.

«Sì.»

«Bene.» Fletch tirò fuori il portafoglio e mise abbastanza banconote sul tavolo per coprire il costo della cena e una mancia considerevole, e poi si alzò. Tese la mano ed Emily la prese. Sapeva che in quel momento stava guardando Fletch il soldato, e non Fletch l'uomo con cui era uscita, ma non faceva differenza su come si sentiva nei suoi confronti.

In realtà, era una bugia. La faceva. Faceva *decisamente* differenza.

Si sentiva al sicuro. Anche se era incazzato, era comunque gentile con lei e persino educato con la cameriera che oltrepassarono uscendo dalla porta. Non aveva lanciato nulla, non aveva neppure alzato la voce. Aveva solo affrontato la situazione e, com'era ovvio, voleva portarla fuori di lì il prima possibile.

Emily non poteva criticarlo per quello.

Aveva al cento per cento il controllo su se stesso, e, in un certo senso, la eccitava. Il padre di Annie non aveva avuto minimamente il controllo che possedeva Fletch, Emily l'aveva visto tirare un pugno a un muro, una volta. Perché gli uomini facevano così, comunque? L'unica cosa che succedeva era che si ferivano la mano. E aveva persino distrutto il suo appartamento quando era stato ubriaco.

Fletch la condusse fino al pick-up, ma non prima di controllare intorno per assicurarsi che Jacks non ci fosse più. Aprì la portiera e aiutò Emily a salire, poi girò intorno al veicolo ed entrò dal suo lato. Senza dire una parola, tirò fuori il telefono.

«Ehi, Coach. Sono Fletch. Jacks si è presentato al ristorante dove Em e io stavamo cenando... non ho idea di come facesse a sapere dove eravamo. Sì, abbiamo scambiato due parole... grazie, lo apprezzo.» Chiuse la chiamata e gettò il cellulare sul cruscotto. Mise entrambe le mani sul volante e fece un respiro profondo.

«È sbagliato che abbia trovato tutto ciò estremamente sexy?» chiese Emily con voce calma, e fece un gran sorriso quando la testa di Fletch si girò di scatto, per fissarla con un'espressione incredula.

Sollevò una mano per prevenire qualsiasi cosa potesse dire. «Lo so, lo so, sono malata, ma hai preso completamente il controllo della situazione, e anche la vena che pulsa sulla tua fronte mi eccita, in questo momento.»

Un piccolo sorriso spuntò sul volto di Fletch. «Come posso aver voglia di ridere quando sono così incazzato?»

Emily allungò una mano e la mise sul suo braccio. «Grazie.»

«Per cosa?»

«Per averlo affrontato così non ho dovuto farlo io.

Perché mi proteggi, anche quando non ne ho bisogno, perché ormai mi prendo cura di me stessa da molto tempo. Per essere incazzato per me... e per essere te. Per... tutto questo. Grazie.»

Il viso di Fletch si rilassò ed Emily quasi riuscì a vedere i suoi muscoli decontrarsi.

Continuò prima che potesse dire qualsiasi cosa: «E dicevo sul serio. Gli occhi della gente nel ristorante erano puntati su di te. Hai attirato l'attenzione di tutti, ma sembrava che non te ne accorgessi nemmeno. È sexy da morire.»

«Vieni qui, Em» ringhiò Fletch, allungando una mano e mettendogliela sulla nuca per attirarla verso di sé.

Emily non esitò, si piegò sopra il sedile centrale del pick-up verso di lui, nello stesso momento in cui Fletch si chinò su di lei. Il bacio non iniziò in modo dolce come l'unica altra volta in cui si erano baciati. Questo fu carnale e violento.

Fletch la strinse a sé e le divorò la bocca, si tuffò dentro come se stesse reclamando il suo premio, in stile cavernicolo. Forse era l'adrenalina, forse era quello che facevano gli uomini dopo la foga di una battaglia. Ma non importava. Emily non protestò, aprì di più la bocca e lasciò che Fletch prendesse ciò che voleva. Si sentì bagnare e i capezzoli si inturgidirono sotto il suo assalto appassionato.

Spostandosi sul sedile per cercare di placare il doloroso pulsare tra le gambe, Emily gemette di frustrazione ed estasi mentre le scopava la bocca con la lingua. Non stava facendo l'amore con la sua bocca, la stava rivendicando, stava marchiando Emily come sua... e lei lo adorava.

Alla fine, si tirò indietro, la fissò, la osservò tutta... dai capezzoli turgidi al suo respiro affannoso. «Gesù, Em. Mi hai talmente eccitato, che devo continuare a ricordare a me stesso che siamo fermi in un parcheggio pubblico, fuori da un ristorante piuttosto affollato, ma... anche quello non aiuta molto. Ti voglio. Ti voglio sotto di me, mentre ti dimeni come hai appena fatto, implorando la mia lingua, il mio cazzo. Non ho mai desiderato niente più di quanto desideri te in questo momento.»

Emily chiuse gli occhi per un attimo alle sue parole, sentendole insinuarsi fin nelle ossa. Strinse le dita sul sedile sotto di sé, poi aprì gli occhi e incontrò il suo sguardo. «Sì.»

Rimase affascinata dal modo in cui le sue pupille si dilatarono a quell'unica parola. Oh sì, gli piaceva.

«Dannazione.» La voce gutturale, uscì dal profondo della sua pancia.

Confusa quando si tirò indietro, Emily riuscì solo a fissare Fletch.

«Non guardarmi così, Em. Il mio autocontrollo è attaccato a un filo. Ti voglio. Non desidero altro che gettarti sul sedile, toglierti la maglia e succhiare quei capezzoli che vedo spingersi verso di me. Voglio banchettare con la tua fica più di quanto voglia respirare. Ho immaginato come sarai nuda e ansimante per me in continuazione. Ma... non qui. Mi metterò tra quelle tue cosce deliziose, quando potrò prendermi il mio tempo.

Non solo siamo in un luogo pubblico, ma Annie, Rayne e Mary stanno aspettando che torniamo a casa. Devo parlare con Ghost e il resto del team per capire cosa faremo con quel maledetto Jacks. Coach li contatterà e darà inizio alle danze, ma devo ragguagliarli su ciò che è successo stasera. Oh, e il mio colonnello ha bisogno di sapere anche di quest'ultima mossa da parte di Jacks.

Infine, non ho intenzione di avere fretta. Ti desidero,

ma non voglio che questo riguardi solo il sesso. Voglio qualcosa che duri per sempre. Abbiamo tempo di conoscerci prima di andare a letto insieme.»

All'espressione di evidente frustrazione sul volto di Emily, continuò: «Ma ricorda, non saranno sei mesi come con il padre di Annie. Pensavo a una settimana o due, al massimo. Mi piace pregustare l'attesa, ma non sono *così* paziente. Mi sono chiesto come sarà averti e assaporarti per troppi mesi, per trascinarla ancora a lungo.»

Emily riuscì solo ad annuire e a deglutire a fatica. Non aveva più saliva in bocca. Riusciva a immaginare Fletch disteso tra le sue gambe, che le sorrideva un attimo prima di abbassare la testa. Si era masturbata più di una volta pensando proprio a quello. Almeno... prima di cominciare a credere che fosse uno stronzo. Sperimentare l'atto reale potrebbe ucciderla, ma che bel modo di morire.

Emily strinse i denti e si spostò indietro per sedersi bene sul sedile. «Ok.»

«Ok» confermò Fletch, allungando una mano e scostandole con dolcezza i capelli dal viso. «Grazie per la meravigliosa serata. È facile parlare con te, non sei per niente esigente, e in più sei bellissima. Sono un uomo fortunato.»

Emily si morse il labbro, ma non disse nulla.

«Dai, andiamo a casa. Sono sicuro che Rayne e Mary muoiono dalla voglia di sapere come è andato il nostro appuntamento.»

«Mi piacciono» disse Emily, sollevata e triste per il fatto che la tensione sessuale dentro la cabina del pick-up si fosse attenuata. «Voglio dire, non le conosco ancora così bene, ma sembrano simpatiche.»

«Sono simpatiche. Conosco Rayne meglio della sua

amica, ma penso che ti piacerà. È molto simile a te... alla mano, e a volte può essere sarcastica da morire.»

«Non sono sarcastica!» esclamò Emily sbuffando.

Fletch rise mentre usciva dal parcheggio. «Non fraintendetemi, mi piace il sarcasmo... almeno su di te. Significa che sei una dura.»

«Mi sono lasciata calpestare da Jacks» gli fece notare in tono triste.

«No, stavi proteggendo tua figlia. È completamente diverso»

«Avrei dovuto affrontarti.»

«Sì, forse è così, ma avrei dovuto chiederti di lui, quindi siamo pari nel gioco delle colpe. Ne abbiamo già parlato. Basta.»

«Ti piace quando sono sarcastica?» chiese Emily, cercando di tornare al buon umore che avevano in precedenza.

«Sì.»

«Anche quando è verso di te?»

«Sì.»

«Sei strano.»

Fletch ridacchiò. «Credo di sì.»

Emily si appoggiò sul poggiatesta e sospirò. «Grazie per questa serata, Fletch.»

«Prego.»

«Ho una domanda.»

«Spara.»

«Hai intenzione di baciarmi sulla soglia, e poi farai finta di andartene, per completare l'illusione che fosse un appuntamento tradizionale?»

«Dovrai aspettare per vedere. Non posso svelarti *tutti* i miei segreti.»

Emily girò la testa senza sollevarla. «Non vedo l'ora.»

Fletch fece quasi esattamente quello. Si fermò davanti a casa sua e spense il motore del pick-up. Le chiese di rimanere ferma, e girò intorno all'auto per aprire la sua portiera. Si tennero per mano mentre si avvicinavano alla porta d'ingresso, e poi lui la baciò con passione. Non fu un bacio che significava "grazie, ho passato un bel primo appuntamento". Fu un bacio del tipo "voglio scoparti proprio qui, contro la porta".

Emily rimase senza fiato per un momento, felice di vedere che anche Fletch lo era quanto lei.

«Vai dentro, Em. Tornerò tra poco.»

Abbassò gli occhi sulla sua evidente erezione e annuì. Sarebbe imbarazzante entrare in casa, e che le altre donne, e Annie, lo vedessero così. Fece un cenno col dito come per toccarsi un cappello immaginario e indietreggiò fino alla sua auto. Emily entrò e digitò in fretta il codice. Stava cominciando a sentirsi più a suo agio con il sistema di allarme... non del tutto, ma abbastanza da riuscire a inserire i numeri senza doverci pensare troppo.

Rayne e Mary le sorrisero dal divano e si alzarono quando Emily entrò. «Ti sei divertita?» chiese Rayne.

«Sì.»

«Fletch sta parcheggiando?»

«Sì.»

«Se dovessi tirare a indovinare, direi che sembri... soddisfatta» osservò Mary con un sorriso.

«Allora sbaglieresti» ribatté Emily, senza pensarci. Si sbatté una mano sulla bocca e sorrise, mentre entrambe le donne ridevano.

«Dagli un giorno o due, scommetto che non sarà in grado di stare lontano da te di più» scherzò Rayne.

«*Ha* detto circa una settimana.»

Rayne scoppiò a ridere. «Sta sognando.»

Emily sorrise all'altra donna. Si voltò quando sentì aprirsi la porta dietro di lei e Fletch entrò a grandi passi. Lo fissò stupita. Non riusciva a capire come potesse essere sempre più bello, ogni volta che lo vedeva.

«È andato tutto bene stasera?» chiese a Rayne e Mary.

«Sì. Nessun problema» Rayne gli rispose, tranquilla.

«Ghost doveva venire a prendervi tutte e due?»

«Sì, devo solo chiamarlo.»

«Non ce n'è bisogno, ho mandato un sms a lui e a Truck prima di spostare l'auto.»

Rayne alzò gli occhi al cielo, ma non protestò.

Mary, invece, *sì*. «Perché cazzo hai scritto a Trucker? Vado con Rayne.»

«In realtà, no, non vai con lei» disse Fletch, sorridendo alla donna infastidita. «Truck mi ha detto di chiamarlo quando fossi tornato, in modo che *potesse* portarti a casa.»

«Be', non è mio padre o il mio ragazzo, quindi può semplicemente andare all'inferno» affermò Mary con enfasi e con le braccia incrociate.

«Rassegnati» ordinò Fletch con tono indifferente. «Ghost è stato in servizio stasera, è stanco e anche se non vivi tanto lontano, ci metterebbe trenta minuti in più. Truck si è offerto volontario per venirti a prendere, in modo che Ghost potesse tornare a casa con Rayne e avere il meritato riposo.» Fletch stava mettendo più enfasi sul bisogno di dormire di Ghost, di quanto fosse effettivamente necessario, ma avrebbe fatto qualsiasi cosa per il suo amico Truck, e se lui voleva passare un po' di tempo con la permalosa Mary, lo avrebbe fatto accadere.

«Uff.» In realtà non uscì come una parola, più uno sbuffo, ma Mary non protestò più.

«A che ora avete messo a letto Annie?» chiese Emily, cambiando argomento.

«Sapevi che tua figlia sa leggere al livello di quinta elementare?» chiese Rayne.

La domanda era inaspettata, ma Emily sorrise semplicemente. «Sì, è pazzesco, no?»

«È deliziosa, ma non ti invidio. Sarà esuberante.»

«Lo so, ma non vedo l'ora di goderne di ogni secondo» affermò Emily con orgoglio.

«Com'è giusto che sia. Le ho letto un libro per circa mezz'ora, poi le ho detto che poteva stare sveglia fino a quando voleva... se fosse rimasta a letto a leggere.»

«Ehi» disse Emily, «è un'ottima idea. Sei un genio!»

Rayne rise. «Non lo so, ma immagino che tu possa usare questo trucco per un po', prima che scopra che i suoi amici e compagni di classe possono rimanere alzati fino a tardi, e non *devono* leggere.»

Emily scrollò le spalle. «Sì, ma se per ora mi lascia più tempo, sono felice.»

Le due donne si sorrisero, ed Emily sapeva che avevano appena consolidato l'inizio di una buona amicizia.

Tutti e quattro chiacchierarono del più e del meno per circa venti minuti, fino all'arrivo di Ghost e Truck.

«Restate qui un minuto, ok?» disse Fletch alle donne. «Torno subito. Devo parlare un attimo con i miei compagni di squadra.»

«Certo» rispose Rayne. Quando sparì dalla vista, lei e Mary si girarono verso Emily con le sopracciglia inarcate.

Emily sospirò. «Sì, quel Jacks si è presentato al ristorante stasera.»

«No, dai!» esclamò Rayne.

«Che stronzo» imprecò Mary nello stesso momento.

«Già. Ma Fletch se n'è occupato. Sono sicura che vuole parlare di quello con i ragazzi.»

«Che bastardo» disse Rayne, disgustata. Poi chiarì: «Intendevo Jacks.»

«Avevo capito, e sono d'accordo» la rassicurò Emily con un sorriso.

Fletch tornò in casa poco dopo, seguito dagli altri due uomini. Emily guardò Ghost andare dritto da Rayne e abbracciarla come se fossero stati separati per giorni, invece che per poche ore.

«Pronta ad andare via?» le chiese.

Rayne annuì.

Mary si alzò e incrociò le braccia al petto, fissando Truck. «Non prendere l'abitudine, Trucker.»

Il grande uomo si limitò a sorridere con quel suo mezzo ghigno, e fece un cenno verso la porta. «Dopo di te.»

Mary ruotò gli occhi, abbracciò Rayne, ma uscì dalla porta senza fare altri commenti.

«Ne parleremo di più domani» promise Ghost a Fletch, prima di uscire dalla casa con il braccio attorno alla vita della sua donna.

«Cosa c'è tra Mary e Truck?» gli chiese Emily, quando tutti se ne furono andati.

Si strinse nelle spalle. «Si piacciono, ma nessuno dei due lo ammetterà.»

«Si comportano come bambini delle elementari.»

«Già.» Fletch stava sorridendo. «Ma è divertente da morire. Non vedo l'ora che entrambi lascino perdere tutto ciò che li trattiene e si buttino. Sarà esplosivo.»

Emily annuì e lo guardò nervosa. Non si era sentita così quando era stata sola con lui la settimana scorsa, ma, in un certo senso, i baci che si erano scambiati stasera avevano reso tutto diverso. Le si avvicinò e la baciò con dolcezza sopra la testa.

«Vai a dormire, Em. Sono sicuro che Annie si sveglierà all'alba per sapere come è andata la nostra cena. La terrò tranquilla il più a lungo possibile, in modo che tu possa dormire.»

«Posso alzarmi con lei» protestò.

«Non ce n'è bisogno. Sarò sveglio comunque.»

Era uno dei mille modi in cui Fletch l'aveva fatta sentire amata nell'ultima settimana.

«Va bene, grazie.»

Lui indietreggiò e si girò per andare in cucina, e le parole le scapparono prima che potesse fermarle: «Non mi dai il bacio della buonanotte?»

Fletch si voltò lentamente, ma non si avvicinò. «No. E non fare quella faccia imbronciata» scherzò, poi si fece serio. «La prossima volta che le mie labbra toccheranno le tue, non mi fermerò. Ti porterò nel mio letto e farò l'amore con te per tutta la notte. Quindi no, niente più baci stasera. Ma sei stata avvertita, Em.»

Le sue parole, ancora una volta, fecero risvegliare tutte le parti femminili di Emily. Gli sorrise. «Ricevuto. Buonanotte, Fletch.»

«Notte.»

Emily si addormentò nel letto matrimoniale nella camera degli ospiti, con un sorriso sul volto, sapendo che lo avrebbe sognato mentre incombeva su di lei ed entrava e usciva dal suo corpo appagato. Non vedeva l'ora.

———

Jacks camminava avanti e indietro nel suo appartamento, con il telefono all'orecchio. «È quasi il momento... non essere codardo, deve andare così... nessuno si farà male, ma dobbiamo farlo se vogliamo portarli sul campo di battaglia... te l'ho già *detto*, nessuno si farà del male, saranno solo più compiacenti... bene, ne parleremo più tardi... *No*. Ci sei dentro fino al collo, proprio come me. Lo faremo e mostreremo loro che non sono gli unici soldati tosti in questa base. Raduna gli altri, e ci incontreremo sul campo di battaglia per provare, tra un'ora... bene. A dopo.»

Chiuse la chiamata e gettò il telefono sul divano, e si mise le mani sulle orecchie, per cercare di soffocare la voce che era diventata più forte e più insistente negli ultimi due mesi.

Eliminare la minaccia.

Loro sono d'intralcio.

Se non lo fai, sembrerai debole per il nemico!

Annuendo, Jacks marciò verso la sua camera da letto, per cambiarsi e mettersi gli abiti neri che indossava per mimetizzarsi nell'oscurità. Aveva detto ai soldati semplici della sua squadra, ingenui e creduloni, che stavano solo facendo uno scherzo agli altri soldati, che non sarebbe stato fatto del male alla donna e alla bambina, ma lui sapeva la verità. Stava a *lui* dimostrare a quei bastardi di super soldati, che era migliore di tutti loro. E se ci fossero state vittime... pazienza.

CAPITOLO QUINDICI

«Questa storia deve finire» intimò Fletch in tono letale al colonnello. «Deve andare in prigione fino a quando non sarà espulso. Ha minacciato Emily e sua figlia davanti a me! Non gliene frega niente dell'autorità e sta degenerando.»

Fletch e il resto della squadra erano seduti attorno al tavolo con il colonnello, a discutere dell'incidente della sera precedente.

«Mi ha detto apertamente che stava organizzando un grande piano, e se dovesse torcere anche solo un capello a Emily o Annie, non posso garantire per la sua incolumità.»

Il colonnello sollevò la mano. «Guarda, capisco che sei incazzato, ma non reagire in modo eccessivo.»

Questa volta fu Hollywood a parlare, le sue parole furono ancora più efficaci perché di solito era il più tranquillo, quello che supportava i compagni di squadra, ma non iniziava mai nulla. «Sono stronzate e lo sa, Signore. Cosa farebbe se fosse *sua* moglie a essere molestata?

Vorrebbe che qualcuno *le* dicesse di non reagire in modo eccessivo?»

«Certo che no, ma se ne stanno occupando.»

Beatle scosse la testa. «Non molto bene. Con tutto il rispetto, Signore, questa cosa deve essere sottoposta ai superiori.»

L'uomo più anziano sospirò e si passò una mano tra i capelli. «Lo so, e sto facendo tutto il possibile. Vi chiedo solo di non fare pazzie. Finora sembra che, a parte il fatto dei soldi, sia bravo solo a parole.»

«Le parole portano ad altra merda» osservò secco Truck.

«Lo so» concesse il colonnello. «Oggi ho un incontro con il generale. Accelererà la questione.»

«E rinchiuderlo fino a quando non sarà tutto finito?» insistette Fletch.

«Sì. Consiglierò vivamente di prenderlo in considerazione.»

Fletch non era contento della conversazione, ma in tutta onestà, non aveva pensato che sarebbe andata in modo diverso. Dopo essere stato bloccato per quanto riguardava Emily, Jacks non aveva fatto nulla che infrangesse la legge. Non c'era niente di male nel presentarsi nello stesso ristorante dove stavano cenando, ma Fletch sapeva che era una tattica di intimidazione da parte dell'altro uomo. O almeno voleva che lo fosse. Purtroppo, o per fortuna, aveva scelto il gruppo sbagliato di uomini da cercare di intimidire. Una cosa era ricattare una madre con una bambina piccola, un'altra era cercare di fare lo stesso con una squadra di soldati della Delta Force... anche se non *sapeva* che lo fossero.

«Apprezziamo qualsiasi cosa possa fare per questa

situazione» disse Ghost, sempre pronto a fare da paciere. Era il motivo per cui era il loro leader, era bravo a socializzare al pari di loro - ma poi poteva voltarsi e pugnalare alla schiena, se necessario.

Quando il colonnello se ne andò, la squadra rimase lì per cercare di capire quale sarebbe stato il loro passo successivo.

«Possiamo solo pestarlo a sangue e finirla lì?» chiese Truck incazzato.

Il fatto che i suoi amici fossero alterati per conto suo e di Emily, contribuì molto a calmare Fletch. «Dobbiamo giocarcela bene. Gli mettiamo addosso Tex e vediamo cosa riesce a trovare, altrimenti dobbiamo mantenere lo status quo» sottolineò Fletch. «Mi accerterò che Em sappia che deve fare attenzione se nota qualcosa di strano. Anche Annie.»

«Dirai ad Annie cosa sta succedendo?» chiese incredulo Truck.

«Non nei dettagli, ma non è stupida. Sa già che sua madre aveva un amico che non era buono e inoltre pericoloso.»

Allo sguardo cupo sul volto di Truck, continuò: «Sul serio, la bambina vive per Nancy Drew e i GI Joe. Lo farò sembrare un gioco per lei, andrà tutto bene.»

«Se ne sei sicuro.»

«Ne sono sicuro, Truck. Non farei nulla per ferire o spaventare quella bambina. Significa il mondo per me. Non farei *nulla* per scombussolarla psicologicamente.»

I suoi compagni di squadra annuirono, sapendo che Fletch stava parlando col cuore.

«Ho bisogno di un favore, però.»

«Certo.»

«Puoi contarci.»

«Qualunque cosa.»

Dopo le rassicurazioni dei suoi amici, si sentì riconoscente per la milionesima volta per il fatto di avere il privilegio di lavorare con quegli uomini. «Ho bisogno che qualcuno, o un paio di voi, faccia compagnia ad Annie per un giorno, e sarebbe meglio il prima possibile.»

Vedendo i ghigni e i sorrisetti compiaciuti, Fletch si rese conto che i suoi amici sapevano esattamente perché lo stava chiedendo.

«Vuoi muoverti in quel senso, eh?» chiese Hollywood.

«Accidenti, sì. Ma so che Em sarebbe a disagio se Annie fosse nei paraggi. Ho bisogno che capisca quanto significhi per me... e non posso farlo se c'è la possibilità che sua figlia ci interrompa.»

Tutti attorno al tavolo annuirono, e Fletch si rilassò. Era pronto a difendere la progressione della sua relazione con Emily, se necessario, ma non avrebbe dovuto preoccuparsi. Dopo che il team aveva visto ciò che avevano passato Ghost e Rayne, e come Fletch si era comportato con Emily la notte in cui stava male, tutti avevano capito che lei era quella giusta per il loro amico.

«Che ne dici di questo fine settimana? C'è quella fiera alla base. Potremmo portarla lì» suggerì Blade.

«Sì, e le piacciono le cose militari, giusto? Potremmo mostrarle il museo» aggiunse Beatle.

«E che ne dite dei campi di addestramento? Si divertirebbe di sicuro da matti con la corsa a ostacoli, vero?» intervenne Truck.

«Grazie ragazzi, lo adorerà.»

«Pensi che Emily sarà d'accordo?» chiese Ghost in tono

serio. «È successo tutto in breve tempo, e non ci conosce ancora tanto bene.»

Era una domanda legittima. «Sì, credo di sì. Le parlerò. Sa che vi affiderei la mia vita, quindi penso che sarà d'accordo. Le farò capire che le uniche persone con cui Annie è più al sicuro, oltre a me e lei, siete voi.»

«Tutto programmato, allora» affermò Beatle deciso. «Qualcos'altro?»

«Per ora no. Grazie.»

«Dai, il colonnello vuole che esaminiamo le ultime informazioni dal dipartimento di stato, e diamo le nostre opinioni. Abbiamo una lunga giornata da passare a rivedere la pessima sorveglianza e i video satellitari» disse Ghost al gruppo, alzandosi.

Tutti gemettero, ma non protestarono. In realtà, vivevano per quel tipo di cose e non vedevano l'ora di addentrarsi nel mondo dello spionaggio, e impedire ai terroristi di compiere i loro patetici tentativi di far del male agli altri.

Più tardi, quella sera, dopo aver cenato e avuto una vivace conversazione con Annie, che ha descritto minuziosamente come un'ape produce il miele, usando molti gesti delle mani e rumori ronzanti, quando le è stato chiesto cosa aveva imparato a scuola quel giorno, Emily si sedette sul suo letto e cercò di pensare al modo migliore per spiegarle tutto ciò che stava succedendo.

«Come va, piccola?»

«Bene, mamma.»

«Ti piace vivere a casa di Fletch?»

Annie annuì con forza.

«E ti piace Fletch?»

«Sì. È davvero intelligente e faccio colazione con lui ogni mattina.»

Emily sorrise alla figlia, e le passò la mano sui capelli biondi, con amore. «Anche a me piace Fletch.»

«Ma non ti è sempre piaciuto.»

Emily non avrebbe dovuto essere sorpresa dalle parole della sua bambina, ma lo era. «Ecco come stanno le cose, piccola. Quell'altro uomo... sai di quale sto parlando, vero? Quello da cui ti ho detto di scappare se l'avessi visto?»

Annie annuì seria.

«Be', mi stava dicendo cose cattive su Fletch. Cose che non erano vere. Mi vergogno di ammettere di aver fatto un errore e di non aver chiesto a lui di parlarne. Ho solo creduto all'altro uomo.»

«Tipo pettegolezzi?»

Emily annuì, ricordando ciò di cui avevano parlato all'inizio di quell'anno, quando Annie era tornata a casa da scuola, raccontando storie sulla mamma di un bambino, che aveva sentito per caso da alcune insegnanti durante la ricreazione. Aveva spiegato che i pettegolezzi, a volte, possono non essere veri e molto offensivi per la persona di cui si parla. «Esatto. Ho ascoltato i pettegolezzi quando invece non avrei dovuto.»

«Ma ti piace di nuovo, quindi adesso è tutto a posto, vero?»

«Esatto.»

«Lo sposerai?»

Emily rise. «Che ne dici se inizio andando ad alcuni appuntamenti con lui?»

Annie inclinò la testa e ci pensò, poi proclamò «Dieci.»

«Dieci cosa?»

«Dieci appuntamenti. Poi puoi sposarlo. Ma non indosserò un vestito. Voglio indossare un'uniforme dell'esercito.»

«Che ne dici se facciamo così» propose Emily, sapendo che era meglio non dargliela vinta. Se fosse stata d'accordo, sapeva che Annie avrebbe richiesto un matrimonio, esattamente dopo dieci appuntamenti. «Esco con Fletch, e dopo dieci appuntamenti ti aggiornerò su come sta andando. Ok?»

«E il vestito?»

Emily si chinò per baciare Annie. «E ti prometto, che se Fletch e io ci sposeremo, non dovrai indossare un vestito. Potrai mettere ciò che vuoi.»

«Ti voglio bene mamma. Sembri felice.»

«*Sono* felice, piccola. Vado a chiamare Fletch così può leggerti il libro. Ti voglio bene.»

———

Fletch sorrise ad Annie. Emily lo aveva chiamato di sopra e aveva lasciato lui e sua figlia soli, per la loro nuova routine. Le piaceva quando le leggeva qualcosa dall'ultima versione del *Manuale di sopravvivenza dell'esercito*. Aveva terminato il capitolo quattordici sulle tecniche di sopravvivenza tropicale – comprese le cose su come trovare acqua e cibo e quali piante evitare – e aveva lasciato lì il libro perché Annie lo potesse leggere da sola, durante il rituale "rimango sveglia fino a quando voglio, se leggo". La baciò sulla fronte e disse: «Buona notte, scricciolo. Ci vediamo domani mattina.»

La bambina non rispose, era troppo concentrata a

scoprire come si distingue una pianta commestibile da una velenosa.

Fletch entrò nel soggiorno e si sedette sul divano, e si mise a guardare una replica di *Seinfeld* con Emily. Era diventata una consuetudine per loro negli ultimi giorni, dopo aver scoperto che entrambi amavano quel telefilm. Erano dispiaciuti del fatto che la serie fosse finita, ma avevano deciso che era stato meglio così. La cosa peggiore per i bei programmi, o una serie di libri, era quando si trascinavano troppo a lungo.

«Sabato i ragazzi portano Annie alla fiera che si tiene alla base» Fletch informò Emily. «Trascorreranno la giornata con lei, e si accerteranno che sia al sicuro per tutto il tempo.» Sapeva che non avrebbe messo in dubbio le sue parole, erano un dato di fatto.

«Davvero? Perché?»

«Perché è arrivato il momento. Perché ti voglio tutta per me, e quello è sembrato il modo migliore per avere ciò che desidero.»

Emily rimase in silenzio per un attimo e Fletch la vide rimuginare sulle sue parole. Lo guardò con la coda dell'occhio, poi tornò a guardare la televisione. «Per tutto il giorno?»

Fletch fece un sorrisetto. «Sì, Em. Per tutto il giorno. Penso che il loro piano sia di venire a prenderla alle undici, poi portarla a cena dopo la fiera. La riporteranno a casa verso sera.»

Questa volta Emily si morse il labbro, e la vide dimenarsi sul divano come se fosse a disagio. Sembrava voler dire qualcosa, ma esitava.

«Di' quello che stai pensando. Se hai dei ripensamenti su di noi, non aver paura di dirmelo.»

«Non è quello» sbottò Emily. Rinunciò a far finta di guardare la sitcom e si girò, in modo da guardarlo in faccia, infilando una gamba sotto di sé mentre si spostava. «Io... è perfetto. Mi sono scervellata per capire come avremmo potuto fare. Voglio dire, non mi sentivo a mio agio con l'idea di sgattaiolare nel corridoio dopo che Annie si fosse addormentata, come se fossi al liceo, o farlo qui sul divano mentre lei è di sopra. So che hai detto che volevi farlo nel tuo letto, ma avevo pensato che, dopotutto, avremmo dovuto ricorrere al pick-up.»

Sollevato più di quanto riuscisse a esprimerlo a parole, Fletch si rilassò. «Non voglio assolutamente che proviamo ansia per questa cosa, Em. Il pensiero di Annie che ci becca è qualcosa che non credo riuscirei mai a superare, anche dopo anni che stiamo insieme, ma la nostra prima volta dovrebbe essere divertente ed eccitante. Non voglio che pensi a nient'altro che a come ti faccio sentire.» Fletch aveva accennato intenzionalmente al fatto di essere ancora insieme in futuro, e fu felicissimo quando vide che ciò non sembrò affatto turbarla.

«Devo annotarlo sulla mia agenda?»

Fletch vi lesse il sarcasmo forte e chiaro e ridacchiò. «Non importa se lo fai o meno... succederà comunque.»

Emily gli sorrise felice. «Grazie. Giuro, mi sento come se avessi passato metà della mia vita a ringraziarti per quello o quell'altro, ma sul serio, mi piacerebbe trascorrere la giornata con te. Anche se dovessimo solo stare seduti come ora. C'è qualcosa di... tranquillizzante nello starti vicino. Come se non dovessi preoccuparmi di nulla, perché ti prenderai cura di tutto. Di me.»

«Lo farò, e anche di Annie. Sei una mia responsabilità adesso, che prendo molto sul serio.»

«Non voglio essere una responsabilità, Fletch» protestò Emily, aggrottando le sopracciglia.

«Mi sono espresso male. Non lo intendo affatto in senso negativo. È una bella sensazione, qui» le disse, posandosi un pugno sul petto. «Mi piace sapere che sarai qui a casa mia quando torno dal lavoro. Quando Annie urla il mio nome e corre alla porta appena entro... non potrai mai capire quanto significhi per me. Il pensiero che vi possa accadere qualsiasi cosa, mi fa impazzire. Ma mi uccide anche la paura di fare o dire qualcosa che ti ferisca. Intendo *quel* tipo di responsabilità. Quella che mi fa venire voglia di essere un uomo migliore. Una figura maschile migliore nella vita di Annie. Un amante migliore.»

«Oh.» La parola uscì come un sussurro ed Emily lo fissò dall'altra parte del divano.

«Non vedo l'ora che arrivi sabato.» Le sue parole erano l'eufemismo del secolo, ma sembrava che Emily fosse sulla stessa lunghezza d'onda.

«Anch'io. Ma ora sono nervosa.»

«Non esserlo.»

«Fletch, non puoi semplicemente dire a una donna che passerai la giornata a sconvolgere il suo mondo, e aspettarti che non sia un po' ansiosa.»

Lui ridacchiò. «Non sono affatto nervoso.»

Emily sbuffò. «Be', grazie, perché hai l'aspetto di un "Ken" vivente. Addominali perfetti, gambe perfette, nemmeno un grammo di...»

Fletch interruppe le parole di Emily piegandosi verso di lei e afferrandola sotto le braccia, per poi stendersi trascinandola con sé.

«Fletch! Che cosa stai facendo?» lo rimproverò, ridendo.

«Non hai nulla di cui preoccuparti, donna» ringhiò, tenendola contro di lui, facendole sentire quanto fosse duro e quanto la desiderasse. «Non ne abbiamo parlato... non volevo tirarlo fuori perché sapevo che saresti stata imbarazzata, ma ti ho vista quasi nuda, Em.» Ignorò il suo sussulto e continuò. «Quella sera, quando stavi male, abbiamo dovuto abbassarti la temperatura, e il modo più veloce era metterti nella vasca. Ti ho stretta tra le braccia mentre rabbrividivi contro di me.»

«Ma... che...» balbettò Emily, guardando dappertutto tranne lui.

«Anche se non stavi mangiando quasi nulla, mi è piaciuto quello che ho visto. Ma di certo non era il momento o il luogo. Sei perfetta per me, Em.»

«Sono troppo magra» protestò.

«Forse, ma sto facendo del mio meglio per risolvere il problema.»

Emily lo guardò per la prima volta e arricciò il naso. «Sì, l'ho notato. Mi fai mangiare in continuazione. Cibo delizioso, che non posso rifiutare.»

Fletch riportò la conversazione su ciò che voleva che lei capisse. «Mi piace il tuo corpo, Em. Ogni centimetro. Adoro il fatto che tu sia molto più minuta di me, mi fa sentire bene essere più grande e più forte di te. Questa cosa potrebbe farmi sembrare un cavernicolo, ma non posso farci niente.»

«E se prendessi cinquanta chili?» chiese Emily, con un pizzico di insolenza.

«Sarò ancora più grosso di te, non importa.» Quando aprì la bocca per dire di nuovo qualcosa di stupido, Fletch attirò i fianchi contro i suoi. Lei ansimò e lui andò dritto al punto. «Lo senti? Sono io che amo ciò che vedo ogni sera, mentre ceniamo, mentre ci sediamo qui e guardiamo la TV, quando ti vedo rimboccare le coperte ad Annie. Non riesco a controllarlo, il mio cazzo ha una mente propria e vuole essere proprio qui, dentro di te. E a partire da questo fine settimana, la mia missione sarà fare in modo che tu ami il tuo corpo quanto lo amo io.»

Sentì Emily rilassarsi nelle sue braccia, e dimenarsi fino a quando il suo cazzo duro si annidò nel punto più dolce tra le sue gambe. Sapeva che era la sua immaginazione, ma Fletch giurò di poter sentire il suo calore attraverso i jeans di entrambi.

«Hai intenzione di baciarmi?»

Fletch le sorrise. «No.»

«Ma non pensi che ormai siamo ben oltre alla fase del bacio?»

«Forse è così, ma l'altra sera ti ho detto che non ti avrei baciato di nuovo, fino a quando non avrei potuto portarti subito nel mio letto, e mi atterrò a quello.»

«Peccato» disse Emily mettendo il broncio.

«Grazie per avermi concesso sabato» le disse Fletch serio.

«Grazie per aver concesso ad *Annie* sabato» ribatté Emily. «Sarà un paradiso per lei. Non solo passerà un po' di tempo alla base, dove ci saranno *soldati reali*, ma sarà con i tuoi amici.»

«La porteranno sul percorso a ostacoli» Fletch la informò con un sorriso.

Lasciò cadere la testa contro il suo petto e gemette: «Grande. Ha parlato del percorso che ha organizzato la sua insegnante di ginnastica per settimane, pensa quanto l'ha adorato. Se la portano su uno vero, non parlerà di altro per tutta la vita. La faranno diventare una GI Jane.»

Fletch sentì il sorriso nella sua voce. Anche se si stava lamentando, non lo faceva sul serio. «Lo adorerà.»

«Lo so.» Emily sollevò la testa e si leccò le labbra, tentandolo inconsapevolmente a rompere la sua promessa di baciarla. «Devo preoccuparmi che tu mi salti addosso nel momento in cui la porta si chiude dietro di lei?»

«Probabile» affermò Fletch, in tono del tutto serio.

«Bene.»

Fletch all'improvviso si rizzò a sedere, stringendo Emily in modo che non si inclinasse e cadesse per terra. «E a tal proposito, è ora che tu vada in camera tua.»

«Sei arrivato al limite?»

«Non ne hai idea, Em. Ti prego, abbi pietà di un povero soldato, ok?»

Emily rise, si alzò dal divano e si allontanò un po' da lui, lanciandogli un bacio e girandosi verso il corridoio. «Ci vediamo domani mattina.»

«Sì, Emily. Ci vediamo.»

Fletch gemette, allungò la mano per sistemarsi non appena lei scomparve dalla vista, e ricadde sul divano. Non era sicuro se ce l'avrebbe fatta a resistere ancora qualche giorno, ma era una dolce agonia. Sorrise mentre si apprestava a guardare la fine del telefilm. In un certo senso, sapeva che il resto della sua vita sarebbe iniziato sabato, e non vedeva l'ora.

CAPITOLO SEDICI

«Farò un giro sulla giostra carosello e la ruota panoramica, e mangerò zucchero filato, e mi guarderò sugli specchi, e poi diventerò un soldato e striscerò nella terra e correrò attraverso le gomme delle ruote!»

Emily sorrise ad Annie che sedeva con pochissima pazienza al bancone della cucina, in attesa che arrivassero Beatle, Blade e Truck per portarla alla fiera. La bambina era ignara degli sguardi che Fletch aveva rivolto alla madre per tutta la mattina. Erano carnali e impazienti allo stesso tempo.

Emily si era presa del tempo in bagno quella mattina, preparandosi e facendosi bella per il suo "appuntamento" con Fletch. Si era depilata con cura le gambe e si era addirittura rifilata l'area pubica. Si era messa un po' di trucco e una lozione profumata, che usava raramente.

Emily si era vestita con cura per sedurre, aveva indossato un paio di jeans e una camicetta provocante. Il pensiero di Fletch che slacciava lentamente ogni bottone, le aveva fatto mordere il labbro con trepidazione.

Aveva scelto un paio di slip rosso brillante e un reggiseno di pizzo coordinato; era push-up, e faceva il suo lavoro, sembrava avesse almeno una taglia in più. Emily si preoccupò per un momento della "pubblicità ingannevole", ma poi decise che Fletch l'aveva già vista poco vestita, quindi sapeva cosa avrebbe trovato. Stava solo preparando tutto l'insieme per lui. Forse aveva ancora bisogno di prendere un po' di peso, ma era l'ultima cosa a cui voleva che Fletch pensasse, quando si sarebbe trovata di fronte a lui.

Il fatto era, che quando era entrata in cucina, circa un'ora dopo rispetto al solito, si era sentita bene. Bella. E lo sguardo negli occhi di Fletch aveva solo confermato quelle sensazioni. Era appoggiato al bancone e ascoltava Annie parlare, ma dopo aver visto Emily, si era subito avvicinato a lei, si era sporto e le aveva sfiorato la guancia con le labbra, poi le aveva sussurrato all'orecchio: «Cazzo, non sono ancora le undici?»

«Sei bella, mamma. Hai un appuntamento?» chiese Annie con la sua innocenza.

Emily lanciò un'occhiata a Fletch, che si era messo le mani in tasca, cercando di nascondere l'erezione, e sorrise a sua figlia. «Sì, piccola. Fletch e io passiamo del tempo insieme, oggi.»

«Bene. Sono due.»

«Due?» chiese lui, con voce sommessa e confusa.

«Non chiedere» gli sussurrò Emily, poi domandò alla figlia, sistemandosi sullo sgabello accanto al suo: «Bene?»

«Sì. Mi piace Fletch. Voglio che sia il mio papà» dichiarò Annie, senza perdere un colpo.

Emily si irrigidì e gli lanciò un'occhiata. Non era sicura di cosa si aspettasse di vedere; shock, forse un po' di terrore, ma lo sguardo sul suo viso mentre guardava Annie era un mix accattivante di piacere e tenerezza, unito al divertimento per la franchezza della bambina. Il pensiero di sua figlia che chiamava Fletch "papà" non suscitò paura nel cuore di Emily, come era successo con altri uomini con cui era uscita negli anni.

Si schiarì la gola. «Anche a me piace Fletch» riuscì a dire con voce roca ad Annie, ignorando, per ora, la faccenda del papà.

«Quando sarò grande diventerò un soldato, proprio come Fletch e i suoi amici. Oggi mi mostreranno tutto quello che devo sapere, per essere come loro, poi ho intenzione di...»

Per una volta nella sua vita, Emily ignorò i discorsi sconclusionati di sua figlia e fissò Fletch. Era bellissimo. Indossava una semplice maglietta e dei jeans, ma gli stavano da Dio. Tutto ciò a cui Emily riuscì a pensare, fu di sfilargli la maglia da sopra la testa e mettere le mani sul suo petto per la prima volta. Era da un po' che voleva vedere i suoi tatuaggi, ma non ne aveva davvero avuto l'opportunità. Sperava che sarebbe successo oggi.

Era a piedi nudi, e lo sguardo con il sopracciglio inarcato che le rivolse quando vide che li guardava, sembrava dire: "Perché mettersi le scarpe se andremo subito a letto nel momento in cui Annie se ne andrà?".

«Che cosa vuoi per colazione, Em?» chiese Fletch, sembrando del tutto normale, il che era fastidioso, perché lei era tutta nervosa ed eccitata.

«Io ho mangiato cereali» la informò Annie. «Fletch ha detto che non dovevo mangiare troppo, per poter lasciare spazio per tutte le porcherie che mangerò oggi alla fiera.»

«Mossa intelligente. Ma ricorda, piccola, se hai intenzione di andare a correre su un percorso a ostacoli, se prima mangi troppo cibo spazzatura, potresti vomitare» la avvertì Emily.

Annie sembrò pensarci un momento, poi disse seria a sua madre: «Sì, ma se vomito, significa che ho lavorato molto duramente. Ho visto dei cartoni animati in cui i soldati lo fanno.»

Emily rise e scosse la testa. Aveva sempre la risposta pronta, ma non le dispiaceva. «È vero, ma è comunque disgustoso.»

«Già...»

Emily sollevò gli occhi su Fletch e vide il sorriso sul suo viso mentre guardava con affetto Annie. Il pensiero che gli importasse di sua figlia quanto lei, le faceva provare una sensazione strana dentro. Sembrava fosse perfetto, anche con i suoi difetti...che, a essere sincera, non sembravano troppo brutti se confrontati con tutte le buone qualità. Sì, era un maniaco della pulizia, era autoritario e voleva sempre fare a modo suo. Non le chiedeva cosa ne pensasse di molte cose, faceva semplicemente ciò che *pensava* fosse la cosa giusta. Ma non sembrava nemmeno stancarsi di ascoltare i discorsi di Annie, e aveva passato ore a leggere per lei. Bellissimo, leale e, si spera, un maestro a letto. Lo avrebbe scoperto presto. Sì, se lo sarebbe preso così com'era.

«Penso che mangerò cereali anch'io» gli rispose.

La guardò. «Sei sicura? Potresti aver bisogno di qualcosa di più per mantenere alta la tua energia oggi.»

Oh, porca miseria, era letale.

Emily mangiò i cereali e guardò Annie tirare fuori i suoi preziosi soldati, ancora nei loro pacchetti, e mettere in atto una goffa scena di guerra. Fletch era in piedi accanto a Emily con una mano sulla sua schiena. La accarezzò e la sfiorò per tutto il tempo in cui Annie chiacchierava con loro. Se il suo tocco sopra la maglia le faceva venire la pelle d'oca ovunque, sapeva che si sarebbe dovuta aspettare una giornata incredibile, quando sua figlia se ne fosse andata.

Alla fine, Annie sentì un'auto fermarsi fuori casa. Fletch alzò gli occhi verso il monitor della telecamera di sicurezza, e vide che erano proprio i suoi accompagnatori per quel giorno. Annuì, dandole il permesso di aprire la porta d'ingresso, e la bambina corse via. Fletch approfittò di essere rimasto da solo con Emily, per chinarsi e succhiarle il lobo dell'orecchio per un momento.

Lei gemette e inclinò la testa di lato, dandogli maggior accesso.

«Aspetta ancora un po', Em. Altri cinque minuti e sarai mia.»

Emily non sapeva come le gambe sarebbero riuscite a tenerla in piedi, ma riuscì a scendere dallo sgabello e a uscire. Salutò i compagni di squadra di Fletch come se non stesse pensando di strapparsi i vestiti e saltare addosso al loro amico, e abbracciò forte Annie.

«Fai la brava oggi, piccola.»

«Ok.»

«Ti voglio bene. Ci vediamo stasera.»

«Divertiti all'appuntamento numero due con Fletch» Annie cantilenò con innocenza, prima di dare un rapido abbraccio a Fletch e poi salire sul sedile posteriore del pick-up.

«Sì, divertiti al tuo *appuntamento*» scherzò Truck.

Emily arrossì, ma non disse nulla, salutò con la mano Annie mentre Beatle saliva sul lato del guidatore e Blade sul sedile anteriore. Truck si sistemò dietro con la bambina, ed Emily continuò a salutare con la mano il veicolo, finché non uscì dal vialetto e scomparve.

Sentì le braccia di Fletch circondarla da dietro e le sue labbra le sfiorarono l'orecchio. «Due, eh?»

«È una lunga storia.»

«Hmm, voglio sentirla, ma, al momento, ho altre cose per la testa. Sto davvero cercando di fare il bravo. Sono così duro, che mi fa male. Vorrei farti un milione di cose contemporaneamente, ma non so da dove cominciare.»

Si girò tra le sue braccia. «Che ne dici di un bacio? Muoio dalla voglia di sentire le tue labbra sulle mie, dall'ultima volta sul portico.»

Non dovette chiederlo due volte. La bocca di Fletch scese sulla sua e si baciarono come se fosse la prima volta... e l'ultima. Quando lui si tirò indietro, stavano entrambi ansimando.

«Wow.»

Fletch non disse una parola, si chinò e sollevò Emily, che gli circondò il collo con le braccia e si tenne stretta, mentre lui si avviava verso la casa.

«Questa scena mi sembra familiare» gli disse seria.

«Ti ho portato dal tuo appartamento a qui in questo modo, quando eri ammalata.»

«Oh, non me lo ricordavo, fino ad ora.»

«Non sono sorpreso, eri annebbiata.»

«È che...» Emily fece una pausa, poi continuò: «È bello. Mi dispiace averlo dimenticato. Nessuno mi ha mai portato così, prima d'ora.»

Fletch la mise in piedi appena dentro la porta, tenendole la mano sulla schiena mentre digitava il codice dell'allarme. Quando ebbe finito, si voltò verso di lei. «Mi piace portarti in braccio. Camicia. Via.»

«Cosa?» Il cambio di argomento fu improvviso ed Emily non era pronta.

«Togliti la camicia.»

«Ma...»

Sembrava che Fletch avesse finito di chiedere perché andò al primo bottone e lo slacciò. Poi il secondo. E il terzo. Emily sorrise. Va bene allora. Lo aiutò partendo dal basso, risalendo fino a quando le loro mani si incontrarono.

Fletch non distolse gli occhi dal suo petto mentre separava la camicetta e gliela spingeva giù dalle spalle. Lei le scrollò, facendola cadere per terra e attese che Fletch dicesse qualcosa.

Rimase zitto. Andò sul bottone dei jeans e slacciò anche quello. Emily dimenò i fianchi e lo aiutò a toglierli, poi li calciò di lato e aspettò di vedere cosa avrebbe fatto dopo.

Aveva scelto la biancheria giusta, perché il suo respiro accelerò visibilmente, e vide le sue pupille dilatarsi così tanto, che riusciva a malapena a vedere l'azzurro degli occhi. Sollevò le mani e le sfiorò in modo lieve il seno con i palmi. Emily ne sentì il calore contro le punte sensibili. I capezzoli si inturgidirono di più nelle coppe del reggiseno, come se volessero raggiungerlo.

«Sei così maledettamente bella, che ho quasi paura di toccarti» sussurrò Fletch.

«Sono così esile.»

«Sei perfetta.» Non perse più tempo con le parole, si chinò e diede un casto bacio su entrambi i capezzoli. Emily pensò che le sue gambe avrebbero ceduto quando lui prese in mano i seni sollevandoli, seppellì il viso nella sua scollatura e inspirò.

Alzò la testa, e dichiarò: «Hai un profumo delizioso.»

«È la mia lozione.»

«Sì» concordò, «ma sei anche tu.»

Emily allungò una mano dietro di sé per sganciare il reggiseno, pronta a mettere in scena lo spettacolo, ma Fletch la fermò.

«No, è compito mio. E se non andiamo a letto ora, potremmo non arrivarci.»

«Mi andrebbe bene lo stesso.»

«No, volevo vederti di nuovo nel mio letto da quella prima notte. Andiamo.» Fletch si chinò e la sollevò un'altra volta, ed Emily fece uno strillo e rise. Gli avvolse le braccia intorno mentre si avviava verso la camera, si appoggiò a lui e gli succhiò il lobo mentre camminava.

Emily non aveva mai pensato di essere sexy, ma stare tra le braccia di Fletch mentre la trasportava sul suo letto, e sentirlo rabbrividire mentre lo accarezzava e gli stuzzicava il lobo, era esaltante. Era bagnata e più che pronta per lui.

Il materasso rimbalzò quando Fletch la lasciò cadere sopra. Emily rise, mentre lui si toglieva i vestiti. Non interruppe il contatto visivo con lei mentre si slacciava, e lasciava cadere, jeans e boxer. Si tolse la maglietta altrettanto rapidamente e, all'improvviso, era piegato su di lei, prima che riuscisse a vederlo bene tutto.

«Ecco come stanno le cose, non posso andarci piano.» Sentì la sua mano accarezzarle il fianco, poi la pancia mentre continuava a parlare. «Mi sento come se ti stessi aspettando da sempre, come se stessi aspettando da sempre questo momento.»

Emily inarcò la schiena mentre le sue dita si infilavano sotto l'elastico delle mutandine e sfioravano i peli.

«Sei bagnata per me?»

«Sì» gemette, avvolgendo le braccia attorno al collo di Fletch mentre le sue dita continuavano a muoversi e a stuzzicarla, senza toccarla mai dove aveva più bisogno di lui.

«Sei sicura? Perché preferirei affrontare un centinaio di soldati talebani senza un'arma, piuttosto che farti del male.»

«Sono sicura. Toccami e te lo dimostrerò.»

Le parole fecero a malapena in tempo a uscirle di bocca, che le sue dita furono lì. Scivolarono tra le pieghe bagnate con sicurezza, come se l'avesse fatto ogni giorno della sua vita.

«Dio, Em. Sei fradicia.»

«Te l'avevo detto.»

«Tutto per me.» Non era una domanda.

Emily gli rispose comunque. «Sì.» Sollevò i fianchi quando infilò un dito nel suo sesso caldo. L'azione lo spinse più a fondo e gemettero entrambi a quella sensazione.

«Sono passati mesi per me» le disse Fletch, infilandone un altro. «Sono stato impegnato con il lavoro e interessato a una vicina sexy. Dopo averla conosciuta, non ho più avuto il desiderio di stare con qualcun'altra.»

Emily gemette, in estasi. Era bellissimo. Fantastico – ma aveva bisogno di sentirlo di più. Le mutandine limitavano i suoi movimenti, e voleva che Fletch fosse fuori controllo come si sentiva lei in quel momento. Si alzò a sedere, spingendolo indietro e facendo uscire le sue dita.

Mentre faceva scivolare le mutandine giù dai fianchi e le toglieva, gli disse: «Prendo la pillola. Ho mestruazioni abbondanti e crampi fortissimi se non la prendo, ma chiarito questo, non sono stata a letto con nessuno da almeno due anni. Sono stata troppo impegnata anch'io, e, a essere sincera, per quanto ami mia figlia, non favorisce alcun tipo di vita sessuale. Dopo oggi, dovremo essere creativi. Non sono un'esibizionista, ma giuro che se dovremo sgattaiolare fuori mentre sta guardando i GI Joe, lo farò.»

Emily portò la mano dietro per slacciarsi il reggiseno, e Fletch la fermò di nuovo.

«Lascialo. Sdraiati.»

Emily fece come aveva chiesto e lo guardò negli occhi. Era di nuovo piegato su di lei, con la mano tra le sue gambe e la accarezzava più forte, ora che aveva più spazio, sparse i suoi umori fino al clitoride, facendola dimenare sotto di lui.

«Sono pulito, Em. Non ti farei mai del male in quel modo.»

«Anch'io.»

«Ho un preservativo. Lo userò se vuoi.»

«Giuri di essere pulito? Posso immaginare che tu sia stato con molte donne.»

«Lo giuro sulla vita dei miei compagni di squadra, non ho niente, e non riesco a ricordare nessuna di quelle con cui sono stato prima. Da quando una certa donna e la sua bambina sono piombate nella mia vita, i miei unici pensieri sono stati per loro.» Le sorrise, accarezzandola pigramente, prolungando il suo piacere.

«Scopami, Cormac. Ho bisogno di te.»

Fu come se le sue parole avessero spezzato l'autocontrollo a cui si era aggrappato. Si spostò, spingendo per aprirle di più le gambe e infilò appena la punta dentro di lei. Si fermò, trattenendosi, mentre Emily si contorceva sotto di lui. Lei affondò le unghie nei suoi fianchi, cercando di attirarlo.

«Cosa stai aspettando?» ansimò, guardandolo confusa.

«Sto memorizzando questo momento. Il momento in cui mi prendi dentro di te per la prima volta.» Tenendosi su con una mano, usò l'altra per tirare giù le coppe del reggiseno, e spinse i seni verso l'alto. L'aria fresca colpì i suoi capezzoli e li inturgidì di più. Strinse il destro, poi il sinistro, sorridendo quando lei gemette e inarcò la schiena.

«Puoi memorizzare più velocemente?» si lamentò Emily. «Pensavo avessi detto che non potevi andare piano.»

«Una volta entrato del tutto dentro di te, non lo farò.»

Emily non ce la fece più. Usò i suoi muscoli interni per stringere la punta del cazzo di Fletch il più forte possibile. I suoi movimenti, in realtà, lo fecero scivolare fuori, ma lui si spinse di nuovo subito dentro, guadagnando il terreno che aveva perso, e un po' di più.

«Gesù, non hai idea di quanto sia incredibile. Quanto sia incredibile *sentirti* così» disse Fletch a denti stretti. «Vorrei che questo momento non finisse mai, ma finirà troppo in fretta, temo.»

«Quindi dovremo solo farlo di nuovo; abbiamo tutto il giorno» ribatté Emily, usando la punta delle dita per accarezzargli i capezzoli, che diventarono duri all'istante, con l'attenzione che stava dando loro.

«Oh sì, cazzo, mi piace.»

Emily li pizzicò, e lui gemette di piacere mentre sprofondava nel suo corpo. Sentì un po' male, dato che non lo faceva da tempo, ma il lieve disagio sparì in fretta, mentre si adattava alle sue dimensioni. Si dimenò sotto di lui, allargò le gambe e sollevò le ginocchia piegandole sul proprio corpo, permettendogli di spingersi ancora più in profondità. Emily sentì le sue palle, calde e pesanti, contro il sedere e inarcò la schiena, esponendo il collo.

Senza aprire gli occhi, lo esortò: «Scopami, Fletch. Fammi tua.»

«*Sei* mia, Em» ringhiò Fletch.

Si tirò indietro, e la sua prima spinta fece gemere Emily quando toccò il fondo. dopodiché, non fu più possibile fermare il treno su cui si trovavano. Stavano andando a tutta velocità e nulla li avrebbe fermati, fino a quando non avessero finito.

Fletch era un'amante premuroso, le accarezzava e stringeva i seni mentre la scopava con forza. Teneva gli occhi fissi sul suo viso, e adeguava le spinte per essere sicuro di strofinare il più possibile il clitoride.

«Non durerò molto, sei dannatamente troppo perfetta» ringhiò Fletch, fermandosi per un momento.

Emily giurò di sentirlo pulsare dentro di lei. Si sentiva in fiamme e quasi ammaccata, ma, allo stesso tempo, eccitata.

Fletch portò la mano verso il punto in cui erano uniti e accarezzò una volta il clitoride con il pollice. Emily sussultò nella sua stretta e lui ricominciò a spingersi in lei. «Sì, così, Em. Cazzo, sei stupenda.»

Emily si contorse, frustrata dal fatto che Fletch non facesse abbastanza pressione sul clitoride, da permetterle di raggiungere l'orgasmo. Scacciò la sua mano e prese il controllo. L'orgasmo era proprio a un passo, e che fosse dannata, se non lo avrebbe raggiunto insieme a lui, la loro prima volta.

«Oh, sì, è così sexy. Fammi vedere come ti piace. Duro e veloce, eh? Dio, non hai idea di cosa mi stai facendo. Così... fallo da sola. Fammelo sentire. Non aspettarmi, Em.»

Emily riusciva a malapena a capire ciò che le stava

dicendo. Era persa nelle sensazioni. Si masturbava regolarmente... si era toccata in quel modo immaginando proprio ciò che lui stava facendo ora... ma adesso, era molto meglio. Ed era *molto* meglio avere un vero cazzo dentro di lei, piuttosto che uno di plastica. Fletch era caldo e duro, e le sue mani che la tenevano ferma mentre si spingeva in lei, non facevano altro che aumentare il suo piacere.

«Più forte, Fletch. Più forte!»

Sorprendentemente, obbedì. Sentì i suoi fianchi sbattere contro le cosce mentre scivolava dentro e fuori. Chiuse gli occhi, ma li aprì sentendo le sue parole dure: «Guardami, Em. Voglio che mi guardi la prima volta che vieni insieme a me.»

Emily abbassò lo sguardo dove erano uniti. Con il dito medio e l'indice sfregava freneticamente il clitoride e poteva vedere l'uccello di Fletch entrare e uscire, lucido dei suoi umori.

Sollevò gli occhi su di lui nel momento esatto in cui si sentì raggiungere il culmine. Gemette, e riuscì a malapena a tenerli aperti mentre continuava a scoparla. Si contorse sotto di lui, e lo strinse con i muscoli che si contraevano nell'orgasmo. Emily si afferrò con la mano libera a uno dei suoi bicipiti e si inarcò, mentre *la petit mort* continuava a travolgerle il corpo.

Fu una delle cose più intime che avesse mai fatto con qualcuno in vita sua. Era. Stato. Favoloso.

E non era nemmeno finito.

«Sei così dannatamente bella, Em. Ti ho proprio sentita scioglierti sul mio cazzo.» Le spinte di Fletch continuavano a essere dure, ma percepì la differenza. Adesso scivolava dentro e fuori più facilmente, l'orgasmo aveva agevolato il movimento.

«Sto per venire, ti riempirò del mio sperma. Ora sei mia, Em. Mia. Ti marchierò, dentro e fuori.»

Fletch gemette e si bloccò profondamente dentro di lei mentre veniva.

Emily sorrise, pensando che avesse finito, e si rilassò.

Sussultò di sorpresa quando Fletch uscì di colpo dal suo corpo e tenne l'uccello sopra la sua pancia. Si accarezzò su e giù per far uscire altro sperma, e lei sospirò alla carnalità del gesto. Fletch, continuando a tenere il cazzo in mano, si sistemò tra le sue pieghe e riuscì a spingersi di nuovo dentro, anche se il suo corpo che si stava indebolendo lavorava contro di lui. Si sdraiò sopra di lei, senza preoccuparsi del caos che le aveva fatto sulla pancia.

Emily sospirò felice, e gli avvolse le braccia intorno al corpo. Rimasero così per diversi minuti, respirando in sincronia, godendosi gli strascichi di quei mostruosi orgasmi.

Alla fine, Fletch si sollevò sui gomiti e le sorrise con affetto. «Su una scala da uno a dieci, è stato decisamente un dodici.»

Emily gli sorrise. «Stavo per dire un quindici.»

«Mi va bene anche quello. Grazie Em.»

«Per cosa?»

«Per aver fiducia in me. Per essere qui. Per avermi dato il tuo corpo. Per tutto.»

«Prego. Ma sul serio, penso che dovrei essere io a ringraziare di nuovo *te*...» Emily abbassò lo sguardo sulla pancia, ora imbrattata dal suo orgasmo. «Perché l'hai fatto?» Al suo sguardo mortificato, si affrettò a rassicurarlo. «Non mi sto lamentando, chiedevo solo.»

Fletch si sollevò di più, ed entrambi gemettero quando il movimento lo fece uscire da lei. Le accarezzò la pancia con la mano, massaggiando il suo seme sulla pelle. «Non lo so. Volevo solo vedermi su di te.»

«Gli uomini sono proprio visivi, eh?»

«Sì, ma è più di quello. Sono venuto dentro di te, ma volevo marchiarti anche fuori.»

Emily gli sorrise. Era un soldato tosto, ma sembrava anche un adolescente eccitato. La contrapposizione era affascinante da morire. «Ok.»

«Ok?»

«Sì, ok. Sai cosa significa, vero?»

«Che cosa?»

«Che ora dobbiamo fare la doccia.»

«Oh sì, dobbiamo assolutamente farla.»

Emily sentì il suo "interesse" contro la parte interna della coscia e lo guardò sorpresa. «Sul serio? Già?»

«Ho la sensazione che avrà una mente propria quando si tratta di te.»

«Che ore sono?»

Fletch si sporse e guardò l'orologio sul comodino. «Le undici e mezza.»

Emily ridacchiò. «Avevi ragione, non ci è voluto molto.»

«Ehi, ti avevo avvertita.»

«Già.»

«Ma ora che abbiamo allentato la tensione, ci resta un sacco di tempo per altre cose.»

«Come ho già detto, è passato un bel po' per me.»

Fletch le accarezzò un lato della guancia per un momento. «Lo so, e non capirai mai quanto te ne sono grato e riconoscente. Sono un fortunato figlio di puttana, e lo so. Ci sono un sacco di altre cose che possiamo fare se sei troppo dolorante. Non vedo l'ora di assaggiarti e sentirti esplodere sulla mia lingua. Ma devo dirti che, non ho minimamente finito con te, abbiamo delle ore prima che Annie torni, e ho intenzione di approfittare di ogni secondo.»

Emily alzò lo sguardo sull'uomo che le aveva cambiato la vita. Aveva cercato di odiarlo, di pensare al peggio, ma alla fine, nel profondo, sapeva che era un brav'uomo, e non lo stronzo che Jacks aveva cercato di farle credere che fosse.

«Dai.» Fletch si mise a sedere. «Tiriamoti fuori da questo strumento di tortura.» Indicò il reggiseno, che era ancora ammucchiato sotto le curve dei suoi seni, spingendoli verso l'alto, ed esponendo i capezzoli in un modo che gli faceva desiderare di passare ore a mostrarle quanto amava il suo corpo. «E facciamo quella doccia. Hai mai fatto sesso in doccia?»

Emily ruotò gli occhi e scosse la testa. «Sembra complicato.»

«Non credo proprio. Nemmeno io l'ho mai fatto, sarà la prima volta per entrambi. Non sono troppo più alto di te, quindi, penso che funzionerà.»

Emily si alzò e si liberò del reggiseno di pizzo, godendosi lo sguardo appassionato che Fletch rivolse al suo corpo mentre lo offriva alla sua vista. «Ti aspetti che io creda che non hai mai fatto sesso sotto la doccia?»

Emily giurò di aver visto un leggero rossore apparire sulle sue guance, prima che rispondesse: «Be', esclusi gli orgasmi che mi sono procurato da solo, mi sembrava sempre troppo intimo. Prima di te, non ero molto interessato a quel genere di cose. Adesso andiamo, prima che ti ributti su quel letto per non alzarci mai più.»

«Non mi lamenterei, anche se il letto sarà umido.»

Fletch si sporse in avanti e le prese la testa tra le mani. «Non ho problemi con il letto umido, Em. Assolutamente. Perché significa che siamo stati entrambi soddisfatti.» Le sorrise. «Non puoi arrossire.»

«Zitto. Staremo qui tutto il giorno, o cosa?»

«O cosa.»

Emily sorrise mentre Fletch la conduceva in bagno. Sarebbe stata una giornata lunga e deliziosa, e non vedeva l'ora.

————

Quella sera, mentre Annie continuava a chiacchierare sulla meravigliosa giornata che aveva trascorso, di tutte le giostre su cui era salita, del cibo che aveva mangiato e di come le avevano dipinto il viso come un *vero e proprio* soldato, Emily cercò di ignorare i nuovi dolorini e fitte che sentiva sul suo corpo. Ogni volta che si spostava sulla sedia, le veniva ricordato con che ardore l'aveva amata Fletch, per tutto il giorno.

Dopo la terza volta, aveva protestato di essere troppo dolorante per continuare. Fletch non aveva nemmeno discusso, l'aveva semplicemente divorata fino a quando non era esplosa sulle sue dita e sulla lingua. Aveva ricambiato, e scoperto che fare un pompino a Fletch era di per sé un'esperienza. In passato, non le era mai piaciuto particolarmente farli, ma lui lo aveva reso divertente e si era sentita più potente che mai, nel vedere le sue ginocchia cedere, mentre lo faceva venire.

Tutto sommato, la giornata era stata fantastica. Fletch era un amante premuroso e attento. Dava più di ciò che riceveva. E tra un amplesso e l'altro, si erano accoccolati nel suo letto, sul divano, anche nel portico sul retro per un po'. Era stato quasi travolgente, ma l'aveva avvertita che una volta che faceva sul serio, lo faceva *completamente*. Non aveva mentito. Niente affatto.

Quando Annie si calmò, Emily guardò Fletch. Le stava osservando, sorridendo, come se non potesse immaginare di trovarsi altrove se non dov'era in quel momento. Emily pensò tra sé e sé che il sentimento era del tutto reciproco.

CAPITOLO DICIASSETTE

EMILY SI INGINOCCHIÒ DAVANTI a sua figlia e fece finta di lisciare alcune pieghe sulla sua maglietta. Voleva proprio trovarsi faccia a faccia con Annie, in modo da poter valutare meglio la sua reazione.

«Sei eccitata per oggi?»

«Sì, sì.»

Emily la guardò a lungo negli occhi, cercando di capire cosa stesse pensando la bambina. Stavano per andare una giornata ad Austin... Fletch aveva voluto portarle per un doppio appuntamento. Lei aveva cercato di dissuaderlo, dicendo che Annie sarebbe stata altrettanto felice di andare da McDonald's con loro, un giorno, ma aveva rifiutato qualsiasi ulteriore argomentazione da parte sua dicendo: «Se sono disposto a spendere tempo ed energie per sua madre, perché non dovrei voler fare lo stesso per lei?»

Ma la preoccupazione di Emily non era tanto per il fatto che sua figlia ingerisse un po' troppi zuccheri e fosse sovraeccitata tutto il giorno. Annie era già molto legata a

Fletch, un conto era che Emily rimanesse ferita se la loro relazione fosse finita, un altro, che soffrisse *Annie*, se le cose non avessero funzionato.

«Ricordi quando sono uscita con Rodney qualche volta?» chiese Emily alla figlia.

«Quando eravamo nell'altra casa» disse Annie, annuendo seria.

«Esatto. E ti piaceva anche lui. Ma gli adulti, a volte, si frequentano e non si sposano. So che ti piace Fletch e vuoi che ci sposiamo, ma non sempre succede.»

«Una volta Rodney mi ha detto che quando tu e lui vi sareste sposati, sarei stata mandata in un collegio» disse Annie a sua madre, con un'espressione seria che non accennava minimamente al fatto che stesse scherzando.

«Che cosa ha fatto? *Quando?*»

La bambina annuì. «Era venuto a prenderti per portarti in quel posto strano dove cantano, e non eri ancora pronta.»

Emily sentì le lacrime dietro le palpebre, ma le trattenne. Mise una mano sulla guancia di Annie. «All'opera?»

Lei annuì.

Si sentì stringere il cuore, sapendo esattamente quando Rodney glielo aveva detto. Lei era di sopra a finire di prepararsi quando lui era arrivato. Non avrebbe mai immaginato che avrebbe detto qualcosa di così orribile a sua figlia. «Non ti manderei mai da nessuna parte, piccola. Noi resteremo sempre insieme. Sempre. Non ti manderei mai in un collegio. Mai.»

Annie annuì seria. «Lo so. L'ho detto a Rodney, ma lui ha riso di me.»

Emily la abbracciò, odiando il fatto di averlo saputo solo ora. Si tirò indietro e le strinse forte le spalle. «Annie.

Ascoltami. Ti voglio bene. Sei tutto per me. E non mi piace che tu me lo abbia tenuto nascosto.»

«Lo so, mamma.»

«Ti ha detto di non dirmelo?»

Lei scosse la testa. «No. Ma non è stato un problema. Te lo stavo per dire, ma poi hai smesso di uscire con lui, quindi non ho dovuto farlo.»

Osservò dubbiosa la figlia. C'era ancora qualcosa che non le stava dicendo. «Siamo usciti solo un'altra volta, dopo di quella.»

«Lo so.»

«Che cosa hai fatto?»

La bambina si morse il labbro e distolse lo sguardo dalla madre.

«Annie. Guardami.» Attese che la guardasse di nuovo negli occhi. «Che cosa hai fatto?»

«Non volevo essere mandata via. Non pensavo che l'avresti fatto e mi sembrava che lui non ti piacesse davvero. Aveva un odore strano, come il cibo fritto, e hai sempre detto che le cose fritte non andavano bene per noi. Il tuo capo ha chiamato e sei andata in camera tua per rispondere.»

«Continua» insistette Emily quando Annie fece una pausa.

«Gli ho solo detto quanto fosse dura essere bambini» protestò, i suoi piccoli occhi si stavano inumidendo, ovviamente temendo che sua madre si sarebbe arrabbiata con lei. «Gli ho detto di quando ho avuto gli insetti tra i capelli, e che dovevi aiutarmi sempre con i compiti. E di quella volta che mi sono ammalata e ho vomitato su tutto il letto e su di te. E poi gli ho detto quanto amo cantare in pubblico, e che non vedevo l'ora di poter essere abbastanza grande per fare un pigiama party con tutte e dieci le mie migliori amiche, e che Chuck E. Cheese è il mio posto preferito al mondo in cui mangiare.»

Emily avrebbe voluto ridere, ma si trattenne. Aveva già deciso che le cose tra lei e Rodney non sarebbero andate oltre, ma sembrava che sua figlia lo avesse aiutato a lasciarla, piuttosto che il contrario.

«Ann Elizabeth. Sai bene che non si fanno cose del genere.»

Annie fece il broncio e guardò a terra. Le sue parole uscirono in un piccolo sussurro. «Non volevo che tu lo amassi più di me e mi mandassi via.»

Ogni traccia di divertimento che Emily poteva aver provato, fu spazzata via in un istante. C'erano volte in cui si dimenticava che Annie aveva solo sei anni. Mise le dita sotto il mento della figlia e le sollevò la testa, finché non si guardarono negli occhi. «Non ti manderò mai via, qualsiasi cosa succeda. Ti voglio bene, piccola, sei la cosa migliore che mi sia mai capitata. Nessun uomo si metterà mai tra noi. Mai.»

Annie tirò su con il naso e se lo asciugò con il dorso della mano. «Promesso?»

«Giurin giurello.» Emily allungò la mano e sorrise quando Annie agganciò il dito mignolo al suo. «Quindi, riguardo a oggi, mi piace Fletch e sono abbastanza sicura di piacere a lui. Ma a volte gli adulti si piacciono e, dopo essersi frequentati un po', decidono che non si piacciono più tanto.»

«Come i genitori di Tommy. Non vivono più nella stessa casa. Trascorre i giorni di scuola con la sua mamma e i fine settimana con il suo papà.»

«Più o meno, sì» concordò Emily.

«Ma hai già avuto quattro appuntamenti con Fletch. Penso che gli piaci.»

Emily sorrise. «Voglio che ti diverta oggi, ma vorrei anche che ti rendessi conto che non ci stiamo per sposare. Almeno non adesso. L'ultima cosa al mondo che voglio è che tu rimanga delusa se non dovesse succedere mai. Va bene?»

«Va bene. Ma, mamma?»

«Sì, piccola?»

Annie si chinò verso la madre e sussurrò: «Ho una bella sensazione riguardo a Fletch.»

Emily rise e scosse la testa. Ci aveva provato. Si alzò, facendo una smorfia per lo scricchiolio nelle ginocchia. «Cosa ti eccita di più per oggi?»

Stavano andando al *Millennium Youth Entertainment Complex* di East Austin. Era un enorme edificio che conteneva un cinema, il bowling, la pista di pattinaggio, cibo e persino una sala giochi. Emily sapeva che sarebbe stata una giornata estenuante, sia per Annie, sia per lei, ma quando Fletch l'aveva suggerito – e sembrava così entusiasta per averci pensato – non aveva avuto il coraggio di rifiutare. L'uomo non aveva idea in cosa si stava cacciando. Proprio nessuna. Prima aveva suggerito il laser game, ma Emily lo aveva vietato. Per quanto sapesse che Annie l'avrebbe adorato, pensava che sua figlia fosse ancora un po' troppo giovane per correre in giro e cercare di sparare alla gente.

«Il pattinaggio a rotelle. Non l'ho mai fatto prima» disse Annie.

«Pensi di poter riuscire a stare in piedi e non cadere?»

Annie scrollò le spalle e si voltò verso lo specchio, prese la sua spazzola e se la passò tra i capelli. «Non lo so, ma Fletch sarà lì per aiutarmi.»

Emily non poteva dire niente riguardo a quello. «E il bowling? Ti piace?»

«Sì. Io e Fletch abbiamo fatto una scommessa.»

«Che cosa? Che tipo di scommessa?» le chiese. A quanto pare avrebbe dovuto parlare con lui di alcune cose.

«Credo che non sia proprio una scommessa, dato che gli hai detto che non gli era permesso farlo per tutta la sua vita, ma ha detto che io e te insieme non saremmo riuscite a batterlo.»

«Ah, sì, eh?» disse, chinandosi per abbracciare di nuovo Annie. Mise il viso accanto a quello della figlia e si guardarono entrambe allo specchio. «Non gli hai detto che ti ho portato alla serata di bowling gratuita per famiglie da quando avevi tre anni, vero?»

«No.»

Si sorrisero.

«Oh, lo stenderemo.» disse Emily.

«Già.»

Madre e figlia si scambiarono un sorrisetto. Sarà divertente.

———

Emily guardò Fletch "istruire" Annie su come giocare a bowling. Erano arrivati al complesso di intrattenimento e avevano iniziato mangiando qualcosa. Non era stato lungo il viaggio in auto per arrivare ad Austin, ma ovviamente, ad Annie, era venuta fame. Da quando Fletch aveva scoperto con quanto poco avevano tirato avanti, dal punto di vista del cibo, aveva fatto in modo di avere sempre degli snack sani con sé, e di preparare i pasti per loro. Aveva giurato che nessuna delle due avrebbe mai più sofferto la fame.

Dopo aver mangiato velocemente una porzione di nachos, Annie dichiarò di voler lanciare per prima. Emily sapeva che era perché la bambina sarebbe scoppiata se non avesse potuto "imbrogliare" Fletch presto.

Si erano cambiati le scarpe e avevano trovato una pista vuota. Fletch era in piedi dietro ad Annie, a mostrarle i buchi nella boccia e indicando i birilli in fondo alla pista. Emily cercò di nascondere il suo sorriso dietro la mano, e proprio in quel momento lui si voltò a guardarla.

«Che c'è?»

«Che c'è, *cosa?*» gli rispose, cercando di sembrare innocente.

«Di cosa stai sorridendo?»

Emily pensò in fretta. «Adoro vederti con Annie.»

Fletch si sporse verso la bambina e le disse qualcosa. Annie ricambiò il sorriso e annuì.

Tornando verso Emily, Fletch aveva un'espressione intensa sul viso, che lei non riuscì a decifrare. Le si avvicinò e le mise entrambe le mani sulla vita. Si sporse in avanti e disse con una voce abbastanza alta perché potessero sentire tutte e due: «Hai cresciuto una bambina straordinaria, Em. È divertente, intelligente e sensibile ai sentimenti di chi la circonda.»

Emily sorrise raggiante. Non c'era niente che la facesse stare meglio dentro, che sentire qualcuno complimentarsi con sua figlia.

«È anche subdola, furba e imbrogliona. Proprio come sua madre.»

Cercando di non ridere, dato che aveva ragione, Emily fece del suo meglio per fingere di prendersela. Mise il broncio e cercò di sembrare ferita. «Che cosa intendi?»

«Non farmi quella faccia da cane bastonato. Sai cosa

intendo.» La girò e si mise dietro di lei per guardare Annie nella pista del bowling. Le mise una mano sulla pancia e l'altra sul fianco, la attirò contro di sé ed Emily si accoccolò.

«Dai, Annie, vediamo cosa sai fare» disse alla bambina, che stava praticamente saltellando sul posto, ansiosa di lanciare la boccia per la prima volta.

La guardarono avvicinarsi con sicurezza alla linea della zona di lancio, tenendo la boccia con entrambe le mani, poi la allineò.

«Lo ha già fatto prima» affermò Fletch, mentre osservavano la boccia rotolare con lentezza lungo la pista e buttare giù sette birilli. «Perderò, vero?»

Annie si girò verso di loro con un enorme sorriso. «Vanno bene sette, Fletch?»

«Merda. Perderò di brutto.» Era una dichiarazione, questa volta.

Emily si girò tra le sue braccia e si sporse per dargli un tenero bacio sulle labbra, amando il fatto che si sentisse a proprio agio con le manifestazioni d'affetto in pubblico, e che ogni volta che faceva qualcosa come baciarlo o tenergli la mano, gli occhi di Fletch brillavano di desiderio. «Ti stenderemo, Cormac.»

Un'ora e mezza dopo, Fletch si accasciò sulla sedia sconfitto. «Ragazze, avete vinto. Accidenti, mi avevate battuto già dal primo *spare* di Annie.»

Annie fece la danza della vittoria e lui non riuscì a trattenere la risata. Si chinò e afferrò la bambina, tenendola a testa in giù sulle sue ginocchia e facendole il solletico. Le sue risatine risuonarono nell'affollata pista da bowling, mentre si dimenava e strillava, cercando di allontanarsi dalle agili dita di Fletch.

Alla fine, la rimise dritta, la fece sedere di lato sulle sue ginocchia e guardò Emily.

Vedendo le lacrime nei suoi occhi, cambiò atteggiamento. «Che c'è? Cosa c'è che non va?»

«Niente» lo rassicurò subito, asciugandosi il viso.

«Em, cos'hai?»

«Sono solo... felice, Fletch. Sono lacrime di felicità.»

Comprese ciò che non gli stava dicendo, così si sporse in avanti, con Annie ancora sulle ginocchia, le mise la mano libera dietro il collo, la attirò a sé e la baciò con passione. Il bacio probabilmente non era appropriato per il posto in cui si trovavano, soprattutto considerando come Annie li stesse osservando con attenzione, ma ad Emily non interessò in quel momento.

Posò la fronte contro la sua e sussurrò: «Finché sono lacrime felici, le accetterò, è l'altro tipo che non sopporto.»

«Dai, Fletch. Hai detto che se ti avessi battuto, mi avresti mostrato come si va sui pattini a rotelle» lo implorò Annie, dimenandosi per scendere dalle sue ginocchia.

Fletch si tirò indietro e passò il pollice sotto l'occhio di Emily. Senza distogliere lo sguardo da lei, disse alla bambina: «Certo, folletto. Puoi restituire le nostre scarpe? Poi andremo.»

«Sìì!» strillò Annie per l'eccitazione.

Emily sorrise alla figlia che si sedette a terra per togliersi le scarpe da bowling noleggiate, e poi aspettò con impazienza che lo facessero anche lei e Fletch.

«Staremo proprio qui. Non andare da nessuna parte che non sia il bancone dove restituirle» la avvertì Fletch. «Ti voglio in vista tutto il tempo.»

«Non lo farò!» Lo rassicurò Annie.

Osservarono la bambina avviarsi verso il bancone e mettersi dietro la breve fila.

«Grazie» disse in tono sommesso Emily. «Si sta divertendo un mondo.»

«Mi sento come se dovessi essere io a ringraziare *te*» ribatté serio Fletch. «Non ho davvero mai pensato ai bambini. Non con quello che faccio. Pensavo che fosse un sogno irrealizzabile, o che sarebbero passati molti, molti anni, prima che avessi la possibilità di averne. Oggi è stato bellissimo. Voglio dire, so che Annie è fantastica, ma vederla così, vederla senza nessuna preoccupazione al mondo, è...» La sua voce si spezzò. Si schiarì la gola, poi continuò: «È tutto per me. Mi fa sentire come se ciò che faccio avesse un senso. Vederla felice e spensierata, mi fa capire qualcosa che non avevo mai compreso prima: ogni missione ha uno scopo.»

Emily posò la mano sull'avambraccio tatuato di Fletch. Teneva gli occhi su Annie mentre lei avanzava nella fila. Si protese e lo baciò sulla mascella, poi sulla tempia. Si sporse in avanti in modo da potergli sussurrare all'orecchio: «Sarai molto fortunato stasera.»

Girò la testa così di scatto che Emily non riuscì nemmeno a prendere un respiro prima che le labbra di Fletch fossero sulle sue. Le infilò la lingua in bocca e la prese di nuovo per la nuca, ma questa volta non fu con una tenera carezza, ma per tenerla ferma per il sensuale assalto alla sua bocca.

Non durò abbastanza a lungo, ma Fletch era più che consapevole del fatto che erano seduti in una sala da bowling, circondati da famiglie. Girò la testa di nuovo verso Annie e mormorò. «Puoi giurarci. Mi hai imbrogliato, donna. Me lo devi.»

Emily ridacchiò, e sentì la pelle d'oca sulle braccia mentre il pollice di Fletch le accarezzava il lato del collo. Non aveva tolto la mano, e lei posò la testa sulla sua spalla.

Rimasero seduti così per un po', osservando Annie che restituiva le loro scarpe da bowling e tornava verso di loro, con le braccia piene di quelle normali.

«Ecco qua! Sbrigatevi! Voglio pattinare!»

Il momento di tenerezza era passato, Fletch si raddrizzò sulla sedia *lentamente* e prese gli stivali. Li indossò il più piano possibile, solo per torturare la bambina. Emily seguì l'esempio, fino a quando Annie stava letteralmente saltellando, chiedendo loro di fare più veloci.

Fletch si alzò e tese la mano verso Emily. Il palmo caldo contro il suo gli fece gonfiare il cuore, ma fu la mano più piccola di Annie, quando prese la sua, a farlo sciogliere.

Non era un uomo sentimentale ma, in quel momento, capì che avrebbe fatto tutto ciò che era in suo potere per tenerle con sé.

———

Emily guardò mentre Fletch e Annie pattinavano piano sulla pista di pattinaggio. Appena arrivati, Annie gli aveva lasciato andare la mano il tempo necessario da consentire a entrambi di allacciarsi i pattini e, non appena erano stati assicurati bene, gliel'aveva ripresa.

I due fecero il giro della pista con quelli che sembravano altri cinquemila bambini e adulti. Appoggiata al parapetto di legno, Emily osservò Fletch che allontanava Annie da un ammasso di ragazzini che erano caduti, poi mentre si metteva tra lei e un altro bambino che sfrecciava spericolato intorno all'estremità della pista, senza preoccuparsi di chi si trovava sul suo percorso. E quando gettò indietro la testa e rise di qualcosa che Annie aveva detto, lei sospirò.

Fletch era fantastico. Certo, non era mai uscita prima con un uomo e Annie, ma, in un certo senso, sapeva che non era proprio una cosa normale. Annie era estenuante, era la prima ad ammetterlo. Amava sua figlia, ma le sue domande infinite, la sua energia inesauribile e l'entusiasmo per la vita, e la sua testardaggine, non permettevano affatto una giornata di relax.

Ma guardando Fletch con lei, Emily non avrebbe immaginato che si fosse alzato alle quattro e mezzo per fare allenamento, dopo essere stato sveglio fino alle due per fare l'amore con lei. Quell'uomo era un robot. Era in grado di fare tutto. Ed Emily si stava innamorando di lui.

No. *Era* innamorata di lui.

Il pensiero avrebbe dovuto spaventarla, ma stranamente non lo fece. La gente diceva sempre che quando trovavi la tua anima gemella, lo sapevi e basta. E Emily lo sapeva.

«Mamma! Guardami!» gridò Annie mentre passavano.

«Stai andando alla grande, piccola!» rispose, salutandola con la mano.

Fletch le sorrise pigramente, ma non disse nulla.

«Sono davvero carini» osservò una donna accanto a lei.

«Oh, grazie. Sì.»

«Sembra che il padre penda dalle sue labbra.»

Emily aprì la bocca per spiegare che Fletch non era il padre, ma la richiuse, invece annuì e disse: «Sì, è proprio così.»

«Fortunata» osservò l'altra donna. «Divertitevi.» E si allontanò.

Non aveva corretto la sconosciuta, primo, perché

sembrava troppo complicato, e secondo, perché era bello che qualcuno pensasse che Fletch fosse suo. Era puerile e stupido, ma era così.

Dopo quelli che sembrarono altri cinquanta giri, Annie ne ebbe finalmente abbastanza. I due andarono pattinando dove Emily li stava aspettando, e Fletch aiutò Annie a scavalcare il bordo di legno della pista, sorridendo a Emily mentre la bambina parlava senza sosta.

«Mi hai visto, mamma? È stato divertentissimo! All'inizio non riuscivo a pattinare bene, ma Fletch mi ha aiutato a mantenere l'equilibrio. Hai visto che sapeva andare *all'indietro*? Vorrei riuscirci anch'io, ma Fletch dice che se continuo a fare pratica, ci riuscirò in pochissimo tempo. E poi mi ha lasciata andare, ma è rimasto lì. Lo hai visto? Ce l'ho fatta ad andare da sola! È come quando mi hai insegnato ad andare in bicicletta, avevo paura, ma tu eri lì e hai tenuto la bici finché non sono riuscita a farlo da sola. Quando possiamo venire di nuovo?»

Emily lasciò chiacchierare Annie e guardò Fletch. L'amore dentro di lei sembrò crescere quando le sussurrò "Grazie", e le sue labbra si sollevarono in un sorriso più grande di quanto avesse mai visto prima sul suo viso. Lei sorrise a sua volta e sussurrò: «Fortunati, stasera» indicando se stessa, poi lui.

Emily non pensava che fosse possibile, ma il suo sorriso diventò ancora più grande.

La cabina del pick-up era silenziosa e buia mentre tornavano a casa dopo cena. Fletch aveva posto un veto a Chuck E. Cheese, rifiutandosi di entrare nel famigerato ristorante, conquistando infine Annie, dicendole che tutti i bravi soldati avevano bisogno di mantenere il loro apporto proteico mangiando una bistecca bella grande, almeno una volta alla settimana.

Emily avrebbe dovuto preoccuparsi di quanto fosse bravo Fletch a indurla a fare ciò che era meglio per lei, ma non le importava. Era bello, per una volta, condividere la responsabilità di allevare sua figlia. Molto bello.

«La mamma ha detto che posso indossare gli stivali da combattimento quando vi sposate» annunciò Annie mentre erano sulla I-35, diretti a casa.

Emily quasi si soffocò. Buon Dio. Aprì la bocca per dire qualcosa, anche se non era sicura di cosa, quando lui la anticipò.

«Per me va bene.»

«Fletch» sibilò Emily. «Non incoraggiarla.»

La guardò e disse con voce seria: «Perché no?»

«Vuoi guardare un film?» chiese Emily ad Annie, ignorando Fletch e l'intera conversazione.

«*Small Soldiers*!» urlò la piccola, felice di essere distratta dal suo film preferito. Conosceva ogni parola, e poteva recitarla a memoria in qualsiasi momento.

Emily lo preparò sul tablet e lo consegnò a sua figlia insieme alle cuffie, entrambi forniti da Fletch. Nel giro di dieci minuti, Annie si era addormentata.

«Penso che si sia divertita» gli disse in tono secco Emily, lanciando un'occhiata alla figlia sul sedile posteriore, che dormiva il sonno degli esausti nel suo seggiolino. Stringeva ancora il tablet tra le mani, e la luce del video lampeggiava sulle sue guance.

«Anch'io» disse sottovoce Fletch. «Grazie per avermi permesso di portarvi fuori entrambe.»

«Ci siamo divertite. Ma sai» disse esitante, «non dovresti incoraggiarla.»

«Cosa intendi?»

«La storia del matrimonio. È in quella fase in cui si fissa sulle cose. Non voglio darle una delusione.»

«E se non fosse mia intenzione?»

«Cosa?»

«Darle una delusione.» Il tono di Fletch era basso e urgente. «Mi piaci, Emily. Un sacco. Non sto uscendo con te solo per poter fare sesso. Ho tutte le intenzioni di proseguire questa relazione. Fino in fondo.»

«Fletch...»

«Lo so, è ancora presto. Ma voglio che tu sappia, che non sto scherzando con voi due. Ok?»

«Ok.» Emily avrebbe voluto dire di più, ma non riuscì a farlo.

Fletch le mise una mano sulla gamba, e continuarono il resto del viaggio in un silenzio confortevole.

Quando arrivarono a casa, Annie dormiva ancora profondamente. Fletch si rivolse a Emily. «Mi lascerai aiutarti a metterla a letto?»

«Certo.»

«Poi mi lascerai mettere a letto *te*?»

Gli sorrise e si sporse verso di lui, sfiorando le sue labbra con dolcezza. «Ho detto che stasera saresti stato fortunato, no?»

«Sì» confermò con un sorriso, tenendo le mani sul volante.

«Allora puoi mettermi a letto, dopo.»

Lo sguardo di desiderio nei suoi occhi la fece fremere. Dio, desiderava quell'uomo. I suoi capezzoli si inturgidirono sotto la maglietta, e non voleva altro che mettersi a cavalcioni su di lui, proprio lì nel pick-up, e farselo.

«Siamo a casa?» chiese la voce assonnata di Annie, dal sedile posteriore.

«Sì, folletto. Siamo a *casa*» confermò Fletch, enfatizzando la parola "casa" senza interrompere il contatto visivo con Emily.

«Bene. Ho fame.»

Emily rise allo sguardo di sorpresa negli occhi di Fletch. Per quanto volesse andare subito a letto, ora che Annie era sveglia e a quanto pare affamata, avrebbero dovuto aspettare ancora un po'.

«Presto» gli disse con dolcezza, mentre si slacciava la cintura di sicurezza.

«Presto» concordò lui, mentre scendeva dal pick-up.

———

Diverse ore dopo, Emily giaceva tra le braccia di Fletch, sazia e soddisfatta.

«La più bella giornata di sempre» dichiarò risoluta.

«La più bella giornata di sempre» concordò Fletch, stringendo di più a sé il suo corpo nudo. «Ma ho in programma di fare in modo che ogni giorno, da adesso in poi, sia il migliore in assoluto.»

«Fa pure, soldato» scherzò Emily. «Non sarò io a fermarti.»

Fletch le posò un lieve bacio sulla fronte, poi si sistemò sul materasso. «Non saprai mai più cosa significhi aver fame. Tu e Annie siete al sicuro con me. Farò tutto ciò che è in mio potere per assicurarmi che Jacks non ti avvicini mai più.»

Le sue parole furono in un certo senso inaspettate, ma Emily le assecondò. Si stava abituando a come funzionava la mente di Fletch. «Quello che ha fatto non è stata colpa tua.»

«Sì, e no. Ne abbiamo parlato» affermò lui. «È arrivato a te una volta. È ancora là fuori. Non gli permetterò di avvicinarsi di nuovo.»

«Non sei Dio, Fletch. Non sai cosa accadrà.»

«So che non lo sono, ma te lo prometto, tu e Annie sarete protette.»

«Ok» concordò lei. Sapeva nel suo cuore che non c'era modo che lui potesse garantire la loro sicurezza. Accidenti, la sparatoria nella scuola di Annie lo aveva dimostrato. Le persone erano responsabili delle proprie azioni e, a meno che Fletch non fosse vicino a loro ventiquattro ore su ventiquattro, sette giorni su sette, non poteva garantire nulla.

«Ok» ripeté lui. «Dormi, Em.»

«Buona notte, Fletch. Grazie per questa fantastica giornata. Per me e Annie.»

«Prego. Presto lo faremo di nuovo.»

«Sìì.»

Sorrise contro i capelli di Emily mentre si addormentava tra le sue braccia, e la strinse di più.

Sua. Lei e Annie erano sue.

Si addormentò contento, per la consapevolezza che le due donne più importanti della sua vita, erano al sicuro, sotto il suo tetto.

CAPITOLO DICIOTTO

EMILY SORRISE ASCOLTANDO Annie chiacchierare dal sedile posteriore, mentre tornavano a casa da scuola. Era stato un mese fantastico. Non solo lei e Fletch andavano d'accordo – be', più che d'accordo, a essere sinceri – ma Annie stava sbocciando con tutte le attenzioni da parte di Fletch, e anche dei suoi compagni di squadra.

Dovevano essere creativi per passare del tempo insieme. Emily non si sentiva ancora completamente a suo agio a fare sesso con Annie in casa, ma poiché sua figlia dormiva come un sasso, si sentiva più tranquilla con ogni giorno che passava.

Era già profondamente innamorata di Fletch, e lui sembrava altrettanto felice di stare semplicemente accoccolato a letto con lei, tanto quanto quando facevano l'amore. Non insisteva se lei si sentiva a disagio, ma i momenti in cui *avevano* fatto l'amore erano indimenticabili.

Emily, una notte, si era svegliata senza motivo, ma non era riuscita a resistere dallo svegliare Fletch con un pompino. Dopo pochi minuti, la stava scopando da dietro mentre lei soffocava i gemiti nel cuscino. Era creativo e generoso, e lei non poteva essere più felice di come stava progredendo la loro relazione, fisicamente e in generale.

Non capitava spesso che lei e Annie fossero da sole in casa, se Fletch non poteva essere lì per qualche motivo, mandava uno dei suoi compagni di squadra a stare con loro. Gli altri uomini avevano trascorso parecchio tempo ad ascoltare Annie parlare di ciò che stava imparando a scuola, o a leggerle qualcosa. Per qualche ragione, adorava quando uno dei ragazzi le leggeva qualcosa ad alta voce. Emily sarebbe stata gelosa, ma, in tutta sincerità, le piaceva sentire le loro voci profonde mentre "recitavano" le scene di libri che stavano leggendo.

Ogni volta, dopo aver letto un capitolo di Nancy Drew, Annie voleva discuterne e i ragazzi erano stati molto pazienti nel lasciarla parlare di ciò che Nancy aveva fatto, e di quello che forse avrebbe dovuto fare per tenersi fuori dai guai. Ogni cosa che trattava di spionaggio e autodifesa sembrava affascinare la bambina. Emily avrebbe dovuto essere preoccupata, tranne per il fatto che tutto ciò che le avevano insegnato era adeguato alla sua età.

Era molto toccante per lei, dal momento che Annie non aveva mai avuto alcun tipo di interazione positiva, a lungo termine, con gli uomini nella sua vita. In giro c'erano troppe persone come Jacks e il suo ex padrone di casa.

Una sera, l'aveva spiata, e vederla sul suo piccolo letto con Truck, l'aveva quasi fatta crollare. Lui era troppo grande per il letto della bambina, ma non era sembrato curarsene. Annie era distesa accanto a lui, a guardare il libro che stava leggendo, ma aveva posato il braccio sopra il suo ampio petto e la mano sulla sua guancia, e gli massaggiava inconsciamente la cicatrice con il piccolo pollice, come per cercare di calmarlo. Emily si era allontanata dalla stanza, lasciandoli da soli, prima che potesse scoppiare a piangere e mettere in imbarazzo Truck e se stessa.

Anche Rayne era stata una bella sorpresa. Ogni volta che Ghost veniva a casa di Fletch, portava anche lei. Era molto alla mano e divertente, ed Emily pensava che sarebbero potute diventare ottime amiche in futuro... almeno lo sperava. Non vedeva Mary da quando lei e Rayne si erano prese cura di Annie, ma Rayne aveva promesso di portarla nuovamente molto presto.

Tutto sommato, Emily era molto felice. Non aveva programmato di vivere per sempre con Fletch, ma si sentiva al sicuro e contenta in casa sua, e soprattutto nel suo letto.

Erano quasi arrivate a casa, e non vedeva l'ora di sapere cosa pensasse Fletch del disegno che Annie aveva fatto per lui. La bambina glielo aveva mostrato nel momento in cui era salita in macchina. Era di un uomo disegnato in modo rozzo che si nascondeva dietro alcuni cespugli. Sotto, Annie aveva scritto: "Papà Fletch". Emily era sicura che gli sarebbe piaciuto. Aveva detto che oggi sperava di uscire presto dal lavoro, e che sarebbe arrivato a casa prima di loro.

«... e poi Mrs. O ha detto che era l'ora di matematica e Crissy si è messa a piangere. Ha pianto perché non le piaceva la matematica! Le ho detto che l'avrei aiutata, ma...»

Le parole di Annie furono interrotte bruscamente quando un'auto, in apparenza spuntata dal nulla, le speronò, da dietro.

Emily si sentì scagliata in avanti, e il rumore della sua testa che batteva contro il volante mentre l'altra macchina impattava contro il suo paraurti, fu orribile. La cintura di sicurezza aveva fatto la sua parte, ma non abbastanza presto da impedirle di sbattere.

Dopo aver impiegato alcuni minuti per riprendersi, il suo primo pensiero fu per Annie. La bambina aveva urlato quando erano state urtate, ma da allora, non aveva più emesso alcun suono.

Il rumore di un finestrino che veniva infranto la fece girare sul sedile, per guardare Annie e assicurarsi che stesse bene, e non riuscì a credere a ciò che vide.

Un uomo, che non aveva mai visto prima, vestito in mimetica, letteralmente dalla testa ai piedi, si era allungato verso la bambina attraverso il finestrino che aveva appena fracassato, e le teneva un panno bianco sul naso e sulla bocca. Con l'altra mano, le stava slacciando la cintura di sicurezza, ovviamente con l'intenzione di sollevarla dal seggiolino.

Gli occhi di Annie erano enormi e le sue dita cercavano di togliersi la mano dell'uomo dal viso, senza fortuna.

Emily pensò di accelerare a tutta forza, ma abbandonò subito l'idea, non volendo rischiare che l'uomo la facesse cadere a terra mentre l'auto correva via. Armeggiò con la cintura di sicurezza e aprì la bocca per urlare a squarciagola, quando una mano arrivò dalla sua sinistra e coprì anche il suo viso con un panno.

Lottò contro la presa stretta e alzò lo sguardo, e vide Jacks, vicino alla sua portiera, vestito anche lui in mimetica.

«Non combatterlo, stronza.»

Le sue parole sembravano provenire da molto lontano,

ma Emily non lo ascoltò. Col cavolo che non avrebbe combattuto. Lottò contro la sua presa, senza forza, qualunque cosa ci fosse sulla stoffa stava facendo il suo lavoro, e perse la battaglia contro l'incoscienza. Il suo ultimo pensiero fu per la figlia.

———

Fletch mise un paio di fettine di mela su un piatto per Annie, come faceva ogni pomeriggio quando arrivava a casa prima di loro, cosa che, purtroppo, non succedeva di frequente. Di solito arrivavano poco dopo le tre, e la maggior parte delle volte, lui non usciva dalla base fino alle cinque e mezzo. Ma quel giorno, dopo che lui e Ghost avevano parlato con il colonnello della situazione con Jacks e il team di fanteria, avevano avuto il permesso di prendersi il resto della giornata libera.

Sembrava che, sebbene Jacks fosse stato espulso dall'esercito per il suo stupido piano di ricatto, non stesse lasciando perdere la questione. Aveva continuato i suoi giochetti da scuola media, provocando Fletch e la squadra con vaghe minacce, e persino seguendo, di tanto in tanto, i membri del team a casa. Di per sé non stava facendo nulla di illegale, ma Ghost si era assicurato che tutti avessero segnalato ogni singolo incidente.

Non potevano dimostrare che Jacks stesse lavorando con alcuni degli altri soldati della sua squadra, ma era probabile. Forse li aveva convinti che si trattasse di una specie di gioco, e loro gli avevano dato corda perché pensavano che non fosse reale.

Anche il colonnello si stava stancando di doversi occupare di quelle stronzate, e aveva inoltrato la faccenda al generale responsabile della base. La migliore delle ipotesi era che, tutti i soldati coinvolti negli episodi dettati dalla gelosia, che lo avessero fatto per cattiveria o per scherzo, sarebbero stati spostati in un'altra base. Quella peggiore, era che tutto ciò che avrebbero ottenuto, sarebbe stata una nota sulla loro valutazione dell'ufficiale o sottufficiale, sul fatto che non lavoravano bene con gli altri, il che poteva ostacolare le loro promozioni per un bel po'.

Nessuna delle due opzioni era accettabile per Fletch. Jacks aveva spaventato Emily. Accidenti, l'aveva ridotta a non *mangiare* perché non aveva abbastanza soldi per comprare il cibo, e aveva minacciato di allontanare una bambina di sei anni da sua madre. Jacks e i suoi amici avevano fatto perdere a Fletch dei mesi in cui avrebbe potuto stare con Emily, e quello, soprattutto, gli stava sulle palle. Quando pensò che avrebbe potuto averla nel suo letto, e Annie nella stanza in fondo al corridoio per tutto quel tempo, si incazzò di più.

Fletch continuava a odiare il fatto di aver pensato che Jacks fosse il suo fidanzato, quando, in realtà, l'uomo stava terrorizzando Emily proprio sotto il suo naso. Quella situazione era stata colpa sua. Non avrebbe mai più presunto nulla su ciò che la riguardava, glielo avrebbe chiesto subito.

Guardò l'ora e si rese conto per la prima volta che Emily era in ritardo. Poteva quasi regolare il suo orologio con lei. Si chiese vagamente se qualcosa l'avesse trattenuta al lavoro, o a scuola di Annie. Il telefono squillò proprio mentre chiudeva il frigorifero, dopo aver rimesso le mele dentro.

«Fletch» rispose.

«Emily sta bene?» chiese Coach con tono urgente.

«Che cosa vuoi dire?» ribatté Fletch.

«Sono sulla strada vicino al tuo vialetto e la macchina di Emily è qui, abbandonata fuori dalla carreggiata, in mezzo alla terra, la sua portiera è aperta, il retro è fracassato.»

Fletch si mosse prima che Coach avesse finito di parlare. Non sapeva perché il suo compagno di squadra fosse sulla sua strada, ma alla fine non aveva importanza. «Em non c'è? E Annie?»

«Nessuno, amico. Non c'è nessuno. Ho guardato un po' in giro tra gli alberi e non le ho viste.»

«Sarò lì tra tre minuti.» Fletch chiuse la chiamata e si precipitò fuori dalla porta di casa, per una volta senza preoccuparsi di attivare l'allarme. Corse a tutta velocità oltre l'appartamento sopra il garage e verso la strada. Si fermò alla fine del vialetto per vedere da che parte andare, e svoltò a destra dopo aver visto la vecchia Honda di Emily accanto al pick-up di Coach.

Fletch cercò di osservare la scena mentre correva verso la macchina. La portiera del conducente era aperta. Senza toccare nulla, guardò dentro. La borsa di Em era sul pavimento dal lato del passeggero, come se fosse stata gettata lì dall'impatto di chi l'aveva colpita. Abbassò lo sguardo e vide una serie di impronte per terra. L'auto era stata spinta fuori dalla strada, quindi era quasi in mezzo alla terra. Le impronte arrivavano fino alla portiera, poi tornavano indietro. Un paio. Fletch strinse i denti per ciò che significava.

Camminò intorno al cofano della macchina e andò dall'altra parte. La portiera posteriore era ancora chiusa, ma il finestrino era rotto. La cintura di sicurezza di Annie era slacciata e il vetro era sparso sul sedile, e c'era terra vicino alla portiera. Ancora una volta, c'erano solo un paio di impronte che andavano alla macchina e poi tornavano da dov'erano arrivate.

Ma c'era un pezzo di carta ripiegato sopra il seggiolino di Annie.

«Guanti.»

Fletch guardò a malapena Coach mentre tendeva la mano verso il suo amico, prendendo i guanti di pelle nera che gli porgeva. Li infilò il più in fretta possibile e prese il foglio.

Rivincita.
  La nostra città.
  Old Home Rd.
  21:00.
  Missione: salvare gli ostaggi.

Fletch voleva uccidere quei figli di puttana.

L'ipotesi più probabile, era che Jacks avesse drogato Em e Annie e le stesse usando come esca per il suo gioco malato. Potrebbe essere l'unica ragione per cui non si vedevano da nessuna parte, e che solo un paio di impronte andavano e venivano da ogni lato dell'auto. Di certo non erano scomparse nel nulla.

Era assolutamente scandaloso che Jacks e i suoi amici fossero arrivati a tanto. Ma avevano fatto un errore. Fletch non sapeva quale fosse la "loro città", ma non importava. Il team aveva sei ore per preparare il piano d'azione.

Sperava solo che, nel frattempo, quegli stronzi non facessero del male a Emily e ad Annie.

Purtroppo, Fletch sapeva che doveva coinvolgere il colonnello. Era più in alto di lui. L'esercito non poteva avere soldati che si ribellavano tra loro, e aveva bisogno della legittimità che il comandante avrebbe dato alla missione.

E sapeva, senza ombra di dubbio, che quella *era* una missione.

Salvare gli ostaggi.

Se avesse torto un capello sulla testa di Emily o Annie, Jacks sarebbe stato un uomo morto.

Ecco perché avevano bisogno del colonnello. Fletch aveva capito che Jacks voleva rovinare la sua carriera, ma l'esercito non avrebbe preso alla leggera un rapimento, oltre al ricatto. I Delta, avevano la potenza dell'esercito americano come supporto, e Fletch lo sapeva.

Guardò Coach, i loro occhi si incontrarono e l'altro uomo annuì. Sapevano entrambi che questa faccenda sarebbe finita con la rovina della carriera degli uomini coinvolti, ma a nessuno dei due fregava nulla. Nessuno molestava i Delta... o quelli che amavano.

«Devo cambiarmi» disse Fletch al suo amico, con un tono sorprendentemente normale.

«Ci vediamo a casa tua» lo rassicurò Coach. «Prima farò alcune foto. Arrivo subito.» Aveva già il cellulare in mano e si mise a documentare ciò che aveva trovato.

Fletch non si prese la briga di annuire, si voltò e tornò indietro di corsa, come era arrivato, i pensieri di ciò che doveva essere fatto, sfrecciavano nella sua mente a un milione di chilometri all'ora.

Tornando di corsa a casa, immagini del viso di Annie, mentre usciva quella mattina, gli passarono per la testa, devastandolo. Si era inginocchiato come al solito per abbracciarla, e lei gli aveva appoggiato le manine sul viso e si era chinata verso di lui.

«Ti voglio bene, Fletch.» Le sue parole erano state

sussurrate, ed era sembrata terrorizzata. Tipico di Annie, però, come sua madre, non tratteneva le parole anche se la spaventavano.

«Ti voglio bene anch'io, Annie. Tantissimo.»

Il sorriso che gli aveva rivolto si era diffuso sul tutto il viso e gli aveva scaldato il cuore.

«Ci vediamo quando torni a casa, scricciolo.»

«Va bene, Fletch. Buona giornata!»

Aveva sorriso alla bambina mentre usciva da casa sua. Si era alzato e aveva guardato Emily. Le lacrime che brillavano nei suoi occhi, dicevano più di quanto avrebbero mai potuto le parole. Aveva fatto i tre passi che lo separavano da lei e l'aveva stretta tra le braccia.

Le parole che poi aveva detto, erano arrivate dritte dalla sua anima. «Per tutta la vita ho lavorato per il mio Paese, e per essere d'aiuto ai miei compagni di squadra. Non avrei mai pensato, che il vero significato della mia esistenza, sarebbe venuto a bussare alla mia porta tanti mesi fa. Grazie perché ti fidi di me con Annie. Grazie per avermi dato una possibilità. Grazie per aver fiducia in *me*.»

Emily si era sciolta dal suo abbraccio e lo aveva guardato. «Penso ancora che dovremmo essere noi a ringraziarti.» Ormai era diventata una battuta ricorrente su chi doveva ringraziare chi.

«Assolutamente no. Se non vi avessi preso con me, l'avrebbe fatto qualcun altro, e non avrei conosciuto questa profonda soddisfazione di sapere che mi appartenete.»

Emily aveva semplicemente scosso la testa, esasperata, senza rendersi conto che era serio al cento per cento. «Sei la cosa migliore che sia mai capitata ad Annie.»

«E a te?»

«E a me. Ti amo, Cormac. Ci vediamo dopo il lavoro e la scuola.»

Fletch spinse da parte i ricordi di quella mattina, cercando di concentrarsi su ciò che doveva fare. Aprì la porta di casa e andò in camera da letto per indossare i suoi indumenti da combattimento, ma per quanto volesse bloccare i ricordi, non ci riuscì. Ripensò al bacio che aveva dato a Emily, quando se n'era andata quella mattina. Avrebbe dovuto essere breve e dolce, ma con le sue parole d'amore che gli rimbombavano nella testa, ci avevano dato un po' dentro, davanti alla porta. Ci era voluto il suono impaziente del clacson da parte di Annie, per dividerli.

«Guida con prudenza. Stasera torno a casa il prima possibile. Se sono fortunato, sarà una giornata tranquilla e potrò andarmene presto.»

«Sìì.»

«Vai, sai che Annie odia arrivare in ritardo.»

«E di chi è la colpa?» Aveva detto, mentre indietreggiava verso la macchina.

«Ti amo.»

L'espressione sul suo viso si era addolcita. «Ti amo anch'io.»

Mentre Fletch indossava un paio di pantaloni cargo e una maglietta, neri, strinse le labbra con rabbia. Emily e Annie dovevano essere spaventate a morte. Jacks e i suoi scagnozzi avrebbero pagato.

Nessuno toccava la sua famiglia. *Nessuno*.

CAPITOLO DICIANNOVE

«HO PAURA, MAMMA» disse Annie, con voce tremante.

«Lo so, piccola, anch'io. Ma sai una cosa?»

«Cosa?»

«Fletch ci troverà.» Non appena Emily pronunciò quelle parole ad alta voce, si sentì meglio. Non aveva nessun dubbio sul fatto che Fletch e i suoi compagni di squadra le *avrebbero* trovate.

Non sapeva quanto tempo fosse passato da quando erano state portate via dall'auto, dato che qualcuno le aveva tolto l'orologio, ma non importava. Non appena Fletch si fosse reso conto che erano sparite, sarebbe stato sul piede di guerra per trovarla.

Jacks. Lo aveva riconosciuto quando l'aveva raggiunta in macchina. Fletch, una sera, dopo che Annie era andata a letto, le aveva spiegato tutta la situazione.

Farla pagare ogni settimana era solo la punta dell'iceberg, nella campagna "perseguitare Fletch", orchestrata da Jacks. Nemmeno essere espulso dall'esercito era stato sufficiente a fermarlo. Voleva vendetta contro Fletch e i suoi compagni per averlo messo in imbarazzo, e avrebbe fatto di tutto per ottenerla.

Annie si rannicchiò tra le braccia della madre ed Emily si guardò intorno. Era impossibile dire dove si trovassero, ma sembrava che fossero dentro una specie di cassone di ferro. Si erano svegliate sole, con solo una lanterna accesa in un angolo a illuminare il posto. Non c'erano mobili, solo loro due e la piccola luce.

Era un po' troppo simile a una bara, perché Emily si sentisse tranquilla, ma non potevano semplicemente stare lì sedute a piangere.

«Dai, Annie. Dobbiamo esplorare.»

«Esplorare?»

«Sì. Stiamo leggendo da un po' i libri di Nancy Drew e dei GI Joe. Abbiamo bisogno di informazioni.»

Annie si rianimò sulle ginocchia di sua madre. «Sì, buona idea. Truck mi ha raccontato una storia l'altra sera.»

«Davvero?»

«Sì.»

«Di cosa parlava?»

«Mi ha raccontato di una volta, in cui lui e la sua squadra erano stati catturati dal nemico. Erano bloccati, ma Fletch aveva trovato una via d'uscita. Sono dovuti strisciare attraverso un buco minuscolo. Truck si era quasi bloccato, perché è tanto grosso, ma si è contorto e dimenato e alla fine è uscito. Sai cos'altro?»

«Cosa, piccola?»

«Tutti i suoi amici lo hanno aspettato. Non sono scappati quando avrebbero potuto. Hanno aspettato che uscisse anche Truck. Ha detto che è quello che fanno gli amici.»

Il cuore di Emily si gonfiò. Sapeva che la storia era

probabilmente molto più straziante di quanto lui avesse raccontato a sua figlia, ma apprezzava tutto ciò che poteva distrarre Annie.

«Be', se ci sono riusciti loro, possiamo farlo anche noi.» Emily non era sicura che fosse vero, ma avrebbe tenuto occupata la bambina, così non avrebbe pensato a quanto fosse spaventata. Aiutò sua figlia a mettersi in piedi, poi si alzò da terra. Emily allungò in avanti la lanterna con una mano e tenne stretta Annie con l'altra. «Forza, Miss Annie Drew. Scopriamo esattamente con cosa abbiamo a che fare qui.»

La risatina che sfuggì dalla bocca di sua figlia aveva davvero un suono dolce, ma non riuscì a sciogliere il senso di terrore che le contorceva lo stomaco. Erano in un brutto guaio, e sperava che Fletch e gli altri le avrebbero trovate presto. Non si poteva dire cosa avesse in mente di fare Jacks con le sue prigioniere, ed Emily, era terrorizzata di scoprirlo.

———

Fletch diede un'occhiata all'orologio. Le sette e ventidue. Il tempo passava troppo in fretta e non avevano ancora le informazioni di cui avevano bisogno. Era esasperante e frustrante. «Fanculo. Chiama Tex» ordinò. «Non possiamo utilizzare Google Maps per individuare la Old Home Road. I dati sono troppo vecchi. Ci servono i dati satellitari attuali, per vedere cos'hanno creato e pianificato quei bastardi. Non mi butterò in questa situazione alla cieca.»

Ghost annuì d'accordo, ma non si mosse. «L'ho contattato prima che arrivassimo qui. Mi aspetto che chiami da un momento all'altro.»

Fletch annuì, e si alzò in piedi per camminare avanti e indietro nella stanza. Aveva cercato di tenere la testa concentrata sulla missione imminente, ma non poteva fare a meno di pensare a come si sentivano Emily e Annie. Erano di sicuro spaventate e preoccupate, e sperava che Jacks sarebbe stato intelligente da non far loro del male.

All'improvviso, non importava più se non aveva ferito fisicamente nessuna delle due. Era probabile che le avesse drogate, terrorizzate, e ciò era sufficiente. Jacks sarebbe morto.

Come se potesse leggere la mente di Fletch, il colonnello ringhiò: «So che siete tutti incazzati e non vi biasimo, sono arrabbiato quanto voi, ma in *nessun* caso, questa faccenda diventerà una guerra, se posso evitarlo. Verranno usate solo munizioni non letali.»

«Fanculo!» esclamò Hollywood, prima che Fletch potesse aprire la bocca. «Quegli uomini fanno sul serio, non esiste che entriamo lì senza proiettili reali. Lo sa benissimo che molto probabilmente loro li useranno.»

«Non *vi* permetterò di essere armati con munizioni letali» ribatté subito il colonnello. «Ascoltate, sappiamo tutti che farete loro il culo. La fine di questa storia è scontata. Non ho idea di cosa pensino di star facendo quegli stronzi; devono aver ricevuto un trofeo anche quando perdevano una partita nel campionato giovanile, e ovviamente pensano di essere dei maledetti campioni olimpici o qualcosa del genere. Ma il fatto è, che perderanno. Ma per evitare che il presidente degli Stati Uniti debba andare in onda, per cercare di spiegare perché un team di soldati statunitensi abbia ucciso un altro team di soldati statunitensi, si farà *in questo modo*.»

Il colonnello non sembrò preoccuparsi di avere sette

paia di occhi furiosi su di lui. Era stato intorno a quegli uomini abbastanza a lungo da conoscerli a fondo. Erano turbati e arrabbiati, ma non erano mai fuori controllo. Mai. Era ciò che li rendeva dei così bravi soldati delle forze speciali. Il meglio del meglio. Il tipo di uomini che vorrebbe andassero a cercarlo, nel caso *venisse* rapito.

Continuò come niente fosse. «So che siete incazzati, e non vi biasimo, ma ho parlato con il capitano responsabile della squadra di Jacks, ha detto che gli uomini con cui lavora sono bravi ragazzi, in gamba. Afferma che è impossibile che mettano in pericolo di proposito donne o bambini, o addirittura compagni d'armi. Pensa, e sono d'accordo, che Jacks abbia mentito loro per convincerli a fare ciò che voleva lui. Lo sapete, come lo so io, che le pallottole di gomma possono essere efficaci quanto quelle vere. Accidenti, ragazzi, sapete usare le *mani* con la stessa efficacia di un proiettile.»

«Non sono disposto a rischiare la vita di Emily o Annie, sulla base di una sensazione» insistette Fletch, con voce bassa e dura. «Che i fanti là fuori sappiano o meno, qualcosa sui civili coinvolti in questo casino, è irrilevante. *Sono* coinvolti, e non rischierò che venga torto nemmeno un capello a Emily o ad Annie, a causa di Jacks e del suo assurdo desiderio di vendetta contro di me o il mio team.»

Il telefono di Ghost vibrò, e tutti nella stanza lo guardarono mentre rispondeva.

«Sono Ghost. Aspetta, ti metto in vivavoce.» Cliccò su un pulsante e mise il telefono sul tavolo della sala conferenze. «Ok, ci sei.»

La voce che risuonò attraverso l'altoparlante, non era quella maschile e con l'accento del sud che tutti si aspettavano. Era di una donna, e la proprietaria andò subito al dunque, senza preoccuparsi di perdere tempo con i convenevoli.

«Allora, ho controllato l'indirizzo che hai dato a Tex, e sembra che siano successe molte cose lì, nell'ultimo mese circa.»

«Chi sei?» intervenne Fletch, prima che potesse continuare.

Tutti sentirono la donna sospirare e poi sbuffare. «Sono Beth. E prima che ti lamenti del fatto che non sono Tex, dovresti sapere che mi ha messo su questo caso, perché sua moglie è caduta da una rampa di scale. Sta bene, ma la sta portando al pronto soccorso per sicurezza. Ora, se mi lasci continuare, ti dirò cosa devi sapere per far uscire Emily e sua figlia da quella situazione.»

«Cazzo» imprecò Fletch con furia. «Scusa il francesismo, ma non ti conosco. Conosco *Tex*. Ho bisogno della sua esperienza. Abbiamo solo un'ora e mezza e non possiamo perdere tempo così.»

«Indovina un po' Boy Scout?» intervenne la donna al telefono, sembrando irritata quanto Fletch. «Hai *me*. Tex sa quanto sia importante per te, ecco perché mi ha chiamato mentre era in viaggio verso l'ospedale con l'amore della sua vita, e mi ha implorato di risolvere questa merda. Se tieni chiusa quella bocca per un secondo, ti fornirò le informazioni di cui hai bisogno per trovare Jacks e i suoi fottuti scagnozzi, e far uscire la donna e la bambina da quell'enorme casino, per farle tornare a casa dov'è giusto che siano.» Per un attimo ci fu silenzio nella stanza, poi Coach ridacchiò. «Ti ha rimesso al tuo posto» osservò sorridendo.

«Continua» ordinò Fletch, senza scusarsi.

«Bene, grazie, vostra altezza» la donna borbottò, ma poi proseguì come se non fosse stata interrotta e insultata.

«Come stavo dicendo, sembra che quei bastardi si siano costruiti un'intera città fatta di container, sapete, quelli che accatastano sulle navi...»

«Sappiamo cosa sono i container» sbottò Fletch, sapendo di essere stronzo, ma senza riuscire a trattenersi.

«Hai delle foto?» chiese impaziente Beatle.

«Ho delle foto?» ribatté Beth in modo retorico. I cellulari del team iniziarono a vibrare a uno a uno, come a comando. «Avete appena ricevuto tutti, le immagini che ho scattato dal satellite. Non so come diavolo abbiano fatto a mettere le mani su così tanti container, ma è irrilevante in questo momento. Hanno fatto un buon lavoro creando una posizione difensiva, ma ci sono diversi buchi evidenti. Non devono essere stati in grado di reclutare abbastanza compagni per coprire l'intera zona. Tanto meglio per voi.

Sembra che si aspettino che irrompiate nella loro piccola città, a nord-ovest e a sud-est; quei punti li hanno lasciati relativamente scoperti per voi, ed è probabile che vi stiano aspettando appostati lì. Lungo il lato nord, hanno messo il filo spinato, pensando che ciò vi costringerebbe a entrare nella città dalla parte che vogliono *loro*, ma sono idioti, quindi è ovvio che la pensino così.»

Il rispetto di Fletch per la donna dall'altro capo del telefono aumentò, mentre esaminava le foto che aveva inviato e continuava a demolire la città che Jacks e i suoi amici avevano costruito. Aveva ragione su ogni singolo elemento. Non c'era davvero bisogno che facesse notare quelle cose ai soldati della Delta Force, ma nessuno la interruppe, poiché tutti stavano facendo mentalmente i loro piani.

«Ora, non sono sicura al cento per cento di dove si trovino Emily e Annie, in questo schifo di scenario. Il satellite non ha visto Jacks arrivare con loro, ma penso che le abbiano nascoste proprio nel mezzo. Vedete i tre container impilati? Scommetto che pensano che se voi ragazzi dovrete arrivare fino al centro della loro città, avranno maggiori possibilità di prendervi alle spalle ed eliminarvi. Da quello che posso dire, non hanno intenzione di giocare in modo leale.»

«Non pensavamo che lo avrebbero fatto» rispose in tono secco il colonnello.

«Certo che no. Ad ogni modo, sono sicura di non dirvi nulla che non avete già capito, non date loro alcun motivo di prendere le ragazze e usarle contro di voi.»

Fletch aveva pensato la stessa cosa, ma sentirlo ad alta voce gli fece ribollire il sangue. Il pensiero che Emily o Annie venissero usate come scudo umano, gli fece quasi perdere la calma.

«Grazie, Beth. Non so chi sei o come mai conosci Tex...»

«Lavoro per lui. Ha hackerato il mio computer e mi ha reclutato. Sono un'amica di Penelope Turner.»

Ghost non si aspettava una spiegazione, non che avesse detto molto, ma aveva senso quanto qualsiasi altra cosa, quando si trattava di Tex. «Digli che speriamo che Melody stia bene. E saluta Tiger per noi, e grazie per le informazioni.»

«Lo farò. Grazie per non averla chiamata Army Princess. Odia quello stupido nome. E di niente. Prendete quei bastardi. È triste quando viene il giorno in cui non possiamo più fidarci dei nostri soldati.»

«Puoi fidarti di *noi*» le disse Fletch con voce seria. «Quegli uomini non meritano nemmeno di essere chiamati soldati.»

«Amen. Andate, siate i professionisti silenziosi che noi sappiamo siete. Passo e chiudo.»

Ci fu un attimo di silenzio nella stanza, prima che Ghost scoppiasse a ridere dopo aver sentito lo slogan non ufficiale della Delta Force, uscire dalla bocca di Beth. «Credo che lei *sappia* che siamo Delta, quando nessuno in questa base ne è a conoscenza. Tex sa come sceglierli.» Poi si fece serio. «Ok, abbiamo le informazioni di cui avevamo bisogno. Il colonnello dice che non possiamo uccidere i bastardi, quindi facciamo un piano.»

I sette compagni di squadra, e il colonnello, si misero al tavolo, con foto e mappe del luogo, pronti a capire non solo come liberare in sicurezza Emily e Annie, ma anche come eliminare, una volta per tutte, Jacks e il suo gruppo.

———

«Mamma, guarda. Il ferro si rompe in questo angolo.» La voce di Annie era sommessa ed eccitata. Aveva preso sul serio il suo lavoro, esaminando ogni centimetro del container in cui erano tenute prigioniere.

Emily andò dietro a sua figlia e si inginocchiò. Fece scorrere la mano sul ferro arrugginito. Aveva ragione. «Vai un po' indietro, piccola.» Annie fece come aveva richiesto e diede un po' di spazio alla madre.

Tirò forte su una delle crepe del ferro sfaldato, ed emise un grugnito quando cadde all'indietro, sul sedere. Guardandosi la mano, vide che aveva tolto un pezzetto della parete. «Spegni la luce!» disse con urgenza, facendo un sospiro di sollievo quando la piccola obbedì subito.

«Ce l'hai fatta, Annie!» le disse. «Il ferro è debole qui. Se riusciamo a toglierne abbastanza, forse possiamo infilarci dentro. Ma dobbiamo tenere la luce spenta il più possibile. Non vogliamo far capire i nostri piani a chiunque possa vedere. È già buio fuori, quindi, siamo qui da un bel po'.»

A dimostrazione di quanto matura a volte fosse Annie, chiese: «Abbastanza perché Fletch ci trovi?»

Emily smise di strattonare sul lato arrugginito e attirò la figlia tra le braccia. Poi le prese la testa tra le mani, proprio come la bambina aveva fatto quella mattina con Fletch. «Sì. Abbastanza a lungo perché Fletch, Ghost, Coach e tutti gli altri ci trovino.» Portando una mano sul petto di Annie, sopra il suo cuore, Emily proseguì: «E sento qui, con tutta me stessa» diede un colpetto con la mano per enfatizzare, «che Fletch sta facendo tutto il possibile per trovarci.»

Emily la sentì tirare su con il naso. «Gli voglio tanto bene, mamma. Sto cercando di essere un buon soldato, ma ho paura.»

«E ne hai il diritto. Sai cosa ho sentito dire una volta?»

«Che cosa?»

«Che essere spaventati vuol dire che stai per fare qualcosa di veramente coraggioso.»

«Sono coraggiosa.»

«Certo che lo sei, piccola. Sono così orgogliosa di te.» Emily trattenne le lacrime con la pura forza di volontà. Non aveva paura per se stessa, avrebbe sopportato qualsiasi cosa per proteggere Annie; stupro, stupro di gruppo, essere picchiata, pugnalata, uccisa... non importava. Qualunque cosa fosse necessaria, avrebbe protetto sua figlia a tutti i costi.

In quel momento ebbe una rivelazione, all'improvviso *comprese* come doveva sentirsi Fletch riguardo al suo lavoro... riguardo a *lei*. Sapeva, senza ombra di dubbio, che si sarebbe piazzato davanti a lei e ad Annie, per proteggerle da qualsiasi cosa la vita avrebbe messo sulla loro strada: Jacks, bulli, proiettili. Immaginò, che quando andava in missione, si comportasse più o meno allo stesso modo. Quando aveva un compito da eseguire, lo faceva con tutto il cuore.

In quell'istante, si sentì dispiaciuta per lui... probabilmente stava andando fuori di testa, chiedendosi dove fossero. E ciò le faceva male al cuore. Al momento, lei era in una posizione migliore in quella situazione. Sì, erano state rapite dalla sua macchina e, sì, si era spaventata, ma non ricordava altro che quel breve momento in auto, grazie a qualunque droga ci fosse stata sul panno. Lei e Annie, si erano svegliate da sole e relativamente incolumi.

Immaginare ciò che Fletch stava passando la faceva soffrire nel profondo. Giurò, in quell'istante, che avrebbe fatto tutto il necessario per aiutarlo. Non solo voleva avere un futuro con lui, ma voleva disperatamente alleviare un po' dell'angoscia che lui stava provando.

«Annie, Vieni qui ad aiutarmi, ma fai attenzione a non tagliarti, questo metallo in alcuni punti è affilato.» Tenere occupata sua figlia sembrava essere il modo migliore per distogliere la mente da ciò che stava accadendo.

Alla fine, dopo alcuni minuti passati a tirare la lamiera sfaldata, Emily si accovacciò, sconfitta. Avevano creato un buco, ma non sembrava abbastanza grande per nessuna delle due. Si chinò in avanti e sbirciò fuori.

L'aria pulita era paradisiaca, anche se calda, tipico per il Texas centrale in quel periodo dell'anno. C'era solo una mezza luna, quindi, non era sufficiente a illuminare completamente l'area, ma Emily poteva vedere i contorni di molti altri container. Non si sentivano rumori, a parte i grilli e le cicale che erano normalmente attivi a quell'ora della notte.

Sedendosi di nuovo, si rivolse ad Annie. «Suppongo che dovremo solo stare qui ad aspettare.»

«Io posso passarci.»

Accarezzò con affetto la testa di sua figlia. «So che vorresti, ma non abbiamo scelta.»

«Mamma» disse Annie seria. «Ci passo. Lo posso fare. Se Truck è riuscito a uscire dal buco quando si trovavano nei guai, io posso uscire da questo.»

In quel momento, udirono un rumore sopra le loro teste. Passi.

Emily afferrò Annie e se la attirò al petto e si appiattì contro la parete posteriore dello spazio. Trattennero entrambe il respiro mentre i passi camminavano verso un'estremità del container, poi dall'altra. Sembravano ovattati, come se ci fosse un altro cassone sopra a quello in cui si trovavano.

Il solo pensiero di ciò che Jacks o uno dei suoi amici avrebbero potuto fare ad Annie, se avessero deciso di volerle tormentare, le facilitò la decisione. Se qualcuno fosse entrato in quella prigione di ferro, lei e sua figlia sarebbero state pericolo. Essere all'esterno non era proprio sicuro, ma poteva essere l'opzione migliore. Avrebbe dato ad Annie la possibilità di andarsene. «Va bene, piccola. Vediamo se riesci a passarci.»

———

I sette uomini della Delta Force, si radunarono un po' lontano dalla città che Jacks e i suoi amici di fanteria avevano costruito. Era un'imitazione di quella che aveva creato l'esercito a Fort Hood, dove avevano trascorso parecchio tempo ad allenarsi, e che aveva iniziato l'assurda contesa unilaterale.

C'erano una trentina di grandi container di ferro, posizionati strategicamente intorno alla proprietà, e nessuno aveva dubbi sul fatto che l'allestimento includesse anche trappole esplosive. Ora che poteva vederlo di persona, Fletch fu d'accordo con la precedente valutazione di Beth. Non aveva idea di come Jacks avesse trovato i soldi e le risorse per preparare il tutto. Al momento, tuttavia, non era importante. Tutto quello che voleva fare era trovare Emily e Annie, e assicurarsi che Jacks non le avrebbe più infastidite. Non sarebbe dovuto arrivare a loro, ma ci era riuscito, e stanotte sarebbe finita.

La voce di Ghost arrivò bassa e piatta, per essere sicuro che non si avvertisse nella serata silenziosa. «Ognuno di noi ha i propri obiettivi... ricordate, probabilmente Jacks è armato, quindi, presumo, che si troverà in alto rispetto a noi. Questa operazione deve essere silenziosa, lo scopo è quello di neutralizzare i nemici, un uomo alla volta... a distanza ravvicinata. Li mettiamo fuori combattimento, e li lasciamo dove sono. Ripuliremo dopo che avremo portato Em e Annie al sicuro, e lontano da qui. Qualche domanda?»

«Quanto tempo ci dà il colonnello?» chiese Blade a Ghost.

«Venti minuti. È tutto il tempo che è riuscito a farci concedere dal generale. Ne ha avuto abbastanza di questa stronzata del soldato geloso, e ci sta dando il tempo di entrare in azione e finire senza coinvolgere nessun altro. Non riesco a credere che ci stia permettendo di farlo, ma sa che siamo bravi nel nostro lavoro, e preferirebbe tenere la faccenda il più segreta possibile. Ora come ora, le truppe in attesa pensano che questa sia semplicemente un'altra missione di addestramento. Se non riusciamo a farlo in venti minuti, il generale informerà i sergenti dei plotoni su cosa sta realmente succedendo, e procederanno.»

«Stronzata del soldato geloso?» Fletch sbottò, incazzato.

Ghost alzò la mano. «Ora non è il momento. Dobbiamo mettere fine alla faccenda. Hai ripreso il controllo?»

«Sì.» Era ovvio che Fletch *non* avesse ripreso il controllo, ma tutti sapevano che avrebbe fatto quello che doveva essere fatto.

«Quegli stronzi non giocheranno in modo leale, quindi, muoviamoci piano ma con determinazione, e assicuratevi di non ritrovarvi chiusi in una di quelle maledette casse. Capito?» disse Ghost, guardando ogni membro della sua squadra. Avevano discusso di quali avrebbero potuto essere i piani degli altri soldati... isolarli e rinchiuderli, contenerli.

Quando tutti annuirono, Ghost diede il segnale di muoversi, posando la mano sul braccio di Fletch mentre tutti svanivano nella campagna.

«Sul serio, Fletch, devi contenerti. Emily e Annie hanno bisogno di te» gli disse Ghost.

«Ricordi come ti sei sentito quando hai capito che Rayne era dentro quell'edificio in Egitto?» gli chiese con voce decisa.

«Sì.»

«Allora un po' sai come mi sento adesso. Sono incazzato che non ci sia permesso di uccidere quegli stronzi. Tu sei riuscito ad avere una *chiusura*, sapendo che hai sparato a quel coglione che voleva violentare Rayne. Io non so nemmeno se Em e Annie sono qui. Non so cosa abbiano fatto loro. Non so nemmeno se sono insieme. Quindi, perdonami cazzo, se sono un po' fuori di me.»

«*So* come ti senti, ma lo sai bene, come lo so io, che qui non possiamo andare all'assalto. Jacks verrà rinchiuso in una prigione federale, quando sarà finita.»

L'argomento sembrò non riuscire a calmare Fletch. «Si è schiantato contro la sua macchina. Le ha drogate. Sta facendo un cazzo di gioco con noi... si merita di morire!»

«Il tuo solo obiettivo è trovare e recuperare Emily e Annie. Questo è tutto. Punto. Sai che ti copriamo le spalle. Quegli stronzi non riusciranno a cavarsela. Magari non potremo ucciderli... ma è l'unica cosa che abbiamo promesso al colonnello.»

A quel punto, Fletch guardò il suo amico. «Per quanto voglia che soffrano, non giocarti la carriera per questo, Ghost.»

Lui posò una mano sulla schiena di Fletch. «Nessuno scherza con i Delta, e come è una Delta Rayne, altrettanto lo sono anche Emily e Annie. Quando le troviamo, mantieni l'attenzione di Jacks su di te in qualche modo. Confondilo, provocalo, qualunque cosa serva. Ti copriremo e lui non farà male a nessuna delle due. Ti fidi di me?»

«Con la loro vita» disse subito Fletch.

«Bene. Stasera daremo un messaggio... forte e chiaro... senza nessuna ripercussione» lo rassicurò il suo compagno di squadra.

I due uomini si fissarono, completamente d'accordo.

«Il piano di backup è pronto, per ogni evenienza» informò Fletch.

«Nessuna ripercussione?»

«Assolutamente nessuna» confermò Ghost. «Se le cose si mettono male e lo stronzo si trova in una posizione in cui non possiamo prenderlo, qualcuno si occuperà di lui.»

Fletch sentì le sue spalle rilassarsi un po'. Non era ancora felice, ma la rassicurazione di Ghost lo fece sentire un po' meglio riguardo all'intera faccenda. Non era sicuro di cosa avesse in mente il suo leader, ma si fidava di lui con la sua vita.

Con le vite di Emily e Annie.

Era sufficiente.

«Andiamo, è tempo di porre fine a questa storia. Andiamo a prendere tua figlia e sua madre» ringhiò Ghost.

Quelle parole gli fecero provare un'intensa emozione. Sua figlia.

Sì, Annie era sua. Come Emily.

Rivolse tutta la concentrazione alla missione imminente. Niente avrebbe toccato la sua famiglia, finché lui era vivo per impedirlo.

CAPITOLO VENTI

«QUANDO SEI FUORI, devi far finta di essere uno dei tuoi soldatini» disse Emily ad Annie. «Muoviti piano e con attenzione. Guardati intorno e non fare movimenti improvvisi. Non dimenticare, i soldati nemici potrebbero essere sopra di te.»

«Capito.» Annie era seria mentre annuiva a sua madre.

«Fletch è là fuori da qualche parte, lo so. Il tuo obiettivo è trovare lui o uno dei suoi compagni di squadra. Capito? Se vedi uno dei cattivi – quelli che ci hanno prese dalla nostra macchina e indossavano tute mimetiche – devi nasconderti finché non se ne saranno andati.»

«Come faccio a capire la differenza?»

Era una domanda intelligente, a cui, purtroppo, Emily non sapeva rispondere. Picchiettò sulla testa di Annie. «Dovrai usare la testa.» Come risposta faceva schifo, ma Emily continuò: «A Fletch e ai suoi amici piace vestirsi di nero, dalla testa ai piedi. Hai visto i vestiti di Fletch, vero?»

Annie annuì.

«Va bene allora, se vedi qualcuno là fuori, aspetta e

osservalo. Non correre verso di loro senza essere sicura che sia un amico. Nemmeno se pensi che sia Truck o uno qualsiasi degli altri. Alcuni dei cattivi *potrebbero* essere vestiti di nero, ma spero che siano tutti in mimetica. Conta fino a dieci nella tua testa e vedi cosa fanno. Se sembra che si stiano avvicinando a te, piuttosto che guardare verso l'esterno, probabilmente sono quelli di cui ti puoi fidare.»

«Ho capito, mamma.»

«Ho detto *probabilmente*» la avvertì Emily. Questa situazione non le piaceva per nulla, e inconsciamente la stava tirando per le lunghe. «Il fatto è che, se non sei sicura al cento per cento che la persona che vedi è Fletch o uno degli amici, *non* mostrarti. Rimani nascosta. È importante, piccola.»

Sua figlia annuì di nuovo.

«Sono orgogliosa di te, Annie. Sei un soldato eccellente. Ti stai esercitando da molto tempo, vero?» Emily cercò di rafforzare la sua fiducia. Si sentiva *tutt'altro* che bene a mandare la sua bambina di sei anni in mezzo all'ignoto, ma le alternative erano quasi più spaventose. Quasi. Ricordava gli sguardi che Jacks le aveva rivolto. L'uomo era malato, e l'ultima cosa che voleva era che mettesse le mani su sua figlia.

Emily baciò Annie sulla fronte e la abbracciò forte, non volendo lasciarla andare.

Alla fine, si tirò indietro e la guardò negli occhi. «Ti voglio bene, piccolina. Fai attenzione. Sii intelligente.»

«Ok. Ti voglio bene anch'io. Troverò Fletch e lo porterò a salvarti.»

Emily sorrise a sua figlia tra le lacrime, ripensandoci all'improvviso. Finora non erano state infastidite, forse avrebbero dovuto restare tranquille lì.

Ma Annie era già distesa sulla pancia e aveva la testa fuori dal piccolo buco che avevano fatto.

Aspettarono che i passi sopra la loro testa fossero all'altra estremità del container, cercando di calcolare il momento perfetto per la fuga di Annie. Sua figlia si dimenò e si contorse nel piccolo foro, fino a che riuscì a far scivolare i fianchi. Era davvero stretto, ma Annie aveva avuto ragione, *era* riuscita a passarci. La bambina piegò le gambe sotto di sé, si alzò, e, all'improvviso, non c'era più.

Emily si chinò e sbirciò fuori dal buco, ma non riuscì a vederla. Era come se fosse svanita nel nulla.

Una parte di lei ne era felice, ma l'altra, non poteva fare a meno di agitarsi.

Che cosa aveva fatto? Aveva mandato la sua bambina di sei anni nel buio della notte, nel mezzo di quella che, in sostanza, era una guerra tra due bande.

Emily ricadde sul sedere e si spinse all'indietro finché la schiena non colpì la parete opposta del container. Portò le ginocchia al petto e le cinse, appoggiandovi la testa sopra, e pregò che Fletch o uno degli altri uomini, trovassero presto Annie. Rabbrividì pensando a cosa sarebbe successo se Jacks, o uno dei suoi stupidi amici, avessero messo le mani su sua figlia.

Ciò che era fatto era fatto, ma Emily non riuscì a trattenere le lacrime che scesero sulle sue guance.

«Trovala, Fletch. Ti prego.» Le parole furono sussurrate nell'aria stantìa, ma Emily sperò che qualcuno, lassù, stesse ascoltando.

———

Fletch lanciò un'occhiata all'orologio. Erano passati sette

minuti da quando la squadra si era allontanata silenziosamente nella notte. Rimanevano tredici minuti prima che il colonnello e il generale mandassero i rinforzi. Venti minuti erano sufficienti per consentire ai Delta di occuparsi della faccenda, ma sarebbero stati più felici di averne almeno quarantacinque. Non appena Jacks avrebbe capito di aver perso... di nuovo, era impossibile sapere come si sarebbe comportato.

Fletch aveva rinunciato ai visori notturni, sapendo che sarebbe bastato un piccolo raggio di luce per annebbiargli la vista per troppi secondi preziosi. La mezza luna faceva luce sufficiente da permettergli di vedere dove stava andando. Si era imbattuto solo in uno degli amici di Jacks, e l'uomo era stato messo fuori combattimento, senza nemmeno rendersi conto che Fletch era dietro di lui. Erano davvero un mucchio di dilettanti, rispetto ai Delta. Aver neutralizzato con così tanta facilità l'uomo trovato nella sua zona, avrebbe dovuto renderlo felice, ma era in vena di combattere, cosa che ovviamente non sarebbe avvenuta a causa della loro inesperienza.

Proseguendo in silenzio verso il centro della città, il punto dove, come Beth aveva suggerito e la squadra era stata d'accordo, molto probabilmente erano state nascoste Emily e Annie, Fletch si fermò alla fine di uno dei container. Si sdraiò a terra e non mosse un muscolo, cercando di capire che tipo di rumore avesse appena sentito.

Dei fruscii arrivavano da dietro l'angolo del container vicino a cui era sdraiato. Qualcuno stava cercando di essere silenzioso, ma stava facendo un pessimo lavoro. Era come se il soldato non si fosse mai allenato in manovre evasive. Patetico.

Usando le tattiche che aveva imparato trascorrendo

due settimane nella scuola per tiratori scelti, si mosse piano, così piano, che se qualcuno non fosse stato a guardarlo, non lo avrebbe mai notato. Strisciò per terra, avanzò oltre il container a sufficienza da controllare che rumori fossero.

A Fletch ci volle un momento perché il suo cervello elaborasse ciò che stava vedendo.

Si era aspettato uno dei soldati di Jacks. Invece no, era *Annie*. Si era appiattita sul lato del container e stava strisciando contro di esso, come se stesse cercando di fondersi con il metallo.

Il suo stomaco si contorse nel vedere la bambina apparentemente sana e salva. Tuttavia, non fece nulla per attirare la sua attenzione. Scrutando dietro di lei e tutt'intorno, Fletch non vide nessun altro. Se da una parte si sentiva sollevato, dall'altra non gli piaceva che Emily non fosse con sua figlia. Perché erano state separate? Era successo qualcosa a Emily? Jacks stava usando Annie come esca per qualche motivo?

Sapendo che, non avrebbe mai avuto le risposte di cui aveva bisogno senza parlare con la bambina, calcolò le probabilità e decise che prendere in braccio Annie e allontanarsi dalla sua posizione troppo vulnerabile, a quel punto, era la mossa migliore. Stava provando davvero tanto a essere furtiva, ma purtroppo, con i suoi capelli biondi, i vestiti che sfregavano contro il container di ferro e la sua posizione eretta, era come avere dei fari che puntavano verso di lei. Tanto valeva attraversare il villaggio improvvisato urlando.

Non sapendo come avrebbe reagito la bambina nel vederlo apparire dall'oscurità, e non volendo che la sua posizione venisse rivelata, Fletch si mosse rapidamente.

Non appena Annie guardò dall'altra parte, balzò in piedi e fece alcuni grandi passi silenziosi verso di lei, la sollevò tra le braccia, le mise una mano sulla bocca per soffocare il suo grido sorpreso, e si affrettò a tornare indietro sul lato opposto del container.

Muovendosi veloce, perché voleva rassicurare il prima possibile Annie sul fatto che fosse lui, tornò indietro da dove era venuto, dove sapeva con più certezza che non c'erano nemici.

Si guardò intorno e non vide nessuno, così Fletch si inginocchiò con Annie ancora tra le braccia, la schiena contro il suo petto. Stava lottando con tutte le forze che poteva avere una bambina di sei anni. Portò la bocca vicino al suo orecchio e sussurrò: «Sono io, folletto. Fletch.»

Rimase immobile, come se le avesse staccato la spina. Per assicurarsi che avesse capito, la rassicurò di nuovo: «Ci sono qua io, Annie. Sei al sicuro.»

Quando vide che lo aveva sentito e capito, Fletch la girò e riuscì a malapena a restare in piedi mentre Annie si gettava tra le sue braccia. Ovviamente capendo la necessità di stare zitta, gli disse con voce sommessa: «Sapevo che ti avrei trovato.»

«Ce l'hai fatta. Sei stata brava.» Fletch la allontanò da lui e la tenne per le spalle, guardandola negli occhi. Avrebbe voluto passare più tempo a rassicurarla e lodarla per essere stata il più silenziosa possibile, ma aveva bisogno di sapere di Emily. «Dov'è tua madre?»

«Non lo so.» La risposta di Annie fu breve e concisa. «Ci siamo svegliate in una grande scatola di ferro. Un angolo era ruggito e abbiamo sollevato il metallo, ma il buco era grande solo per far passare me.»

«Arrugginito?»

«Sì, è quello che ho detto.»

«In quale direzione?» Fletch sapeva che le sue domande erano troppo brusche, ma non poteva farne a meno. Il pensiero che Emily fosse così disperata da mandare Annie in giro al buio, senza di lei, era sufficiente per capire quanto fosse precaria la situazione.

Annie indicò da dove era venuta. Sembrava che Beth avesse avuto ragione. Fletch era quasi arrivato al centro della città quando aveva incontrato Annie. Diede un'occhiata all'orologio. Aveva solo altri dieci minuti per finire questa storia a modo *suo*. Non voleva lasciare la bambina, ma per il momento era al sicuro. Emily no.

«Hai fatto un ottimo lavoro nel trovarmi, Annie, ma devo andare a prendere tua madre.»

Lei annuì seria. Era una bambina unica. Avrebbe dovuto andare fuori di testa, piangere, *qualcosa di simile*, invece lo guardò negli occhi e aspettò le indicazioni che le avrebbe dato.

«Sai che ti voglio bene, vero?» chiese Fletch alla bambina.

Lei annuì di nuovo.

«Devi sapere che chiederò a tua madre di sposarmi non appena arriverà il momento giusto.»

«Davvero?» sospirò Annie, spalancando gli occhi. «Avete già passato i dieci appuntamenti?»

Fletch non sapeva cosa c'entrasse il numero di appuntamenti che lui ed Emily avevano avuto, ma rispose comunque in modo affermativo.

«Diventerai davvero il mio papà?» sussurrò, inclinando la testa con curiosità.

Fletch non aveva mai pensato di essere una persona emotiva, ma sentire lo stupore e la speranza nella voce di

Annie lo fece quasi secco. «Se va bene per te e tua madre, sì. Voglio adottarti e diventare tuo padre legalmente.»

Dimostrando quanto fosse intelligente, e praticamente saltellando su e giù per l'eccitazione, Annie chiese: «Quindi sarò anche io Fletch?»

Capì subito cosa intendeva dire. «Sì, folletto. Sarai Annie Fletcher.»

«Oh mamma, oh mamma, oh mamma!»

«Ma per ora, deve restare tra noi... ok? Riesci a tenerlo segreto? Voglio che sia una sorpresa per tua madre.»

«Sì, sono bravissima a tenere i segreti.»

Non era vero, ma al momento non aveva importanza. Fletch fece un respiro profondo. Ok, aveva molte cose da fare. Parlò al microfono da gola, dando le sue coordinate al colonnello, che stava ascoltando ed era pronto a inviare uomini per assistere, se necessario.

«Ecco il piano, piccolo soldato» disse ad Annie con voce seria, non appena gli fu assicurato che un Ranger stava arrivando alla loro posizione. Fu come se le sue parole avessero fatto scattare un interruttore all'interno della bambina. Smise di sorridere e annuì diligente. Ancora una volta, Fletch pensò che si comportasse in modo molto più maturo dei suoi sei anni.

«Devo andare a prendere tua madre, ma *tu* devi arrivare al quartier generale.» Fletch girò Annie in modo che guardasse il percorso da cui era arrivato inizialmente. «Tra un momento, un Ranger dell'esercito sarà qui, e insieme tornerete al quartier generale. Ho eliminato i nemici, ma devi comunque stare attenta mentre prosegui, potrebbero essercene ancora alcuni là fuori. Ascolta ciò che ti dirà l'altro soldato, sii furtiva, usa ciò che Nancy Drew e io ti abbiamo insegnato. Puoi farlo?»

Annie annuì solennemente e si voltò di nuovo verso di lui, sembrando preoccupata per la prima volta. «Troverai la mamma? Non voleva lasciarmi andare, ma sono scivolata fuori prima che potesse cambiare idea.»

«Troverò tua madre.»

Fletch non aveva nemmeno bisogno di prometterlo. A quanto pare, le sue parole furono sufficienti per la bambina che voleva disperatamente chiamare sua. Non appena le disse, il Ranger apparve dall'oscurità, per portare Annie in salvo.

«Ok» gli disse Annie con voce decisa. «Il mio soldato è qui. Vai. Il tempo stringe.»

Fletch sorrise, non avendo idea di dove avesse imparato quella frase. La baciò sulla fronte e le diede un rapido abbraccio. «Ricevuto. Ci vediamo tra un po'.»

Guardò la bambina appiattirsi contro il container alle sue spalle e fare un passo laterale verso dove si trovava il Ranger. Li perse di vista mentre scomparivano dietro un altro container.

Grato che metà delle sue preoccupazioni fossero state alleviate, Fletch si concentrò sul suo compito. Nove minuti. Tornò dove aveva visto Annie per la prima volta, e calcolò quanti degli amici di Jacks avrebbero potuto trovarsi tra lui ed Emily, e svanì nell'oscurità, verso il suo futuro.

CAPITOLO VENTUNO

EMILY SUSSULTÒ quando la porta del container fu spalancata di colpo, e un bagliore luminoso filtrò nell'oscurità, accecandola. Alzò la mano per bloccare la luce, ma fu afferrata da una presa forte e costretta a rimettersi in piedi, prima che potesse allontanarsi. Erano entrati due uomini nella sua prigione e, ovviamente, si erano aspettati di vedere lei e Annie rannicchiate per il terrore.

«Dove cazzo è la bambina?»

Emily sapeva che era stato Jacks a chiedere. Non riusciva a vederlo molto bene, ma avrebbe riconosciuto la sua voce ovunque. Cercò di liberare il gomito dalla presa dell'altro uomo, senza fortuna.

«È fuggita.»

«Cazzo!» sbottò Jacks, poi scrollò le spalle. «Non importa. Basterai tu. Andiamo.»

Emily cercò di stare dritta in piedi, ma era difficile mentre veniva trascinata, senza troppa delicatezza, lungo il pavimento verso la porta. «Ti converrebbe arrenderti,

Jacks, sai che non puoi vincere» implorò. Sapeva che non l'avrebbe ascoltata, ma aveva dovuto comunque dirlo.

«Vaffanculo. Abbiamo *già* vinto. Gli abbiamo portato via da sotto il naso te e la stronzetta. Avremmo potuto farvi qualsiasi cosa, e il tuo fidanzato e tutti i suoi amici lo sanno. Questo? È solo la ciliegina sulla torta.»

«Non puoi davvero pensare che riuscirai a farla franca» sibilò Emily.

Quando Jacks non rispose, si rivolse all'uomo più giovane che la stringeva così forte, che di sicuro si sarebbe ritrovata con un livido l'indomani mattina. «Che cosa pensi di ottenere da tutto questo? Perché la tua carriera militare è finita. Rapire e drogare una donna e una bambina non ti farà finire bene. Trascorrerai del tempo in una prigione federale, ho sentito dire che è peggio delle carceri normali.»

Lo schiaffo arrivò da Jacks, ed Emily non se lo aspettava. Vacillò, e solo la presa dell'altro uomo sul bicipite le impedì di cadere.

«Stai zitta, stronza. O ti metterò di nuovo K.O. »

«Ah, Jacks... non credo che...»

«Stai zitto, soldato!» ringhiò Jacks al giovane, che ora sembrava nervoso. «Tutto questo fa parte dell'addestramento. Non verrà ferita davvero. Comportati da uomo. Pensi che le stronze in Iraq non farebbero tutta questa scena? Cazzo, l'ISIS usa le donne e i bambini come scudi umani in combattimento, e sono ben addestrate quanto gli uomini. Interpretano una parte, stupido. Recitano, proprio come sta facendo lei. Ti sto aiutando a superare qualsiasi compassione potresti avere, per *chiunque* si trovi nel mezzo di una situazione di vita o di morte. Quindi comportati da uomo, cazzo.»

Emily strinse le labbra, sapendo che Jacks era davvero intenzionato a renderla di nuovo incosciente. Si stava comportando in modo totalmente pazzo, ed era più spaventata di quanto non lo fosse stata prima... e questo la diceva lunga. Aprì la bocca per dire all'altro soldato che non stava facendo nulla volontariamente e che era stata davvero rapita, ma Jacks la strattonò portandola via al giovane, e la spinse fuori dalla porta.

Girarono intorno al container in cui era stata tenuta, e Jacks indicò una scala appoggiata contro di esso. «Sali.»

«Che cosa? Lassù?»

«Sì, lassù, cazzo» la schernì.

Emily si ritrovò spinta verso la scala traballante, e guardò in alto impaurita.

«E non provare a fare scherzi, o ti farò cadere così in fretta che non te ne accorgerai nemmeno.»

L'ultima cosa che voleva era cadere dalla scala. Non vedendo altra possibilità, Emily iniziò a salire. Jacks era proprio dietro di lei, e con una mano le strinse dolorosamente il polpaccio per tutto il tempo. Quando raggiunse la cima, si allontanò in fretta dal bordo, ansimando.

Non erano due i container impilati uno sopra l'altro, come pensava, erano *tre*. Si trovavano a circa una decina di metri da terra, ed Emily sapeva che se fosse caduta o fosse stata spinta da quell'altezza, sarebbe potuta morire.

Gli altri due uomini arrivarono in cima, e vide con orrore che Jacks tirava su la scala dietro di lui. Adesso era impossibile che qualcun altro potesse salire lì. Era intrappolata in cima a una folle città, con l'ultima persona che avrebbe mai voluto *rivedere*, men che meno trovarsi insieme.

Emily non si alzò in piedi, rimase a quattro zampe e si

allontanò il più possibile dai due uomini. Al momento, Jacks non sembrò preoccuparsene, sentendosi sicuro del fatto che non sarebbe potuta fuggire da lui. E aveva ragione.

Sussultò quando la voce di Jacks risuonò forte nella notte silenziosa. «Ho la tua troia, Fletch! La vuoi? Vieni a prenderla!»

Le sue dure parole furono seguite dal silenzio, ma Emily non dubitava che Fletch e i suoi compagni di squadra fossero là intorno, e che lo avessero sentito. Jacks si avvicinò a lei e si accovacciò al suo livello.

«Allora, ecco come stanno le cose, sapevamo che sarebbero venuti a cercarti, abbiamo persino detto loro dov'eri. Ma pensano di essere più intelligenti di noi. Cazzo, pensano di essere più intelligenti di *tutti*. Ho reclutato alcuni soldati semplici alla base perché facessero la parte dei "cattivi" in questa città. Si sono iscritti con entusiasmo per giocare a paintball nel mezzo del nulla, senza regole da seguire. Se qualcuno della base verrà qui, quei ragazzi serviranno per distogliere l'attenzione da ciò che in realtà volevamo.» Fece una pausa drammatica.

Emily non avrebbe voluto dargli corda, ma lo fece comunque. «E cosa volete in realtà?»

«Vendetta.»

Emily non sapeva nemmeno cosa intendesse, ma rimase in silenzio, dato che a Jacks, ovviamente, piaceva sentire la propria voce.

«Hanno imbrogliato quando abbiamo affrontato questa competizione per la prima volta. Non eravamo pronti, e ci hanno battuti prima che ci rendessimo conto che avevamo iniziato.» Jacks fece una pausa, poi annuì con la testa come se fosse d'accordo con qualcosa che qualcuno aveva detto.

Ma Emily non aveva sentito nessuno parlare, e il soldato più giovane in cima ai container stava osservando incredulo, quindi, di certo *lui* non aveva detto nulla.

«Ma i terroristi non farebbero la stessa cosa? Imbrogliare per vincere?» Emily non aveva potuto fare a meno di chiedere. Fletch le aveva raccontato la storia dell'esercizio di addestramento di qualche mese prima, di quanto fosse stato imbarazzante per la squadra di fanteria, essere stata battuta così malamente e con tanta rapidità.

«Stai zitta» ringhiò Jacks, alzandosi e portando davanti a sé il fucile calibro 22, che aveva tenuto appeso dietro la schiena, e posizionando il dito sul grilletto. «Hanno imbrogliato, cazzo, e fatto sembrare me e la mia squadra dei coglioni incompetenti! Tormentarti è stato divertente ma, alla fine, serviva solo per farci guadagnare tempo. Abbiamo usato i soldi che ci hai dato, insieme ai nostri, per creare questo capolavoro. Quando il tuo fidanzato arriverà qui, inizierà il *vero* spettacolo.»

«Il vero spettacolo?» chiese Emily.

«Sì. So che ti stai scopando Fletch. Quindi ucciderti davanti a lui mentre non sarà in grado di impedirlo, gli dimostrerà *esattamente* come ci si sente a fallire.»

Emily sussultò per l'orrore, nello stesso momento in cui lo fece anche l'altro soldato in cima al container.

«Sono qui, coglione.» La voce letale di Fletch risuonò nella notte buia.

Emily ansimò e provò a rialzarsi, ma Jacks fu lì prima che riuscisse a rimettersi del tutto in piedi. Lasciò cadere il fucile, estrasse una pistola dalla schiena, le mise un braccio intorno alla spalla e in diagonale sul petto, e la tirò di nuovo contro di lui. Lei barcollò, e gli strinse il braccio per stabilizzarsi.

«Guarda cos'ho trovato» lo schernì Jacks.

Emily sussultò quando la canna della pistola fu spinta contro la sua tempia, e non osò muoversi. Jacks era così incazzato che avrebbe potuto premere il grilletto. Voleva vendetta contro Fletch? Ucciderla avrebbe raggiunto l'obiettivo.

«Cosa cazzo pensi di fare, Jacks?» La voce di Ghost era forte e chiara, e arrivava dall'altro lato del container.

Osando guardarsi intorno, Emily vide diverse forme scure muoversi attorno al perimetro esterno dei container su cui si trovavano. Era terrificante, ma era ovvio che Jacks avesse la posizione migliore. Molto migliore. Si era appostato bene tatticamente, e tutti gli altri non avevano altra scelta che aspettare di vedere cosa diavolo volesse.

«Cosa sto facendo?» ripeté Jacks. «Vi sto mostrando che non sono il perdente che pensavate fossi.»

«Nessuno ha pensato che fossi un perdente» gridò Coach.

«Stronzate! Il leader del mio plotone sì. E il capitano e il colonnello. E ora anche il generale, grazie a voi! Pensate tutti di essere imbattibili, ma so per certo che fallite sempre. So che siete andati in una missione super segreta il mese scorso. Quante persone sono state uccise? Eh? Non erano due?»

«Non so da dove ti siano arrivate le informazioni, ragazzo» lo schernì Blade, «ma le uniche persone uccise sono stati i terroristi.»

«Stai zitto!» urlò Jacks furibondo. «Ho delle fonti che dicono che siete scappati come delle *femminucce* quando i proiettili hanno iniziato a volare!»

Emily cercò di muoversi nella stretta, ma Jacks spinse più forte la canna della pistola nella tempia. «Non provarci nemmeno» sibilò. «Giuro su Dio, ti ficcherò un proiettile nel cervello così in fretta, che nessuno avrà il tempo di fare un passo prima che tu sia morta.»

Emily lo avrebbe rassicurato sul fatto che non stava cercando di scappare, ma continuò la sua tirata contro gli altri.

«Per tutta la vita ho ammirato i Sergenti di prima classe, pensando che fossero il meglio che l'esercito potesse offrire, che se riuscivi a raggiungere quel rango saresti stato il migliore. Ma sono un mucchio di stronzate! Voi ragazzi, non siete altro che dei criminali. Quando si arriva al dunque, tutto ciò che volete è essere al centro dell'attenzione. Be', oggi è il mio turno. Il *mio* turno di dimostrare al mondo cos'è il vero coraggio.»

«Cosa, rapire donne e bambini? È quello che pensi sia il coraggio?»

Emily non era sicura di chi l'avesse detto, ma sentì Jacks irrigidirsi dietro di lei. Non sapeva perché gli amici di Fletch sentissero il bisogno di schernire l'uomo che, com'era ovvio, era mentalmente instabile, ma avrebbe voluto che non lo facessero. Desiderava *davvero* che non lo facessero.

«Quello che voglio, è che il mondo sappia che vi ho battuti! Al nemico non interessa la vita dei bambini o delle puttane... li preparano a diventare dei kamikaze in continuazione. Le donne sono sacrificabili, sono state messe su questa terra per generare figli, vanno bene solo per scopare, cucinare e pulire. Sono stufo dei soldati pappamolle e deboli. Voi ragazzi pensate che il mondo dovrebbe giocare secondo le vostre regole da smidollati. Fanculo! Non ci sono regole in guerra.»

«Non siamo in guerra con te, Jacks.» Emily sentì di

nuovo la voce di Fletch.

«Col cazzo che non lo siamo! Voi l'avete iniziata quel giorno, mesi fa. Io la finisco.»

«Che cosa stai facendo, Jacks?» chiese con voce sommessa e nervosa, l'altro uomo in cima al container. «Non era questo il piano.»

«Sì, Brown, sei stato troppo stupido per rendertene conto» disse Jacks all'altro soldato, ridendo in modo maniacale. «*Tutti* voi siete stati troppo stupidi per capirlo.»

«Cazzo» mormorò Brown, prendendo la scala per calarla sul lato del container, ovviamente pensando di andarsene via da lì. «Credevo fosse tutto preparato. Hai detto che erano d'accordo, ma è ovvio che non sia così. Non mi piace rapire donne e bambini e, soprattutto, *uccidere* qualcuno, e di certo non voglio entrare in una guerra di potere con altri soldati statunitensi. Se hai un problema con loro, è un *tuo* problema. Non mio.»

Emily cadde in ginocchio quando Jacks la spinse in avanti all'improvviso, poi si diresse verso l'altro uomo. Lo guardò con orrore mentre lo spingeva abbastanza forte da farlo indietreggiare.

Jacks gli puntò la pistola contro e lo spinse di nuovo. Il soldato fece un altro passo indietro, poi un altro ancora, finché non ebbe più spazio dove andare perché era arrivato sul bordo.

«Vaffanculo, Brown!» gridò Jacks prima di spingerlo un'ultima volta, e ciò bastò per fargli perdere l'equilibrio.

Emily chiuse gli occhi, sapendo che non avrebbe mai dimenticato lo sguardo di panico sul volto del giovane soldato mentre ruotava le braccia, cercando di ritrovare l'equilibrio. Udì il suo urlo di terrore, poi il tremendo tonfo quando atterrò sul terreno sotto di loro.

«Che *cazzo*, Jacks!» Emily pensò che fosse stato Truck a parlare questa volta.

Uno sparo risuonò nella notte buia ed Emily sussultò, abbassandosi senza pensarci. Sentì un rumore sordo che colpiva qualcosa, e poi il grugnito di dolore di Jacks, che si allontanò in fretta dall'estremità del container e tornò da Emily. La attirò ancora contro di sé, anche se lei lottò, cercando di tenerlo lontano. Riportò la pistola contro la sua tempia. «Ragazzi, potete colpirmi con tutti quei cazzo di proiettili di gomma e non letali che volete, non farà alcuna differenza. Vincerò comunque. So che non mi ucciderete. Lo so io, e lo sapete voi... perché preoccuparsi di negarlo? Posso fare il cazzo che voglio, e voi non potete farci niente. *Niente*. So come funziona il governo. Di sicuro vi hanno fatto la predica sul fatto di usare tattiche non letali per neutralizzare me e gli altri, vero?» Si rispose da solo. «Sì, so che è così. Quindi... ecco il dilemma... che cosa avete intenzione di fare ora?

Sono quassù, fuori dalla vostra portata. Non potete arrivarmi alle spalle, perché non potete salire qui sopra senza che io vi senta, dato che ho tirato su la scala. È probabile che stiano arrivando i rinforzi, ma cosa potranno *fare*? Ho un'arma carica puntata contro il mio ostaggio, e voi non avete niente.»

«Cosa vuoi?»

Stranamente, Fletch non sembrava nemmeno incazzato. Rassegnato era il termine più appropriato. Emily non sapeva cosa pensare. Fletch credeva che avrebbero perso? Tutti i suoi amici si erano resi conto che sarebbe morta?

Il sudore le imperlò la fronte. No. Non voleva morire. Non adesso. Soprattutto, non così.

«Sai che non te la caverai» risuonò la voce di Ghost.

«Non devo cavarmela» lo schernì Jacks. «La povera piccola *Emily* è quella che deve cavarsela. Il punto è questo, so che andrò in prigione, e non me ne frega niente. I miei due fratelli sono lì, e, cazzo, forse sarò abbastanza fortunato da essere messo in una cella accanto a loro. Ma sapete una cosa? Se Em qui, muore... *io vinco*. Vinco perché, Fletch... soffrirai per questo. Di notte mi sdraierò sulla mia cuccetta sapendo che ti ho battuto, che ogni mattina piangerai nei tuoi cereali, chiedendoti cosa avresti potuto fare diversamente.»

Ci fu silenzio, mentre l'eco delle parole di Jacks veniva trasportato nella notte. La mancanza di qualsiasi risposta sembrò preoccuparlo. Era ovvio che si aspettasse una reazione da parte dei soldati al di sotto.

Emily si dimenò contro di lui. Col cavolo che gli avrebbe reso facile spararle. Merda, avrebbe preferito cadere dal bordo di quel maledetto container e avere una possibilità di rimanere viva, piuttosto che ricevere una pallottola in testa.

«Che c'è? Non credete che lo farò? Non pensate che le farò esplodere il cervello proprio qui?» Jacks li provocò, perdendo gli ultimi residui di compostezza. «Lo farò, cazzo! Poi la butterò giù per farvi vedere cosa *le avete* fatto. Chi sarà il vincitore allora, eh? Io...»

Emily era rimasta in silenzio fino a quel momento, ma urlò di terrore al rumore di uno sparo che riecheggiò nella notte.

La presa di Jacks su di lei si allentò mentre cadeva a terra, ed Emily sentì qualcosa di bagnato schizzarle il viso.

Per un momento, pensò che lo avesse fatto, che le avesse sparato in testa, ma non sarebbe rimasta in piedi se fosse successo.

«Emily?» La voce di Ghost era agitata mentre la chiamava.

«Sto bene. Almeno credo.» La sua voce tremò, ed era sommessa, ma era viva e tutta intera. Si allontanò in fretta da Jacks e lo guardò spaventata. L'ultima cosa che voleva era che balzasse in piedi e la afferrasse di nuovo, ma giaceva immobile sul tetto di ferro, e una pozza di sangue si stava formando sotto la sua testa. Si allontanò di un altro passo e si piegò, appoggiando le mani sulle cosce, per cercare di riprendere fiato.

«Em.»

Quella era di nuovo la voce di Fletch, e sembrava molto vicina. Si girò di scatto e rimase a bocca aperta. *Era* Fletch. Come era arrivato lassù? Non aveva idea di come fosse apparso alle sue spalle all'improvviso, ma non le importava. Emily lanciò un'altra occhiata a Jacks, ma non si era mosso dall'ultima volta che l'aveva guardato. Non sapeva se fosse morto o no, ma al momento non le importava proprio.

Invece di andare da lei, Fletch si avvicinò a Jacks, e mise in sicurezza il fucile e la pistola prima di girarsi verso di lei.

«Come, cosa...» Emily non riuscì a dire nient'altro prima di essere avvolta dalle sue braccia. Tutto il resto svanì. Inspirò profondamente, assaporando il suo odore unico, che non falliva mai di calmarla. Salva. Era salva. Tutto il resto non aveva importanza.

Si sentì trasportare lontano dal bordo del container e dal corpo di Jacks. Le braccia di Fletch erano strette intorno a lei, e la tenevano come se non volesse più lasciarla andare. Non aveva mai provato nulla di più rassicurante in vita sua.

Ricordandosi di sua figlia, Emily si scostò un po' e chiese agitata: «Annie?»

«Sta bene. Mi sono imbattuto in lei mentre interpretava il suo ruolo da soldato ed è al sicuro, lontana da qui» la rassicurò, con voce soffocata.

«Grazie a Dio. Non sapevo se avrei dovuto lasciarla andare da sola o tenerla con me.»

«Direi che hai preso la decisione giusta.» Allentò la presa su di lei per far sì che i suoi piedi potessero toccare il suolo, ma non la lasciò andare.

Annuì e si rannicchiò di nuovo contro Fletch. Rimasero così a lungo, per fortuna, erano entrambi vivi.

«Ehi, Fletch, ti dispiace buttar giù la scala?»

Emily non voleva muoversi, ma sapeva di non poter rimanere lassù per sempre, quindi, con riluttanza, si tirò indietro. Fece per guardare di nuovo Jacks, ma Fletch le mise una mano sotto il mento. «Non guardare, Em. È finita. Non ti farà mai più del male.»

«È morto?»

«Non lo so, e non mi interessa.»

«Sarete nei guai?»

«No.»

«Ma...»

«Ti spiegherò più tardi.»

«Come sei arrivato quassù?»

«Con una bella spinta. Non è stato difficile, Em, scalerei le montagne per venire da te.»

Emily annuì, e gli strinse la mano mentre lo seguiva dall'altra parte del container, dove abbassò la scala. In pochi secondi, Ghost e Hollywood si erano uniti a loro.

«Tra un po' scoppierà il casino, dobbiamo muoverci»

esortò Hollywood dopo aver visto Jacks. «Il colonnello aveva specificamente detto armi non letali.»

Ghost si avvicinò all'uomo disteso immobile e gli posò le dita sulla gola, controllando le pulsazioni. «Prima di tutto, Jacks non è morto. Secondo, non scoppierà nessun casino» lo rassicurò, come se sapesse qualcosa di cui Hollywood non era a conoscenza.

«La nostra direttiva era di usare armi non letali» sostenne Hollywood, ripetendo quello che aveva appena detto, e ignorando la prima parte della dichiarazione Ghost.

«Ho *detto*, non scoppierà nessun casino» ribadì con fermezza. «Forza, facciamo scendere Emily da questo maledetto tetto e portiamola da Annie, ok?»

Non essendo stupido, Hollywood rivolse una lunga occhiata al suo leader, poi annuì e si inginocchiò accanto alla scala per tenerla ferma.

«Dai, Em, vado prima io, tu scendi dietro di me. Non ti lascerò cadere» le disse Fletch.

«So che non lo farai. Mi fido di te con la mia vita.»

«Puoi dirlo forte. Andiamo a darti una ripulita, poi cerchiamo la nostra soldatina.»

Emily attese che Fletch scendesse un gradino o due e lo seguì. Aveva un sacco di domande, ma giurò di tenere la bocca chiusa finché non fosse rimasta sola con lui. Era elettrizzata di essere di nuovo con lui. Era tutto ciò che contava, al momento. Immaginò che in seguito avrebbe potuto avere dei flashback, o, in qualche modo, non sarebbe riuscita a gestire bene il fatto che avessero sparato a Jacks, quando non era che a un paio di centimetri da lei, ma, al momento, sapere che lei, Annie e Fletch erano vivi e tutti interi... era sufficiente.

CAPITOLO VENTIDUE

EMILY SI SEDETTE sul divano con le ginocchia piegate e i piedi infilati sotto di sé, e si rannicchiò tra le braccia di Fletch. Si era fatta una lunga doccia calda, erano le due del mattino ed era stanca morta, ma stranamente troppo su di giri per dormire. Ghost li aveva seguiti fino a casa, perché voleva parlare con il suo amico, prima di trovarsi con il generale la mattina successiva.

Dovendo affrontare le conseguenze degli eventi di quella notte, al team della Delta Force c'era voluto più tempo del necessario per neutralizzare tutte le reclute di Jacks. Nemmeno un minuto dopo che i suoi piedi avevano toccato terra, l'area era stata illuminata da due elicotteri e invasa da una quarantina di soldati. La cavalleria era arrivata, ma, alla fine, non era stata necessaria per salvarla.

Tutti gli uomini che i Delta avevano incontrato, giacevano dove erano stati trovati, incoscienti. Nessuno era rimasto ferito, tranne per il mal di testa che avrebbero avuto al risveglio. A quanto pare, tutti i membri del team

Delta, erano abili a mettere fuori combattimento una persona senza fare tanto trambusto.

L'uomo che era stato sopra il container con lei e Jacks, il soldato Specialista Brown, era stato trasportato per via aerea all'ospedale locale, molto probabilmente con la schiena rotta... ma Hollywood l'aveva rassicurata sul fatto che sarebbe sopravvissuto.

Inoltre, Ghost aveva avuto ragione, Jacks non era morto. Chiunque gli avesse sparato era stato sfortunato o molto talentuoso, poiché il proiettile gli aveva solo sfiorato il lato della testa, scavandogli un solco dalla tempia destra fin dietro l'orecchio, ma era vivo. Fletch non ne era felice, ma a Emily non importava.

La parte migliore della notte era stata quando Truck era entrato nella radura, tenendo per mano Annie, dopo che Jacks e Brown erano stati portati in ospedale. Il Ranger che l'aveva avuta sotto la sua responsabilità, l'aveva portata sulla scena dopo essersi assicurato che fosse sicuro per lei essere lì. Emily non era mai stata così felice di vedere sua figlia in tutta la vita. La bambina aveva un sorriso raggiante, che andava da un orecchio all'altro, elettrizzata per il fatto di essere nel bel mezzo di un'"operazione militare", come aveva iniziato a chiamarla.

Emily aveva visto uno dei soldati che era arrivato in seguito, staccarsi il grado dalla parte anteriore dell'uniforme e appuntarlo sulla maglietta di Annie, dopo che era venuta fuori tutta la storia di quello che aveva fatto. A lei non importava se sua figlia diceva al mondo di aver salvato la vita della madre... finché era al sicuro ed emotivamente in salute, Emily era contenta.

Non avrebbe voluto separarsi da Annie dopo tutto quello che era successo ma, com'era prevedibile, gli ufficiali di alto rango avevano richiesto delle risposte, ed era dovuta andare a parlare con loro, dopo che Fletch l'aveva rassicurata di aver autorizzato un altro soldato a occuparsi della bambina, vicino ai veicoli. Così avrebbe aspettato al sicuro e fuori portata di orecchio, che gli adulti finissero di parlare.

Era stata sorpresa di scoprire che il generale era fuori di sé e aveva trattenuto tutti coloro che erano stati coinvolti nell'"incidente", come lo aveva chiamato, fino a quando non avesse ottenuto risposte riguardo a ciò che era esattamente successo quella notte. Emily aveva tenuto la bocca chiusa mentre Ghost spiegava, in dettaglio, il ruolo della sua squadra nell'intera faccenda. Voleva sapere anche lei, quanto il generale, cos'era successo tra il momento in cui era stata rapita e quella in cui aveva visto i Delta, mentre era in cima ai container.

«Intendi dirmi che il sergente Jacks...»

«Ex sergente, Signore» lo aveva interrotto Ghost. «Era già stato espulso dall'esercito.»

«Intendi dirmi che l'*ex* sergente Jacks aveva intenzione di uccidere Ms. Grant e sua figlia?» chiese il generale, incazzato per l'intera situazione.

«Sì, Signore.» Ghost aveva mantenuto le sue risposte brevi e precise, cosa che Emily aveva pensato fosse una buona idea.

«E sapeva che avevate l'ordine di non uccidere?»

«Sì, Signore.»

«Qualcuno vuole spiegarmi allora, se questa era un'operazione non letale, come mai l'ex sergente Jacks è stato colpito da un proiettile vero?»

Nessuno intorno a loro aveva detto una parola, il che non aveva aiutato la situazione.

«Mi pare ovvio che qualcuno non sia stato informato» si era lamentato il generale. «Domani ho una teleconferenza in programma con il Presidente, e dovrò cercare di spiegare cosa cazzo è stato esattamente il casino di stasera. Siete tutti sospesi fino a nuovo ordine» aveva sbraitato

«Signore?» si era azzardata Emily con cautela.

«Che c'è?» Il suo tono, seppur ancora furioso, aveva avuto meno mordente rispetto a quello che aveva usato con gli uomini.

«Non so chi pensi abbia sparato a Jacks, ma non è stato Ghost, né i suoi uomini.» Emily aveva potuto dirlo con assoluta sicurezza, poi aveva proseguito davanti al suo sguardo dubbioso. «Jacks aveva il braccio sul mio petto e la pistola puntata contro la mia testa. Continuava a parlare di vendetta e di come mi avrebbe ucciso per farla pagare ai ragazzi. Posso assicurarle, che ho sentito tutti gli uomini di Ghost cercare di farlo ragionare, erano sotto di noi. Sapevo che sarei morta, e non c'era niente che avrebbero potuto fare al riguardo.»

Il generale aveva aggrottato le sopracciglia e incrociato le braccia al petto. «Il proiettile gli ha ferito un lato della testa, solo qualcuno di estremamente addestrato sarebbe stato in grado di farlo, come un operatore delle forze speciali.»

Emily aveva annuito e sussurrato: «Lo so. Ho sentito il suo sangue schizzare su di me, e per un attimo ho pensato che, in realtà, avesse premuto il grilletto e che quello fosse il *mio* sangue.»

L'uomo di rango più alto dell'intera base di Fort Hood, aveva inclinato la testa e non aveva detto nulla per un momento, chiedendole infine a bassa voce: «Perché dovrei crederle, Ms. Grant? È ovvio che Fletch prova dei sentimenti per lei e che sono ricambiati. Forse è stato *lui*, e lo sta coprendo.»

«Con tutto il rispetto, anche se potrei amare Fletch e *potrei* coprirlo se pensassi che funzionasse, come diavolo avrebbe fatto Fletch a sparare a Jacks e poi venire spinto sopra i container due secondi dopo? So, senza ombra di dubbio, che non avrebbe rischiato di farlo con me così vicino a Jacks.»

Allora il generale aveva distolto lo sguardo da lei e aveva incontrato gli occhi di ciascuno degli uomini del team Delta. Li aveva osservati a uno a uno, senza dire una parola.

Alla fine, aveva constatato: «Ho parlato con lo Specialista Brown, prima che venisse portato in ospedale, e ha confermato le vostre storie, ma il punto è, che *qualcuno* ha sparato all'ex sergente Jacks. Nonostante quello che ho chiesto a Ms. Grant, *sono* consapevole che l'angolazione del proiettile non era una traiettoria verso l'alto... il che significa, che se eravate tutti a livello del suolo, o stavate spingendo il culo di Fletcher in cima ai container, non poteva essere stato uno di voi. Quindi...chi è stato?»

Aveva incontrato ancora il silenzio, e infine il generale aveva sospirato. «Ragazzi, mi state uccidendo. Andate a casa. Tutti. Ma presentatevi nel mio ufficio domani mattina alle otto, così continueremo questa discussione.»

Un coro di "Sì, Signore" era risuonato tutto intorno. Ognuno degli uomini aveva salutato il generale mentre si voltava per andarsene. All'ultimo istante, prima di sparire dietro a uno dei container, si era voltato e aveva dichiarato: «È una donna molto fortunata, Ms. Grant. Sono contento che stia bene.»

«Grazie, Signore. Lo sono anch'io.»

I Delta non avevano detto una parola, né si erano scambiati sguardi segreti, si erano semplicemente comportati come se il fatto di aver quasi perso il lavoro – e tutto ciò per cui avevano lavorato nella loro carriera – fosse stata una seccatura, piuttosto che il disastro che era stato in realtà.

«Dai, Em, torniamo a casa» aveva detto Fletch, circondandole la vita con il braccio e attirandola al suo fianco.

Non era stato così facile, ma, alla fine, era stato permesso loro di andarsene, e ora Emily era a casa, seduta accanto a Fletch al sicuro sul divano, ed era divino.

«Quindi cos'è successo realmente stasera?» chiese Emily a Ghost e Fletch, sentendosi stranamente tranquilla.

«Cosa intendi?»

«Non fare il finto tonto» lo rimproverò Emily. «Chi ha sparato a Jacks?»

«È una situazione simile a "Chi ha sparato a JR?".»

Emily fissò l'uomo stravaccato sulla poltrona accanto a loro. Sembrava indifferente a tutto ciò che era accaduto, come se fosse stata solo un'altra notte normale per lui.

Alla fine, Ghost si sporse in avanti e il sorriso scomparve dal suo volto. Parlò in tono sommesso e serio. «Non potrai mai dirlo a nessuno, Emily.»

«Non lo farò» concordò subito.

«A nessuno. Né a Rayne. Né a Mary. Né ad Annie. *Mai*» ribadì.

«Sono quasi morta stanotte» disse Emily, invece di rassicurarlo di nuovo. «Sapevo che non eravate in grado di fare qualcosa per aiutarmi. Non ho mentito al generale, Jacks era esaltato e tremava per l'adrenalina. Sapevo che era solo una questione di tempo prima che mi uccidesse. Stava per premere il grilletto e non avrei più visto Annie crescere. Mi sarei persa tutto della sua vita. Non sarei seduta qui in questo momento. Non mi interessa che gli abbiano sparato. Non mi interessa che possa o meno riprendersi. Se uno di voi ci è riuscito, bene, benissimo. Solo che... mi piacerebbe saperlo.»

«Avevamo pronto un piano di riserva, per ogni evenienza. Non sapevamo se avremmo avuto bisogno di usarlo o meno. Non ci sono molti soldati della Delta Force nel mondo, che hanno mantenuto le loro abilità, è difficile entrare, ed è ancora più difficile *rimanere* dentro. È un lavoro di merda in cui dobbiamo fare cose di merda, ma impariamo presto la lealtà, e non finisce quando qualcuno lascia il team. Non ci sono ex soldati della Delta Force, una volta che sei Delta, lo sei per sempre.»

Ghost fece una pausa e guardò Emily negli occhi. Quando gli sembrò che avesse assimilato l'importanza delle sue parole, continuò: «Ho lavorato con un tizio prima di essere di stanza a Fort Hood, si è ritirato, ma è un agente di polizia che pattuglia le autostrade e lavora a San Antonio. Non appena abbiamo saputo chi ti aveva presa, l'ho chiamato. Era un cecchino.»

Quelle tre parole dissero tutto. Era. Un. Cecchino. Grazie a Dio.

«Grazie» sussurrò Emily. «E quando parlerai di nuovo con il tuo amico, ringrazialo anche da parte mia.»

«Lo farò. A posto, Fletch?» chiese Ghost.

Emily aveva lasciato soli gli uomini quando aveva sistemato Annie, e c'era voluto un po' perché la bambina era eccitata, come tutti loro. Aveva voluto ripercorrere ciò che aveva fatto, e come Fletch l'aveva afferrata, e poi com'era tornata al quartier generale con il Ranger dell'esercito. Per lei era stata una grande avventura, che Emily sapeva sarebbe stata raccontata più volte, come la sparatoria nella sua scuola. Ma dato che il finale era stato bello, a Emily non importava.

Com'era ovvio, in quel lasso di tempo, Ghost e Fletch avevano preparato cosa dire al generale il giorno successivo.

«Ragazzi, parlerete con il Presidente?» chiese Emily con ammirazione.

Risero entrambi. «Speriamo di no.»

«Ma sarebbe bello.»

«Fidati di me» disse Fletch, baciando Emily sul naso. «*Non* sarebbe bello.»

«Pazienza.»

«Ci vediamo tra qualche ora» disse Ghost a Fletch mentre si alzava per andarsene.

«Puoi dire a Rayne che se vuole venire domani... non mi dispiacerebbe?» gli domandò Emily, all'improvviso timida. Aveva preso confidenza, avevano passato del tempo insieme, anche se non erano ancora migliori amiche. Ma Emily pensò che sarebbe stato bello parlare con un'altra donna che frequentava un Delta. Erano davvero una razza a sé stante, e ora sapeva che le sarebbe potuto servire tutto l'aiuto possibile per comprenderli meglio.

«Certo.» Ghost si chinò e baciò Emily sulla testa. «Sono contento che tu stia bene. Anche Annie. Ci vediamo domani, Fletch.»

Fletch non si prese la briga di alzarsi e accompagnare fuori il suo amico, strinse il braccio attorno a Emily e le chiese: «Stai bene?»

«Sì.»

«Stai bene davvero, o lo dici solo perché è quello che pensi che voglia sentire?»

Emily si girò tra le sue braccia e disse in tono serio: «Davvero. Tu stai bene. Io sto bene. Annie sta bene. Sto benissimo. Te lo giuro.»

«Ti ho quasi persa stanotte.» Le parole di Fletch furono smorzate, mentre seppelliva il viso tra i suoi capelli. Emily si rese conto che avrebbe dovuto chiedere a *lui* se stava bene, e non viceversa.

«Non è successo.»

«Lo sarebbe, se Ghost non avesse chiamato TJ.»

«Ma lo ha fatto. Anche se non posso dire di essere elettrizzata per essere stata così vicino a un proiettile, *posso* dire che sono contenta al cento per cento del risultato. Fletch, guardami.»

«Nemmeno *io* posso dire di essere stato elettrizzato dal fatto che tu fossi così vicino a un proiettile. Avrebbe potuto sparare a Jacks dall'altra parte della testa... lontano dal tuo viso.» Si passò una mano tra i capelli, agitato al pensiero di quanto la pallottola sparata dell'ex operatore della Delta Force, si fosse avvicinata alla sua testa.

«Fletch» disse Emily con dolcezza.

Alla fine alzò lo sguardo.

Emily attese che gli occhi di Fletch incontrassero i suoi. «Dall'istante in cui mi sono svegliata in quel container, fino a quando ti ho sentito dietro di me, sapevo che in qualche modo ci avresti salvate. Quella è stata l'*unica* ragione per cui ho permesso alla mia bambina di sei anni, di andarsene in giro da sola. Sapevo che saresti stato là fuori. Mi fido di te con la mia vita, ma forse, ancora più importante, mi fido di te con la vita di *Annie*. Se stasera dovesse succedere di nuovo, vorrei che andasse esattamente allo stesso modo. Ti amo, Cormac Fletcher. Sono proprio felicissima di aver avuto il coraggio di informarmi per quell'appartamento in affitto.»

«Anch'io, tesoro, anch'io.»

«Avrete dei problemi domani?»

«Ne dubito. Il generale è intransigente con le regole, deve esserlo, ma il colonnello garantirà per noi, e penso che quello che gli hai detto stasera abbia contribuito molto.»

«Non vorrà sapere chi ha sparato a Jacks?»

«Sì, ma non lo scoprirà. TJ è tornato a casa, e da quello che Ghost mi ha detto, è troppo bravo per lasciare tracce che facciano capire che è stato qui. Il generale dovrà abituarsi all'idea di non sapere mai chi è stato a sparare a quel bastardo.»

Emily sbadigliò e chiuse gli occhi mentre si sistemava ancora più addosso a Fletch. Lo sentì girarsi di lato e attirarla sopra di lui. Senza aprire gli occhi, Emily gemette felice. «Dio, che bella sensazione.»

«Avrei dovuto prepararti un bagno. Avrai dei lividi domani.»

Emily scrollò le spalle. «Non importa. Ho già avuto dei lividi. Non è un gran problema.»

«È un grosso problema per me» ribatté deciso.

«Puoi farti perdonare più tardi» borbottò lei, mezza addormentata. «Ti amo.»

«Ti amo anch'io, Em. Dormi. Sono qui.»

«Non devi chiudere a chiave la porta? Attivare l'allarme?»

«No, l'ha fatto Ghost mentre usciva.»

«Ok. Fletch?»

«Sì, amore?»

«Tra perdere un paio d'anni della mia vita durante la sparatoria a scuola, quando non sapevo se Annie fosse in palestra o no, essere ricattata, e poi stasera... penso di aver avuto abbastanza avventure da bastarmi almeno per il resto dell'anno.»

«Anch'io» concordò Fletch, ridacchiando. «Anch'io.»

«Voglio solo andare a lavorare, tornare a casa e vivere una vita tranquilla con te e Annie.»

«Credo di poterlo fare.»

«Bene.» Ci fu un attimo di silenzio prima che Emily parlasse di nuovo. «Fletch?»

«Sì?» Se fosse stata più sveglia, avrebbe sentito il divertimento nella sua voce, ma era quasi addormentata e le sfuggì.

«Vorrei saltarti addosso, ma sono troppo stanca.»

«Nessun problema, Em. Una *parte* di me è disponibile a farsi saltare addosso ogni volta che ne hai voglia.»

«Bene. Mi piace quella parte di te.»

Fletch quasi soffocò dalle risate, ma si trattenne... a malapena. «Ne sono felice. Shhh, dormi ora. Devo alzarmi tra poche ore.»

«Ok. Notte.»

«Buonanotte, amore.»

Emily non sentì le labbra di Fletch toccarle la fronte, né udì le sue successive parole sussurrate, dato che era già fuori combattimento, la giornata, alla fine, l'aveva sfinita.

«Non ti darò mai per scontata, Emily Grant. Amerò te e Annie fino alla fine dei nostri giorni. Non ci sarà mai un'altra donna nella mia vita, importante come te.»

___

EPILOGO

FLETCH ABBASSÒ lo sguardo sulla bambina che stava orgogliosamente al suo fianco. Annie era tra lui ed Emily, e li teneva entrambi per mano, e aveva ascoltato con serietà la giudice porgli le domande, senza dire una parola mentre lui rispondeva riguardo a ciò che faceva per vivere, se si sentiva di poter provvedere ad Annie, e altre informazioni richieste dal tribunale.

La bambina non aveva battuto ciglio, quando era stato chiesto all'avvocato se pensava che quella fosse la cosa migliore per lei. Anche quando Emily aveva detto al giudice che dava il suo appoggio "al mille per cento", affinché Fletch diventasse legalmente suo padre, Annie non aveva mosso un muscolo.

Aveva insistito per indossare un vestito per la sua adozione ufficiale, e ciò lo aveva sorpreso molto. Ma non avrebbe dovuto preoccuparsi, quella mattina era uscita dalla sua stanza con un vestito fru fru rosa... con gli stivali da combattimento ai piedi. A quanto pare, Truck li aveva ordinati per lei. Ghost lo aveva avvertito che Annie aveva in serbo una sorpresa per lui, e Fletch non avrebbe potuto essere più orgoglioso.

Era ovvio che la bambina volesse rendere speciale la giornata, ma mantenere la sua personalità, nonostante il nervosismo e l'eccitazione, *era* qualcosa di speciale.

Alla fine, era arrivato il momento di Annie.

«Annie, Cormac Fletcher ha richiesto il diritto di diventare tuo padre, di essere responsabile delle tue azioni, buone e cattive, per il resto della tua vita. Questo è un grande passo, e non dovrebbe essere preso alla leggera. Ho chiesto a tutti gli altri cosa ne pensano, ma non l'ho ancora chiesto a te. Vuoi che l'uomo che hai accanto, diventi tuo padre?»

«Posso avere il permesso di avvicinarmi al banco?» chiese Annie solennemente.

Sconcertata dalle sue parole, la giudice non poté che sorridere e annuire.

«Cosa stai facendo, Annie?» le chiese Emily, mentre sua figlia le passava davanti.

Fletch sorrise con orgoglio. Annie gli aveva chiesto un milione di volte di come sarebbe andata oggi. Avevano guardato alcuni video online di altre audizioni riguardo alla finalizzazione dell'adozione, e pensava che alla fine fosse stata sicura di ciò che sarebbe successo. Era ovvio, dalla sua domanda alla giudice, che, in qualche modo, aveva messo le mani su altri video ambientati in tribunale.

«Non preoccuparti, mamma, so quello che faccio» la rassicurò Annie.

Emily si avvicinò a Fletch e gli prese la mano, e lui sentì quanto fosse nervosa.

«Non ho la minima idea di cos'abbia intenzione di dirle» gli sussurrò.

«Sarà epico» dichiarò Fletch, guardando Coach dietro di lui, per assicurarsi che stesse filmando ciò che Annie stava per dire. Tutta la squadra era lì, così come il colonnello, Rayne e Mary. Il petto di Fletch si gonfiò di così tante emozioni, più di quante sarebbe stato in grado di esprimerne a parole. Stava per diventare ufficialmente padre, e non vedeva l'ora.

Tutti osservarono mentre Annie girava intorno alla panchina e saliva sul banco dei testimoni, alzò la mano come se stesse giurando su una Bibbia, un'altra indicazione del fatto che doveva averlo visto in uno di quei programmi televisivi in tribunale.

«Vostro Onore, mi chiamo Annie Elizabeth Grant. Ho sei anni e mezzo e sono in prima elementare. Per tutta la vita, da che mi ricordo, siamo state solo io e la mamma. Lei mi comprava da mangiare e si accertava che fossi al sicuro. Ci siamo trasferite nell'appartamento di Fletch ed è stato grandioso. Poi un uomo cattivo ha fatto diventare triste la mamma, e lei mi dava tutto il suo cibo. Ero preoccupata, ma non sapevo cosa fare. Non posso lavorare... sai?» Annie si voltò verso la giudice e, con una scrollata di spalle, le rivolse uno sguardo come per dire "che ci posso fare", prima di tornare a voltarsi di nuovo verso l'aula e continuare il suo discorso.

«Fletch mi ha regalato i miei primi soldati giocattolo. Nuovi. Nuovissimi, ancora nella scatola. Sono fantastici, ma sai una cosa? Non significava che non mi piacessero i giocattoli che mi regalava la mamma. Magari non erano nuovi, ma la mia mamma faceva del suo meglio. Non mi ha mai fatto mangiare le verdure verdi strane che sembrano palle. Potevo giocare in mezzo alla terra e non mi ha mai fatto mettere schifosi vestiti da femmina.»

«Oggi indossi un bel vestito» intervenne la giudice, sorridendo.

Annie sembrò irritata dal fatto che il suo discorso fosse stato interrotto, ma rispose comunque: «Perché oggi è un giorno *speciale*. Ho a disposizione solo un giorno per avere un papà, e volevo essere carina per lui. Però indosso i miei stivali da soldato.» Sollevò una gamba e la appoggiò sulla sedia accanto a lei, mostrando i suoi luccicanti stivali da combattimento alla giudice, che sembrava stesse per scoppiare a ridere. Vedendola annuire in segno di apprezzamento, Annie chiese: «Ora, posso continuare?»

Fletch pensava che la giudice stesse per spanciarsi dalle risate, ma in qualche modo riuscì a mantenere lo sguardo serio sul viso, e fece cenno ad Annie di proseguire dicendo: «Ma certo.»

«Quindi, come dicevo, Fletch mi ha fatto dei regali, ma non è per questo che mi è piaciuto. Mi è piaciuto perché faceva sorridere la mamma. Ha lavorato così duramente per prendersi cura di me, ma nessuno si prendeva cura di lei. Ho solo sei anni, non posso fare molto. Quindi, anche se sono felice di avere Fletch come papà, sono più felice perché se appartengo a lui, ciò significa che anche la mamma gli appartiene. E poi possono sposarsi e anche la mamma può essere felice.» Annie finì il suo discorso con un gran sorriso e fece per scendere dal banco, ma si fermò, ritornò subito al suo posto e alzò di nuovo la mano.

«Dimenticavo... non vedo l'ora di essere Annie Elizabeth Grant Fletcher... e di essere chiamata Fletch, proprio come il mio papà. Quindi, che Dio mi aiuti.» Annuì, come se le sue parole fossero legge, scese dal banco dei testimoni e tornò da Emily e Fletch.

«Be', penso che questo sistemi tutto. Concedo a Cormac Fletcher, la piena custodia congiunta di Ann Elizabeth Grant, da...»

«Fletcher!» gridò Annie.

Il giudice scosse semplicemente la testa e continuò: «La custodia di Ann Elizabeth Grant *Fletcher*, da oggi in poi. Congratulazioni.»

Fletch si chinò e baciò Emily, più felice di quanto potesse ricordare di essere stato in tutta la sua vita. Poi si inginocchiò e prese Annie tra le braccia. Sentì il pubblico nell'aula del tribunale applaudire, ma aveva occhi solo per sua figlia. «Ti voglio bene, Annie Fletcher.»

«Ti voglio bene anch'io... papà.»

«È stato intenso» osservò Blade parlando con Coach, più tardi, quella sera. Il discorso di Annie era stato impareggiabile ed entrambi sapevano che ne avrebbero riso con Fletch per anni a venire.

«È un fortunato figlio di puttana» concordò Coach, sollevando la birra in segno di brindisi.

Blade fece tintinnare la sua bottiglia contro quella di Coach e bevvero. Avevano trascorso il pomeriggio a casa di Fletch a festeggiare con la sua famiglia. Annie si era cambiata il vestito due secondi dopo essere entrata in casa, ed era riemersa in uniforme da combattimento, completa di berretto mimetico e tutto il resto. Aveva dichiarato a gran voce: «Giochiamo ai soldati!» E il resto del pomeriggio era trascorso con uomini addestrati a essere letali assassini, che giocavano a nascondino con una bambina di sei anni.

«Abbiamo due settimane di riposo, quali sono i tuoi piani?» chiese Blade a Coach mentre guardavano la partita dei Dallas Cowboys sulla televisione sopra il bancone del bar.

Coach scrollò le spalle. «Ho accettato di aiutare un amico al suo club di paracadutismo.»

«Sul serio? Tu odi quella roba.»

Coach rise. «Lo so, ironico, no? Ma gli manca un istruttore, il tipo si è rotto una gamba o qualcosa del genere, e ha bisogno di qualcuno che prenda il posto del ragazzo. Ha qualcuno pronto a sostituirlo, ma potrà iniziare tra quindici giorni. Gli ho detto che avrei avuto due settimane libere... e voilà... ci sono cascato dentro.»

«Ingenuo» scherzò Blade.

«Pazienza. Sarebbe potuta andare peggio.»

«Sì? E come?»

«Avrei potuto essere incoraggiato a insegnare a una bambina di sei anni, come calarsi con una corda.»

«Scemo» borbottò Blade.

Coach rise prendendo in giro il suo amico. «Te la sei proprio cercata, e lo sai.»

«È che *Fletch* non lo farà. Si fa prendere dal panico quando Annie salta dal secondo gradino fino a terra. È un rimbambito quando si tratta di lei.»

«È vero.» Coach inclinò la bottiglia e finì la birra. «Me ne vado. Ci vediamo.»

«Sì. Chiamami e fammi sapere come va con il paracadutismo. Odierei accendere la tv sul notiziario e vedere che ti sei schiantato a terra o altro.»

«Stronzo. Ti mando un messaggio.» Coach diede una pacca sulla spalla all'amico e uscì dal bar.

Non era entusiasta riguardo al paracadutismo. Non che non fosse bravo, lo era, come lo erano tutti i Delta, ma c'era qualcosa di strano nel fatto di saltare da un aeroplano, se non era necessario.

Coach scrollò le spalle. Oh, be', erano solo due settimane. Che cosa sarebbe potuto andare storto?

Also by Susan Stoker

Delta Force Heroes
Salvare Rayne
Salvare Emily
Salvare Harley (Prossimamente)

In inglese:
Delta Force Heroes Series
Rescuing Rayne
Rescuing Aimee (novella)
Rescuing Emily
Rescuing Harley
Marrying Emily (novella)
Rescuing Kassie
Rescuing Bryn
Rescuing Casey
Rescuing Sadie (novella)
Rescuing Wendy
Rescuing Mary
Rescuing Macie (novella)

Delta Team Two Series
Shielding Gillian (Apr 2020)
Shielding Kinley (Aug 2020)
Shielding Aspen (Oct 2020)
Shielding Riley (TBA)
Shielding Devyn (TBA)
Shielding Ember (TBA)
Shielding Sierra (TBA)

Badge of Honor: Texas Heroes Series

Justice for Mackenzie
Justice for Mickie
Justice for Corrie
Justice for Laine (novella)
Shelter for Elizabeth
Justice for Boone
Shelter for Adeline
Shelter for Sophie
Justice for Erin
Justice for Milena
Shelter for Blythe
Justice for Hope
Shelter for Quinn
Shelter for Koren
Shelter for Penelope

SEAL of Protection: Legacy Series

Securing Caite
Securing Brenae (novella)
Securing Sidney
Securing Piper
Securing Zoey
Securing Avery (May 2020)
Securing Kalee (Sept 2020)

Ace Security Series

Claiming Grace
Claiming Alexis
Claiming Bailey
Claiming Felicity
Claiming Sarah

Mountain Mercenaries Series

Defending Allye
Defending Chloe
Defending Morgan
Defending Harlow
Defending Everly
Defending Zara (Mar 2020)
Defending Raven (June 2020)

SEAL of Protection Series

Protecting Caroline
Protecting Alabama
Protecting Fiona
Marrying Caroline (novella)
Protecting Summer
Protecting Cheyenne
Protecting Jessyka
Protecting Julie (novella)
Protecting Melody
Protecting the Future
Protecting Kiera (novella)
Protecting Alabama's Kids (novella)
Protecting Dakota

BIOGRAFIA

L'autrice best seller del *New York Times*, *USA Today,* e *Wall Street Journal*, Susan Stoker ha un cuore grande come lo stato del Texas, dove vive, ma questa tipica ragazza americana ha trascorso gli ultimi quattordici anni vivendo nel Missouri, in California, in Colorado, e nell'Indiana. È sposata con un ex militare dell'esercito, che ora la segue in tutto il Paese.

Ha debuttato con la sua prima serie nel 2014, seguita dalla serie SEAL of Protection, che ha consolidato il suo amore per la scrittura, e la creazione di storie in cui i lettori possono perdersi.

Se ti è piaciuto questo libro, o qualsiasi libro, per favore considera di lasciare una recensione. Gli autori lo apprezzano più di quanto tu possa immaginare.

www.stokeraces.com
susan@stokeraces.com